@小說

青春・純愛・物語

市川拓司
Ichikawa Takuji

等待，是為了和妳相遇

そのときは彼によろしく

王蘊潔—譯

鈴音張開雙手，仰望著天空說：

『「多麼美好的夢」。』

然後，心滿意足地笑了起來。

『你不覺得這是很美好的夢嗎？所有的人，都在那裡緊密相連——』

1

他是個很不尋常的少年。

彷彿走向滅種之路的最後一隻渡渡鳥❶，獨自繼承著人類已經遺失的某種美德。他純潔無邪，很容易受傷，就像搭著人造衛星繞著地球打轉的萊卡狗一樣，用清澈的雙眼觀察這個世界。

十三歲的春天，我遇見了他。（其實，我也同時遇見了她，但我打算之後再細說分明。至少我還有點常識，況且，已經二十九歲的我，比十幾歲時更了解女人心。）

因為父親工作的關係，我經常轉學。我們一家人就像遊牧民族，這裡住一陣子，又搬到那裡混一段時間，每天的生活都以下一個地點為目標。父親上司投的骰子數目，決定了我們搬到多遠的城市。有時，一段時間後，我們又回到原來的出發地。

基於這樣的原因，我根本交不到朋友，也不了解什麼是真正的友情，就這樣匆匆走完了少年時代。

【全書為譯註】

❶Raphus cucullatus，於一六八一年滅種的鳥類。

新遷居的城市有一望無際的田園，和圍繞四周的短柄枹櫟樹、紅松樹林。住宅建築就像青春期少年的鬍子一樣，稀稀落落地點綴著這個城市。

城市中，有好幾條沿著高地蜿蜒而流的小河。源自泉水的清流中，綠葉眼子菜（Potamogeton oxyphyllus）、馬來眼子菜（Potamogeton malaianus）和水馬齒（Callitriche verna）等水草特別茂密，這裡的小魚和水生昆蟲都過著幸福快樂的生活。

不知道從什麼時候開始，我開始迷上了水中的世界。無論在哪一個城市生活，放學後，我必定會去河邊報到。有些城市裡的河流已經乾涸，有些地方更可怕，污泥取代水草，積滿了河床，空罐子和超市的塑膠袋取代了魚兒，在水中漂來浮去。然而，這裡的水充滿了豐富的生命。所以，我很喜歡這個城市。

最重要的是，我在這裡結交了有生以來的第一個朋友。雖然我在這個城市只住了短短一年，卻是令我永生難忘的地方。

我轉學的時候剛好遇到分班，使我能夠以新二年級生，而不是轉學生的身分迎接新學期。

每個新二年級生都會感到些許的惶恐，一看到認識的同學，趕緊牽手相認，在教室的每個角落，都可以聽到為彼此編入同一班而發出喜悅的歡笑。然而，只要過了一星期，每個人都會安頓下來，那些原本死巴著舊識不放的同學，也分別找到適合自己的新朋友，在教室這個縮小版的社會中，形成了階級制。

首先，是那些很會讀書，而且並沒有因此目空一切的男生，就連那些不良少年也敬他們三分，認為『那小子人很不錯』。

他們除了功課好，還很會打籃球，或是彈得一手動聽的吉他，無時不刻不散發著男性魅力。他們大大方方地和女生交往。而他們所交往的對象，個個都是肌膚粉嫩，成績又很優秀的漂亮女生。

雖然他們平等對待每一個人，但我們心裡很清楚，自己絕對不可能和他們平起平坐。因為，他們是『上流階級』。

在上流階級之下，有好幾個組別。

比方說，那些除了讀書以外一無是處的人。即使他們知道明天是世界末日，也不會放棄背英語單字和方程式。他們分不清目的和手段的差異，但在他們發現這一點之前，已經失去了太多東西。比方說，十四歲時笨拙的初吻；一輩子只有唯一一次的反手投籃之類的。

還有那些不喜歡讀書，卻很喜歡活動身體的運動隊員（會讀書的運動隊員歸類在『上流階級』）。對他們來說，無論是反手投籃，還是灌籃，都可以漂亮出擊；不知道什麼時候，已經和笑容可掬的球隊經理有了初吻的經驗。這些人，也失去了某些東西，但通常他們一輩子也不會發現（雖然會有些念頭閃過腦海，但他們卻抓不住）。

這兩組人的地位比『其他組』高。

所謂『其他』，顧名思義，就是除此以外的人。他們的存在，就像是舞台的佈景。這些人書讀得差強人意，運動能力也馬馬虎虎，卻沒有值得一提的才藝。

他們是在頻率分布圖中出現頻率最高的階級。運動會的鼓號樂隊、記分員通常都會輪到他們。他們底下，或者說，剩下的，都是一些怪胎。

這些少數派言談行事都按照自己的價值觀，對自己以外的人，幾乎沒有興趣。雖然偶爾也會和兩、三個人組成小團體，但通常都是獨行俠。而且，毫不在意自己的獨來獨往。

我遇見的那兩個人，正是屬於這種類型。

至於我——我也屬於這個『怪胎組』嗎？

事實上，因為父親強迫我陪他跑步的關係，我跑四百公尺的速度很快。但我沒有參加田徑隊，很少有機會發揮。

我的功課奇差無比。第一學期期末考試的成績，在全學年三百六十五名學生中，我是第三百六十名。我的英語只考了兩分，即使有心，也很難考到這樣的分數。當時，我爸對我媽說：他所有的空格都填滿了，還能錯得這麼離譜，恐怕也算是一種才華吧。

『這孩子，說不定是個大人物。』

父親晚年才得子，我當然被他捧在手心。這也是人之常情。當時，我爸已經六十多歲了。他看自己兒子的目光之偏頗，恐怕用老花眼鏡也很難矯正。

我熱愛孤獨，更喜歡河邊的生物。這麼一一分析下來，我發現自己也是如假包換的『怪胎組』的成員之一。歸納推理往往引導出令人意外的結論（即使旁人早已一目了然）。

在教室時，我總是縮頭縮腦，極力避免天塌下來掉到我頭上。我希望周圍的同學把我當成教室內的設備，比方說，從來沒有人多看一眼的舊花瓶之類的。沒有人會對滿是灰塵的花瓶說話。只是——如果有一個心地善良的文靜女孩在放學後，趁人不注意時插上一支花，應該會讓我欣喜若狂吧。

放學後的生活是天堂。

學校後方有一條送水路和與之平行的小河，分出幾條支流和溝渠。沿著這個方向一直走下去，濕地、沼澤，以及清澈如鏡的泉水池就在前方等待著我。綠葉眼子菜、馬來眼子菜和黑三稜在溝渠中搖曳，寶塔草和黑藻在沼澤和水池中生意盎然，水面上漂浮著巨大的歸化植物布袋蓮。

放學後，我從不直接回家。拎起書包，跑過操場，穿越樹林，直奔河邊。

很久之前，我就注意到那個少年。

好幾次，我都看到他在校舍後方被田徑隊的人追得東逃西竄。他和我同班，但我連他坐哪個座位都不知道。

因此，那天，才是我們真正的相遇。

棒球隊的人在送水路旁。

時序進入五月，水開始變溫暖，校隊那些人經常在這裡流連。這個季節的水量較少，走進送水路，可以抓到溪哥仔和丹氏鱲，從水底淤積的泥沙中，還可以找到蛤仔。校隊的人稱之為『路跑』，經常從操場上偷溜出來，在這裡摸魚。

棒球隊的傢伙既粗野又蠻橫，需要特別留神。我就像弱小的草食動物，神經隨時緊繃，注意他們的動向。和他們保持一定的距離，避免踩入他們的勢力範圍。我在送水路對岸彎下身體，悄悄跑了過去。

送水路的右岸，數百公尺寬的森林延綿了好幾公里。這片綠色地帶住了各式各樣的居民。以現在的話來說，就是遊民。

其中一個人在堤岸的斜坡上挖了一個洞，住在那裡。在約三公尺深的洞裡，放著床墊、紙板箱和鋁製臉盆，還有焦黑的鍋子。那天，洞穴的主人可能出門了，洞裡不見人影。

往前走，是一片廣大的竹林。竹林的最深處有一間破房子，也就是俗稱的茅草屋，很像民間故事中經常出現的『雀巢』。大家都叫住在這個房子裡的人『瘦皮猴』。人如其名，他真的很瘦，一年四季穿著薄質碎白點花紋布的和服，光著腳踩著一雙木屐。感覺他就像八百比丘尼❷，幾百年以前，就已經在這片竹林中出沒了。但聽說他是擁有這一帶很多土地的大地主的兒子。

他也是必須格外小心的人物。他很討厭小孩子，只要有人靠近竹林，他就會丟石頭。我躡手躡腳地快步穿越這裡。

前方是短柄枹櫟樹、櫟樹和杉木林立的小徑。我的目的地就是位在小徑中途，名為『葫蘆池』的沼澤。蘆葦和茭白筍圍繞的沼澤中，漂浮著金魚藻和布袋蓮，鯰魚、泥鰍、日本沼蝦和金烏龜等生物生活在水下的世界。這裡也是水生昆蟲的寶庫。

這幾天，我每天都來這裡報到。

距離葫蘆池還有一小段距離時，我看到了他。他正凝望著違法傾倒的垃圾山。我知道他是我的同班同學，但想不起他的名字。

我停下腳步，觀察著這個凝視垃圾山的少年。

他的個子不高，說他是國小三年級，應該也不會有人異議。但他站立的姿勢，有一種神聖不可侵犯的威嚴。他穿著牛仔褲和縐巴巴的套頭衫（我讀的國中穿便服，不用穿制服），一頭蓬鬆的亂髮。然而，最令人印象深刻的，就是他戴的那副眼鏡。那副粗糙的黑色塑膠框，已經是八百年前的樣式了。無論怎麼看，戴在他臉上都嫌太大了，已經超出了他的臉部輪廓。鏡腳的部分裝了手工做的橡皮套，以免眼鏡掉落。他看起來像是縮小版的艾維斯．卡斯提洛❸（就是他在『THIS YEAR' S

MODEL』裡舉著照相機的模樣），以我的價值觀來說，他真是『帥呆了』。

他為什麼這麼聚精會神地看著垃圾山？他視線的前方，不外乎是顯示器破裂的電視機（那是我上星期丟石塊打破的）、無力垂著大嘴的冰箱，以及沒有輪胎的腳踏車，諸如此類的大型垃圾。難道他在物色可以再生利用的東西？他那副眼鏡，可能就是從哪裡撿來的。

這時，他突然回頭看著我。正肆無忌憚地盯著他看的我頓時慌了神，一時說不出話來，莫名其妙地把兩隻手在胸前甩來甩去。

『棒球隊的人要來了。』

他說。

我下意識地回頭張望，但並沒有看到他們的身影。

『他們在路跑時，都會經過這裡。』

這次，他很明顯地在對我說話。

『如果你不想吃他們的虧，最好躲起來。』

說完，他點了點頭，便閃到垃圾山的後方。我趕緊跟了上去。垃圾山的後方是斜坡，只要蹲下來，就可以把身體隱藏起來。我屏氣凝神地等待棒球隊的出現。

❷日本民間故事中長生不老的神仙，年輕時吃了美人魚的肉，結果活到八百歲。

❸Elvis Costello，七〇年代末期以一張備受肯定的專輯『My Aim Is True』崛起樂壇，早期致力於Punk Rock，並且成為八〇年代New Wave重要人物。

不一會兒，先聽到了說話的聲音。他們用因為練習而變得沙啞的聲音大聲吵鬧著。聽起來，好像是有好幾輛疏於保養的車子一起駛來。聽不清他們在說什麼。他們自己也沒有在聽對方說話。隨著一陣踩著落葉的腳步聲，他們從垃圾山前跑了過去。

『他們走了。』

他用食指推了推滑落的眼鏡說。

『嗯。』

我們並沒有立刻站起來。因為，等一下還會有重量級的隊員。

大型垃圾山的後方，也是垃圾天地。所有文明的排泄物都堆積在這裡，淹沒了向河面延伸的斜坡。我的右側有幾十個小娃娃的頭。雪白的石膏頭上沒有頭髮，看起來很像丟棄在野外的小孩子頭蓋骨。

在我們之間，丟著一個差不多有十五磅重的黑色保齡球。無論從哪個方向看，都找不到可以用手抓的那三個洞。兩者都在變成真正的姿態前，就被人丟棄了，真是悲哀啊。

『這個，兩個月前就丟在這裡了。』

可能是發現了我的視線，他突然說道。

『很快就會變成了不起的垃圾了。』

『了不起的垃圾？』

嗯。他點點頭，然後，又用手指推了推滑落的眼鏡。這個動作很像縮小版的克拉克・肯特❹。

『垃圾有很多種。剛被丟棄的時候，還只是東西而已。後來，才慢慢變成垃圾。有些變成讓人不屑一顧的無聊垃圾，有些會變成了不起的垃圾，令人刮目相看。』

他的語氣，好像天文學家在談論星星。

『這個，』他指了指沒有洞的保齡球。『很不錯，會變成難得一見的超讚垃圾。』

直到最後，我都無法得知他的基準從何而來。如果有人對我說『酒紅色很漂亮，但淡粉紅就有點遜色』，我恐怕會有相同的感覺。

終於，落後隊伍的重量級隊員過來了。我們不是從腳步聲，而是從地面的震動察覺到他們的出現。

八十公斤的肉球。

綽號叫絞肉的二年級生後面，跟著兩個比他小一圈的新隊員。三個人的臉都脹得通紅，流了滿身的汗。

我們躲在垃圾山後觀察著他們。三個人並沒有和前頭部隊走相同的路，而是消失在河流另一側的小徑上。

『那裡是近路。』

他說。

『絞肉每次都走那裡，然後，再悄悄跟在大隊人馬後面。真不敢相信，他還是正式隊員咧。』

的確難以置信。

『他打哪個位置？』

『右側八號。』

❹克拉克．肯特，電影『超人』的男主角。

『我還以為他是捕手。』

『捕手比絞肉還要重五公斤，體重壓壞了膝蓋，不能參加路跑訓練。』

難道，我問：

『我們學校的棒球隊很爛嗎？』

『每次在第一輪就敗下陣了。就連本地的少年棒球隊也不把他們放在眼裡。』

聽他這麼說，我終於鬆了一口氣。這個世界還是有天理的。

『好了，我要走了。』

說著，他站了起來。

『走？你要去哪裡？』

我對他人不感興趣，很難得問別人這個問題。

至今，我仍然感到很不可思議。那時候，我為什麼會好奇他要去哪裡？完全不知道將有另一個邂逅等待著我。總之，我就在不知不覺中，抓到了肉眼看不到的那條線。

『有一個更大的垃圾場，我要去那裡。』

他停頓了一下，兩隻眼睛在眼鏡後方拚命眨動，彷彿在拚命思考。終於，他點點頭，推了推滑落的眼鏡，對我說道：

『嗯，好吧。我們一起去吧。我給你看我的寶貝。』

那一定是比沒有洞的保齡球更棒的東西。一定是像會播放火星節目的電視，或是不裝電池也會自己動起來的自動娃娃之類的東西。

『真的假的？』

聽我這麼問，他笑了起來。他的一口牙齒就像是打亂的椿子。大大的虎牙頂出了嘴角兩側。

『真的啦。我們走吧。』

說著，他轉身邁開腳步。然後，轉頭對跟在後面的我說：

『我叫佑司，五十嵐佑司。』

『我叫智史，遠山智史。』

嘻嘻。他笑了。

嘿嘿。我也跟著笑了。

我們都很害羞。因為，我們都不習慣交朋友。

那裡是我從來不曾去過的地方，位在距離葫蘆池十五分鐘路程的森林外。前面是一片比較新的住宅區。明明有這麼大一片土地，但他們的房子就像一板一眼的生物部落，整齊而密集地排在一起。當然，不久之後，這個部落就會展現出旺盛的繁殖力，驅逐綠色森林。但在那時候，還只有零星幾個孤零零的部落而已。

這個住宅區和綠色地帶之間，是一個巨大的垃圾場。

這裡也是非法傾倒的垃圾山。可能有兩個回力球場那麼大。垃圾山平均有一．五公尺高，四周是一大片高高的芒草。

『太離譜了。』我說。

『還好啦，』佑司回答：『還有更離譜的地方咧。』

他又接著說：『有些地方還很危險喔。』

但這裡很安全。他說。

我們走進垃圾山，我發現那裡似乎有那麼點秩序。雖然很雜亂，但所有東西都各就各位。

『這個地方真的不錯。』

聽到我的稱讚，佑司露出愉快的表情。

『這是我的風水寶地，所以，我稍微整理了一下，感覺舒服點。』

有些地方闢開了一條路，還隔出了一間小房間。當然，無論地板和牆壁都是用垃圾做的。在垃圾山的中心，有一間小客廳。在外面絕對看不到的位置，放了沙發、桌子和櫃子。

『歡迎來我家。』

這是我第一次受邀到同齡朋友的家中做客，所以，內心感到很興奮。即使朋友的家是垃圾屋也無所謂。

『坐吧，這裡不會髒。』

那是一張看起來頗高級的沙發，包著深綠色皮革。我一坐下，沙發就深深陷了下去。佑司從櫃子裡拿出兩個盤子，放在桌子上。

難道，他準備在這裡吃晚餐？我愣了一下。再怎麼心情愉快，但要我在這裡吃飯，總覺得在衛生方面應該會有很大的問題。然而，我多慮了。

佑司又從櫃子裡拿出礦泉水的保特瓶和畫著狗頭的盒子。

『狗食。』

說著，佑司搖了搖盒子，裡面發出咔沙咔沙乾乾的聲音。

『是老狗吃的低熱量狗食。』

佑司在一個盤子裡倒了水，另一個盤子裡倒了狗食後，很靈巧地用一隻手打了個響指。聲音大得驚人。很難想像，那麼小的手竟然可以發出這麼大的聲音。

佑司在我對面的沙發上坐了下來。

『牠馬上就會過來。』

『狗嗎？』

『對，狗。牠是我的寶貝。』

我原以為他要向我展示什麼珍奇垃圾，聽到這麼天經地義的回答，不禁有點失望。

『喔，原來你的寶貝是狗。』

我假裝很有興趣的樣子，但其實只是為了安慰佑司的演技。

『到處都有狗，通常都是棕色的毛，黑色的鼻子濕濕的。』

『牠來了。』

佑司說。

狗出其不意地現身了。我回頭一看，牠正在我的旁邊快樂地搖尾巴。

牠看起來就像是一團垃圾。全身的長毛上沾滿了垃圾，右耳後方黏了一根紅色的尼龍繩，隨風飄動著。肚子上黏著濕了又乾的面紙。眼睛被埋沒在糾結成一團的長毛中。

『牠——』

『不管我再怎麼幫牠清理，兩、三天後，就又是這副樣子了。可能是因為生活在這裡的關係吧。』

『喔。』

我戰戰兢兢地把手伸向看起來像是一團垃圾的狗。

『唏—克？』

我嚇了一跳，趕緊把手收了回來，抬頭看著佑司。他露出哀傷的笑容。

『唏—克？』

這個聲音的確是這隻狗發出來的。

『牠的名字叫特拉雪。』

佑司說。

『特拉雪？不是帕特拉雪❺？』

『拜託，這裡又不是法蘭德斯❻，只是垃圾場而已。』

所以才叫特拉雪（trash直譯就是『垃圾』）。住在垃圾場，看起來就像垃圾的狗，的確和這個名字很速配。

『你幫牠取的嗎？』

我問。佑司輕輕搖了搖頭，抬起頭看著我，彷彿在問：特拉雪怎麼了？

『不是我。是花梨先叫牠特拉雪的。』

『花梨？』

『花梨——小姐？』

『對，花梨。她是我十三歲時遇到的另一個朋友。』

『她是女孩子？』

『對，是女孩子。但她渾身上下沒有一個地方像女孩子。她是怪胎，可能比佑司更怪。』

這樣評論花梨，或許讓我覺得有點心虛。尤其在以結婚為前提交往的女朋友面前提到初戀情人，每個人都會有這種感覺吧。

『妳不會無聊嗎？』

我問。

不會啊。美咲小姐搖了搖頭。烏黑發亮的長髮優雅地擺動著。

『你是應我的要求說這些的，我高興還來不及呢。』

然而，她用像春天陽光般的溫柔眼神看著我。

『然後呢？』

花梨是個不可思議的女孩子。

第一次遇見她，是在佑司把特拉雪介紹給我的三天後。

那天，我正在葫蘆池畔抓日本沼蝦，佑司來找我。

❺卡通『龍龍與忠狗』（A dog of Flanders）中，忠狗的英文名字叫Patrasche。

❻Flanders，位於比利時北半部，也是卡通『龍龍與忠狗』所發生的地點。

是我先看到他。他的視力很差。即使戴著那副克拉克—卡斯提洛的眼鏡，我也懷疑他能不能看清楚自己的腳尖。

之後，我曾經問過他眼鏡的事。你的眼鏡怎麼回事？

『這個嗎？』佑司指了指自己的眼鏡。

『我爸給我的。我告訴他，我視力不好，他就把他的給我了。』

對。

我一直以為，眼鏡這種東西是很私人的，很難和別人分享。只是為某一個人所存在的。所以，他的話把我搞糊塗了。

『可以這樣嗎？就像爺爺的懷錶可以代代相傳嗎？』

是啊，佑司回答。眼鏡本來就是這樣的。

『眼鏡很貴吔。怎麼可能輕易地配好幾副？』

他回答得毫不猶豫，卻讓我更加糊塗了。

『但是戴別人的眼鏡，度數不是不合嗎？』

『我覺得，這根本不重要。只要戴眼鏡後比以前清楚就好了。』

是這樣嗎？

然而，即使佑司戴了父親送他的眼鏡，他的視力還不如年邁的特拉雪。這和佑司與眾不同的興趣密切相關（且容我在其他的場合細說）。

因此，他並沒有看到我在池邊。我雖然看到他嘴巴張成O字形，卻聽不到他在說什麼（那一陣子，我有嚴重的中耳炎，聽覺很有問題）。

『我在這裡！』

聽到我的聲音，佑司終於看到了我，大聲叫了起來。

『我剛才一直在叫你，你躲到哪裡去了?!』

總而言之，就是這麼回事。

特拉雪身上又黏到了新的垃圾。是假的玫瑰花瓣。牠的耳朵附近（到底哪裡是牠的耳朵？）黏了淡粉紅色的花瓣。我們看著牠在花瓣點綴下，正專心一志地吃著飼料，百思不得其解。

『奇怪咧，牠到底是怎麼黏到的？』

『嗯，真的很匪夷所思。』

我們互看了一眼，正苦思惡想時，背後傳來了聲音。

『是我幫牠弄的。』

回頭一看，一個身材苗條的少女正坐在櫃子上。蜂蜜色的頭髮剪得短短的，穿著一件幾乎包住她整個身體的特大號長外套。以當時的季節來說，實在是很奇特的打扮。

『原來是花梨，妳已經來啦。』

佑司說。於是，我知道就是這個少女幫特拉雪取的名字，也發現她是隔壁班的學生。

『我用夾子幫牠夾的，很漂亮吧？』

然後，她露齒一笑，露出了銀色的齒列矯正器。

她是為了給別人看矯正器，故意笑的嗎？我在心裡想著。那種感覺，就像女生故意把身體微微前傾，展示胸前的項鍊；或是撥一撥頭髮，炫耀耳朵上閃亮的耳環一樣。

花梨猛地從櫃子上跳了下來，走到我們身邊。近距離一看，我發現她的五官很漂亮，白皙的肌膚特別顯眼。她的臉好像高級繪圖紙一樣，很有光澤地閃亮著。

我和她四目相接。她似乎觸動了我內心的某種東西。就在胸口稍微偏上的敏感位置，我的身體不禁抖了一下。

她移開視線，彎下身體，用手摸著特拉雪的下巴。特拉雪舒服地倚在花梨身上。然後，微微地抬起頭，對花梨輕輕吠了一聲。

『唏—克？』

又是那個聲音。

特拉雪彷彿在向所有遇到的人發問。

『唏—克？』

『這種叫聲……』

花梨站了起來，用手拍了拍外套的下襬。

『應該是以前被人飼養時，喉嚨動了手術。』

她說。

『如果狗整天吠叫，左鄰右舍不是會抗議嗎？所以，飼主就奪走了特拉雪的聲音。』

結果，就留下了這個唯一的問號聲。那個聲音，宛如風穿過很細、很脆弱的玻璃管。

『聽起來好像在發問。』

『嗯，可能吧。』

特拉雪到底在問什麼？

每一天，每一天，牠都不厭其煩地問牠遇見的每個人。

『唏—克？』

但是，我想。她為什麼穿這麼奇怪的衣服，而且，說話的口吻像男生。照理說，她應該是個很有魅力的女孩子。

那是我第一次見到花梨。之前曾經聽佑司說，花梨很少去學校，通常在只有她知道的地方，度過『有意義的』時光。

『她是個怪胎。』佑司說。

我好像看到奇異果指著企鵝說：『那傢伙是不會飛的鳥，真奇怪。』這就是所謂的下意識吧。

花梨把右手在外套的胸口擦了擦，向我伸出手。

『你好。你是佑司的朋友，當然也是我的朋友。』

我誠惶誠恐地伸出手，握住了花梨的手。她的手很小，很冰。即使花梨的穿著打扮像少年，但她還是個十三歲的女孩子。她的手很柔弱，讓我情不自禁這麼覺得。

『請多關照。』

請多關照——

於是，我們成為朋友。

2

走出餐廳，我們在夜色中，往車站的方向走去。

『謝謝招待，真的很好吃。』

『聽妳這麼說，我就放心了。』

美咲小姐穿著乳黃色洋裝，外罩一件白色針織衫。柔和而文靜的裝扮很符合她的氣質。

『下次，』美咲說：『應該還有機會聽你說續篇吧？』

當然，我回答說。『如果妳想聽的話。』

這是我們的第三次約會。這一天，兩人之間生疏的空氣終於略微鬆動了。應該是這兩位與眾不同的朋友的功勞。那種感覺，好像剛好路過的舊友化解了我們兩個人之間的尷尬。或許，我們的約會還需要有人陪伴。

如果我是那種可以輕鬆和女孩子吃飯的人，就不需要這麼辛苦了。

我今年三十歲，卻虛度光陰，至今沒有遇到一個可以稱之為『情人』的女孩子。或許有人說我晚熟，但其實我把自己的夢中情人太理想化了。也就是說，我是個孤獨的研究者，完全憑自己的信念，尋找生命中的白雪公主。我試圖告訴自己，我不太敢正眼多看女人一眼的事實，對我至今仍然孤家寡人這件事並沒有太大的影響。

當然啦，我也有一、兩段關於女人的美好回憶。不，三、四個吧——反正，差不多是這樣啦。

我的初吻是在十四歲時發生的。我的起點並不比別人晚。大學畢業前，也有了性經驗。雖然沒什麼好自豪的，但還不至於是讓自己顏面無光的慘澹經歷。

大學三年級的秋天，下學期剛開學不久。在一個比我大一歲的女生引導下，我靜靜地、悄悄地跨越了人生的分水嶺。

我相信，她對我有好感，而不是同情使然。

她是同一個社團的學姊，已經決定要去一家專門出版兒童文學的出版社工作。

我獨自在學生食堂吃C午餐時，她叫住了我。（對我來說，獨自吃C午餐倒是很稀鬆平常的事）

我家裡養了神仙魚，她說，好像都病懨懨的。

於是，我就去了她家。那是學校附近的一幢歐式公寓。

問題很快就解決了。水族箱的水溫太高了（那一年，即使時序進入了秋天，夏日的暑意仍然揮之不去），又剛好放在西曬的位置。把百葉窗放下，即使不在家的時候，儘可能用定時器在下午兩點時把冷氣打開。只要做到這兩點，問題就解決了。

然後，我在客廳沙發上喝著肉桂茶。

她很自然地在我身旁坐下。她的動作自然，沒有半點遲疑。

我渾身僵住了，每隔五秒，就舉起杯子喝茶，好像用馬錶計算過一樣，緊張得連我自己也覺得丟臉。

你經常一個人吃飯。她說。

對啊。喔，對。

『為什麼？』她問。

『在社團時，你也總是一個人坐在靠窗的位置。』

『我喜歡一個人，』我回答，『我喜歡這個小而完美的世界。』

『就好像是小星星上唯一的居民？』

『差不多吧。』

她輕輕嘆了口氣。然後，用手撥起遮在臉上的長髮。

『這顆星星上容納不下女人嗎？』

這是告白嗎？

我把杯子放在嘴邊好長時間，一動也不動。肉桂茶不知道什麼時候已經喝完了。

『其實——』

我猶豫了一下，把真相告訴了她。

『我在尋找，尋找我這輩子的真命天女。』

『你的另一半嗎？』

『也許吧。』

『怎樣的人？』

『——我至今仍然忘不了和我初吻的女孩子。』

從十四歲的初吻開始，她始終盤據在我心裡。

她細長的眼睛發出透明的視線注視著我。我又把空杯子放到嘴邊。

『我認為，這樣很好。』

她說。

『那個初吻應該很美，讓你至今仍然無法忘懷。』

是這樣嗎？

我人生中的第一個吻笨拙得有點滑稽，而且，接吻的滋味，令我聯想起遠離那個行為的發生地點的感覺。

『你現在仍然喜歡她嗎？』

『不知道。』

我說。

『我完全沒有和她再見面。但我不覺得那是以前的事，回憶經常喚起比現實更真實的感情。於是，我想像著在未來的日子裡，我和她一起快樂生活的情景。』

『這就是你那個封閉的世界。』

我點了點頭。

『或許，我追求的只是那份感覺，而不是她。但我在尋找在這幅畫面中對我微笑的女孩子。』

所以，你獨自尋覓到今天。

雖然她的語氣中沒有責備，卻帶著一絲感傷。

『你想不想走出這個世界看看？』

我還沒有了解這句話背後的真正意思，就忙不迭地點頭，我不想讓她失望。

我回想起佑司曾經說過的話。

『人在回頭的時候無法前進。因為，所看到的永遠都是已經走過的路。只有在向左前進後，才能發現原來右側也有路。』

我想，應該就是這麼回事。

秋日午後乾爽的陽光下，她脫下淡粉紅色襯衫，對我說：

『遠山君，我想，這應該是我最後一次看到你了。』

她背對著我，把裁剪簡單的牛仔裙脫在地上。我原本以為，在這種情況下，女生都會把房間的光線調暗，看到她潔白的內衣，我不禁說不出話來。

『我已經開始工作了，學分也已經修滿了，不太有機會去學校了。』

所以，我一定要趁這個機會告訴你。

她把脫下的內衣揉成一團，很自然地放到我看不見的地方。動作靈巧得簡直像魔術師。

她鑽到床上，用手拍了拍旁邊的位置，示意我過去。

我躺在她旁邊，她摸著我的胸口說：

『我覺得，在不和任何人有心靈交流的情況下，就讓年華老去，無論對你，還是對你周圍的人，都太可惜了。』

人生比想像的更短。

說著，她用腿勾住了我的腿。我的大腿碰到了她的恥毛，感覺癢癢的，我趕緊扭著身體。

『我幫你打開房間的門。』

她說。

『用自己的雙腿，走出來吧。』

做愛和各種不同的感情有關。當然，和愛情的親和性非常高。但並非只有如此而已。做愛和好感、共鳴、慈悲，以及同情都有關。有時候，甚至可能是惡意和憎恨之類的感情。

我知道，我們之間的並不是愛。但應該有好感。我不願意認為那是同情。

電車到達之前，我們等在剪票口外。在微乎其微的向心力作用下，我們的身體靠得比以前更近，可以感受到彼此的體溫。

溫暖隨著話語而來。

『十三歲時的遠山先生，不知道是怎樣的男孩子？』

美咲小姐抱著自己的身體，仰頭望著我。

『和現在差不多。比現在矮十五公分，把「那時候」的口頭禪改成「總有一天」，就是那時候的我。』

美咲小姐竊竊地笑著，然後，用熾熱的眼神望著我。

『我好想看一看，可以的話，我想和你在同一班，坐在你旁邊上課。』

我既覺得這是用很委婉的方式示愛，又覺得只是我自作多情。總之，那一夜，我們都很輕鬆。我可以看著她的臉說話，即使四目相接，也可以相互凝望五秒鐘。然後我發現，美咲小姐的眼睛有著很漂亮的顏色。總之，她的瞳孔是榛子色，或稱為鳶色，總之，是很明亮的顏色。

這和花梨的眼睛很相似。原本想要告訴美咲小姐，卻不好意思開口。

（妳的眼睛好漂亮。）

這種話，我還是說不出口。

我們天南地北地聊著天。當我說些想要逗她笑的話時，她快樂地咯咯笑著；當我說嚴肅的話題時，她也聽得很認真。我們像雙胞胎一樣產生共鳴，那簡直是春夜的魔術。

『為了和他聊天，她錯過了一班又一班的電車。』

感覺像是戀愛小說的起頭。

會開始戀愛嗎？

是有那麼點預感。那天晚上，她目送了三班電車遠去，搭上第四班電車回家了。不是一班，也不是兩班，而是三班——

3

送她上車後，我離開了小型的車站大樓。在柔和的月光下，穿過平交道，走向位在商業區相反方向的新興住宅區。

我的商店兼住家就在這條緩和的上坡道盡頭。巴掌大的店裡只要進來五個客人，就會把第一個進門的客人從後門擠出去（還好，從我開張營業至今，從來沒有一次進來五個客人過）。

我在那裡賣水草。由於是針對有限的一小部分人為對象販賣的商品，因此，生意和我原來預計的差不多，只能在低空飛行。全靠一些熱心愛好者發自內心的熱忱，帶來些許上升氣流，才讓我免於墜機的命運。在方圓五十公里以內，找不到第二家店有本店這麼齊全的商品。如果這家店倒了，他們應該也很傷腦筋吧。所以，我們算是共生關係。在專賣六〇年代法國搖滾的二手唱片行，或是以賣企鵝叢書❼平裝本為主的書店中，也可以找到這種共生關係。

快走到店門口時，我才發現有人背靠著店門，坐在人行道上。我直接向後轉，想沿來路走回去。那時已經晚上十一點多了，四周沒有人影。而且，我沒什麼力氣，當然是三十六計，走為上策。然而，我才走了三步，對方就叫住了我。

『你是店長嗎？』

是年輕女人的聲音。我停下腳步，回頭看著。原以為那個人影是喝醉酒的男人，仔細一看，才發現是穿著一件暗色厚夾克的長髮女子。

『是啊。』

我回答說，她甩著手上那張Ａ４的影印紙。

『徵計時工　年齡性別不拘　凡熱愛水生植物者　詳情請洽店長』（字怎麼寫得那麼醜）

不用說，那是我寫的徵人廣告單。原本貼在門上。

『妳是來應徵計時工的嗎？』

『對啊。』

『但現在已經這麼晚了。』

她站了起來，啪啪地拍著牛仔褲的屁股。

❼英國一種以小說為主體的口袋書。

『我是傍晚來的，是你讓我等這麼久的。』

『妳又沒有和我約好。』

『對。我沒有怪你，只是在回答你的問題。』

我走了過去，接過她手上的影印紙。

走到她旁邊，發現她長得眉清目秀的。或許是月光皎潔的關係，她看起來像是古典雕像。以活生生的女人來形容，就是『凱旋門』裡的英格麗．褒曼（因為受年邁父親的影響，所以，我的資料庫裡，只有老一代的女明星）。

我從棉質長褲口袋裡拿出鑰匙，打開門鎖，走進店裡。她也跟了進來。打開燈，店裡籠罩在一片橘色燈光下時，我聽到她在我背後倒抽了一口氣。

也難怪她會驚訝，因為，她正身處水中的森林。

『如果每個水族箱都裝燈光，一定會更漂亮。』

我打開了店裡每個水族箱的照明。在昏暗的空間內，只看到水族箱的藍白光。

『好美！這是你的店？』

『是啊。』

她把左手放在胸前，欣賞著圍繞四周的水草，好像快無法呼吸了。

『好像在湖底一樣。』

『水的味道，水的聲音——』

『有嫩綠色的水草，淺綠色的水草，還有紅色的水草？』

『有啊，妳現在看到的，叫Rotala macrandora，紅蝴蝶。』

『英文名字聽起來好像魔咒。』

『水草的名字都差不多，還有Ludwigia grandulosa，新葉底紅、Myriophyllum matogrossense，紅羽草、Hygrophila rozaenervis，水蓑衣。』

我手指的水草都已經闔上葉片睡著了。

她欲言又止地抬眼看著我的眼神，讓我深受吸引。

——我認識她。

『妳叫什麼名字？』

我情不自禁開口問道。

『我？』

『對，妳的名字。』

鈴音——森川鈴音。她說。聽到這個名字，我也沒有想起什麼。但為什麼對初次見面的女生，會有這種似曾相識的感覺？

我又看了她一眼。她用帶著問號的眼神看著我。我依舊注視著她的眼睛，卻無法回答她的問號。

她先移開了視線。她假裝對水草的森林產生了興趣，逃避了我的注視。我理所當然地這麼認為。為什麼？為什麼和她互望不會感到痛苦？

她有一種不可思議的隨和。那件好像她爺爺送她的舊夾克，隨意披在肩上的長髮，以及毫無防備的表情——她擁有一張姣好的面孔，不會令男人退縮的溫柔印象，讓我產生了似曾相識的感覺。

我是這麼認為的。然後，請她坐在收銀台旁的高腳椅上。

『如果我說，改天再來正式面試，妳會生氣吧？』

她瞇起眼睛，露出帶有威脅的笑容。

『好吧，那就簡單問一下好了。』

我走進櫃檯，打開收銀台旁的資料夾。

『嗯，妳有沒有帶履歷表？』

她搖了搖頭。

『我覺得沒這個必要。哪一所大學畢業的，或是會不會說希臘文，興趣是觀測天體之類的事，和這個工作似乎沒有關係。』

『嗯，這倒是。』

我點點頭，然後問她：

『妳會說希臘文嗎？』

她笑了（這次笑得很親切），說，我只是打個比方。

原來是這樣。

然後，我又問了她的年紀。

『二十九歲，這和工作內容有什麼關係？』

『是沒什麼關係，這只是一個習慣性的問題。』

『喔。』

『先不談這個，其實，我也是二十九歲。』

『這代表什麼意義嗎？』

『可能吧。如果一起工作，或許可以聊得很愉快。像是讀小學時愛看的電視節目，或是初戀時聽的音樂之類的，可以有共同的話題。』

『對喔，可能會很愉快吧。』

『嗯。』

於是，我從檔案夾裡抽出一張寫著計時工的薪水和福利制度的影印紙給她。

『差不多是這樣。』

她只瞥了一眼，似乎不感興趣地朝我點點頭。

『我知道了。』

『再來是工作的時間。最好每星期可以來三天以上，尤其是週末，這裡特別需要人手。』

『我打算工作七天，從開門到打烊。』

『喔，』我說，『是喔。』

『也就是說，從早到晚嗎？』

『對，從早到晚。』

『時薪不變喔。』

『無所謂。』

她看著我，露出很有威嚴的笑容（她的笑，好像也有很多不同的表情）。

『你願意僱我嗎？』

我有點猶豫。

不需要我重申，本店的客人少得可憐，和夏天的滑雪場，或是冬天的度假海灘差不多。工作量多得可怕，卻無法獲得相應的收入。我想要人手幫忙，但能夠使用的經費卻很有限。雖然很悲哀，但這是我必須面對的現實。

『妳對水草熟嗎？』

她搖了搖頭。

『但我很喜歡，從小就很喜歡。』

然後，她又說：

『這不是條件嗎？』

的確如此。

這是我在徵人廣告上，用醜陋的字寫的唯一條件，而且下面還劃了重點線。

『還有，我的電腦很厲害，或許可以在工作上派上用場。怎麼樣？』

『ＯＫ，錄用妳。』

這正是我需要的技術。水草店也要電腦化，這是趨勢。

『還有，我有一個請求。』

『什麼請求？』

『我沒有地方住，可不可以讓我住在這裡？』

片刻的沉默。代表了我的驚訝。

『這裡，妳是說這裡嗎？』

我指了指店的地板。

『對。我有墊子和睡袋，只要你借我地方，就可以變成很舒適的臥室。』

喔喔。

『你別擔心，我不會偷店裡的商品逃跑的。不然，我可以把我最心愛的東西寄放在你那裡，作為抵押。』

雖然我沒打算拿來作抵押，卻基於好奇心問她：

『什麼東西？』

她從夾克下面的白襯衫胸口拉出一條項鍊。銀色的鍊子下，掛著一個透明的多面體。大拇指大小的多面體不像是裝飾品，而像是工業製品的材料。比方說，馬錶或是度量衡儀器之類的器具中所使用的材料。

『這就是妳心愛的東西？』

『對啊。』

『應該很貴吧？』

『對，超貴的，絕對不可能有第二個。』

我點點頭，用手示意她，可以把東西收起來了。

『不需要抵押，我相信妳。』

『喔，』她說，『是喔？』

她用一種不帶感情的眼神看著我，用一種好像大姊姊的口吻（我並沒有姊姊）說：

『你就這麼輕易相信別人嗎？』

我沒想到她會說這種話，不禁愣了一下，有點不知所措。

『不，嗯，是嗎？』

『什麼？』

『我不可以相信妳嗎？』

她的眼睛轉了一圈，仰頭看著天花板。意思是說，真是看不下去了。

『我不是這個意思。我是說你這種輕易相信別人的性格有問題。』

原來是這樣。

『我並不是隨便相信每一個人。』

我說。

『別看我這樣，我看人還滿有眼光的。』

她的眼睛瞪得更大了，意思是說：啊喲，真是看不出來。

『那，我算合格嗎？』

『算啊，嗯，算合格。』

『對一個突然主動上門，說要住在這裡打工的人，你什麼也不問，就認為合格了？』

『我已經問了很多了。』

我懂了。她用雙手抱著自己的身體。

『你會傳心術，所以，什麼都知道。對吧？你應該也知道，我今天和昨天都穿相同的內衣吧？』

我舉起雙手表示投降，嘆了口氣。

『我知道了，那我問妳。妳以前做過什麼工作？住在哪裡？』

『問得好。』

『謝謝。』
模特兒。她說。我是模特兒。
『喔，原來是這樣，難怪。』
『什麼難怪？』
『因為，妳長得很漂亮。所以，也從事這方面的工作。』
她看著自己鼻尖的位置，微微翹起嘴角。
『聽你這麼說，』她說。
『我很高興。』
『是嗎？』
『嗯。聽別人這麼說，當然會高興。』
『那就太好了。』
她看著我的眼睛，然後，露出靦腆的笑容，看起來像是十四歲的少女。我認識一個女孩子，也是這麼笑的。只不過，那是在很久以前。
『妳為什麼要辭職？模特兒的工作不是很好玩嗎？』
『減肥太痛苦了。』
說著，她重重地吐了一口氣。
『我很想去吃那種蛋糕吃到飽的，只要一次就好。』
雖然聽起來像是事先準備好的對白，但我決定相信她的話。
『妳的夢想實現了嗎？』

還沒有。她搖了搖頭。

『好吧，下次我帶妳去。前面那條林蔭道上，有好幾家蛋糕店的蛋糕都很好吃。』

『真的嗎？』

『真的。』

『簡直像在做夢。』

『其實，夢想往往就是這麼回事。』

而且，我又繼續說：

『如果妳要住在這裡，可以買一張折疊的簡易床。只要去林蔭道上的家具店就有了。』

那就這麼決定了。她說。

『我之前住在模特兒經紀公司租的歐洲公寓，家具也都是經紀公司的，所以，我什麼都沒有。』

妳為什麼來這裡？我問。

『沒什麼特別原因。我轉了幾輛巴士，就到這裡了。然後，我在街上閒逛，看到這張徵人廣告，就決定要在這裡工作了。』

原來是這麼回事。

『歡迎。』

我說。

『歡迎妳來到水族商店「特拉雪」。』

『這家店的名字嗎？』

『對啊。』

『你賣的是「垃圾」嗎？』

『才不是咧。「特拉雪」是為美麗的事物所取的名字。』

『是嗎？』

『當然啦。』

她真的有睡袋。

她出去一下後，抱著一個很大的背包走了進來。

『妳好像要去爬西藏的山。』

『哪可能，不用五分鐘，就會發生山難。』

她說。

『裡面大部分都是衣服。還有絲襪、內衣和化妝品。』

『還有睡袋和墊子？』

『對啊。』

『為什麼會帶這種東西？』

我問。

『難道妳打算睡在公園嗎？』

『可能吧。其實，我還滿喜歡看著星星睡覺的。』

她把墊子鋪在櫃檯裡的狹小空間內。

『這裡太棒了，應該可以睡得很安穩。』

『濕氣會不會太重？水族箱會蒸發很多水分。』

店內好像熱帶植物園一樣，充滿水氣。
『沒關係，說不定對皮膚不錯喲。』
說著，她對我露出微笑。
『以前，我去東南亞旅行時，那裡的濕度超高的。』
『妳不介意就好。』
她脫下那件笨重的夾克，又脫下黑色的馬靴，在墊子上盤腿而坐。
『那，晚安囉。』
『嗯。』
我有一種不忍離去的感覺，便站在原地看著她鋪床。
她用帶著問號的表情看著我。
『嗯，我想，妳應該已經發現了，我就住在樓上。但房間很小，只有臥室和廚房而已。』
她點了點頭，似乎表示同意。
『還有——上面有一間小浴室，想要用的時候，可以告訴我一聲。』
『謝啦。』
她說。
『不過，你不用為我擔心。』
『是嗎？』
『對啊。』
還有，我又接著說。

『店的後面有一間廁所，妳可以用，但空間有點小。』
『謝謝。』
『還有——』
『還有？』
『對，明天的早餐——』
『不用擔心，這附近有麵包店，我自己會去買。』
『嗯。』
那裡的巧克力酥皮麵包超好吃的。我說。
『是嗎？』
『對，真的一級棒。』
『我會記得。』
我突然想到還沒鎖門，便走向店門，鎖上了門。然後，又回到她身邊。她坐在睡袋上，正解開棉質襯衫的釦子。
她停下手，看著我。
『還有嗎？』
該說的都說了，但我還是說：
『還有，』
『嗯？』
『內衣最好每天換。』

她瞇起眼睛，對我點點頭，指著通往二樓的樓梯。

我也知道她的意思。她是說，我不用多管閒事，趕快上樓吧。

『晚安。』

於是，我就照做了。

4

夏目君像往常一樣，騎著腳踏車上了坡道。

雖然最後一小段的坡度很陡，但他卻臉不紅、氣不喘的，也沒有流汗，看起來就像是機器做的假人。他把腳踏車停在店門旁，像往常一樣，拆下固定在長褲褲腳的魔術粘。然後，又像往常一樣，拍了拍大腿上的灰塵。

『早安。』

『早安。』

他穿著藍紫色西裝，沒有繫領帶，就像是《GQ》封面的男模特兒。他的個子很高，優雅地擺動著看起來有點太長的手腳，面帶貴族般的微笑，打開店門，走了進去。

說起來很奇妙，他是這家水草店『特拉雪』唯一的員工。（今天以後，就有兩名員工了！）

根據他的履歷表，他從比我的偏差值高十五的大學畢業後，在法國某家輪胎公司的日本分公司工作。他精通日語、英語和法語（在Athenee Francais進修語學），曾經是亞洲地區的總經理，整天在面積佔地球四分之一的地區飛來飛去。如今，他卻在這家水草店打工，領取不到一千圓的時薪。

有時候，我覺得自己好像在請達．文西或林布蘭之類的巨匠畫經濟包的火柴盒圖案。浪費人力資源有沒有罪？我為這件事感到心虛。

我繼續在店門口打掃時，夏目君從裡面走了出來。

『為什麼森川鈴音在這裡？』

『喔，你看到她了？』

『她笑我這個圍裙上的圖案。』

那是我畫的本店商標。

圍裙是店制服，上面印著商標圖案。

差不多是這樣的感覺。

『咦？你怎麼知道她的名字？』

他向來很少把喜怒哀樂寫在臉上。但此刻的空洞眼神，反而反映了他的內心。他很驚訝。

『店長，你不認識她？』

『我認識啊，昨天是我幫她面試的，今天開始上班。』

『我不是這個意思。』他說。

『雖然她是影壇新人，但她是很受好評的演員。』

『啊，』我叫著，又『喔』了一聲。

我當然不知道。

她說她是模特兒，我還以為她的工作是幫郵購之類的拍目錄。

『她很有名嗎？』

夏目君用權威式的嚴肅態度點點頭。

『去年，在東歐舉行的國際短篇電影節上，她以參展的「Tarantella」，獲得了最佳女配角。』

我覺得背上直冒冷汗。我的腦海裡一直想著人力資源、人力資源。

『她原本是時尚雜誌的專屬模特兒，「Tarantella」應該是她第一次拍的片子。』

『那她為什麼來我們店裡？』

『我昨天應該有告訴你吧。』

她站在店門口，環抱著手臂看著我們。

『蛋糕吃到飽。』

我說。

她點點頭，意思是我答對了。

『這個圍裙上的圖案是什麼東西啊？』

我看著夏目君胸前那隻寒酸的狗。

『這裡是水草店，為什麼畫狗的圖案？』

好像變成了寵物店。她說。

『這和這家店名的由來有關，就是這麼回事。』

『這麼說，這隻狗就是你說的「美麗的事物」嗎？』

『應該吧。』

然後，我又趕緊說：

『就像唱片公司會把獵犬作為商標圖案，做醬料的公司會拿鬥牛犬作為圖案一樣，即使和商品無關，狗的圖案也很常用，我們的特拉雪也不比別人差啊。』

那倒是。她說。

『如果有問題的話，不是被畫的對象有問題，而是畫的人不好。你是用左手畫的嗎？』

我知道她想說什麼。

『我是左撇子。但我不是用右手畫的。』

『這就代表你的眼睛有問題。』

她湊過來看我的眼睛，然後露齒一笑。她的牙齒很整齊。

我發現了。

陽光下，她的眼睛有著像麥芽糖般的明亮顏色。和我認識的女孩子一模一樣。

整個上午，店裡沒有一個客人。

這是很正常的事。

我和夏目君看著郵購客人的訂貨單，包裝著水草。森川鈴音正坐在櫃檯前，操作著Ａ４大小的筆記型電腦。她正在為開網路商店做準備工作。目前都用電子郵件接受訂貨，希望能在短期內利用電腦程式完成自動化。夏目君已經架設好基礎的部分，但由於能夠靜下來工作的時間有限，進展速度如同牛步。她加入後，這個問題也就迎刃而解了。夏目君對她的電腦技術掛保證，相信在不久的將來，網路商店『特拉雪』就將開張大吉。

太棒了。

『怎麼了？』

夏目君問。

『不，沒什麼。』

但是，我說：

『為什麼我看到她時，會有一種似曾相識的感覺？』

『這很正常。』

夏目君把氧氣筒裡的氧氣打進裝滿水草的塑膠袋，說。

『她拍過礦泉水和個人電腦的廣告，我記得，今年年初還有在播。店長一定是看了廣告裡的她，留在記憶的角落。』

『是這樣嗎？』

『一定是這樣。』

夏目君說的話聽起來都很有道理。如果不是因為夏目君只說有道理的話，就是不管他說什麼，聽起來都真有其事。

如果夏目君對我說『這個宇宙都是大象扛在肩上』，我應該也會相信。

中午，三個人一起吃著她買回來的巧克力酥皮麵包。

這是她早餐剩下的，但每個人分到二又三分之一個。

『恕我直言，』我說。

『凡事都該有個限度。』
她露出一臉冷笑，意思是說：凡事不需要大驚小怪。
『這種巧克力酥皮麵包是你推薦的，也真的很好吃。況且，一次買十個，可以集兩個印章。』
我錯了嗎？她用眼神問我。我回答說：妳沒有錯。
於是，我們分別吃了兩個酥皮麵包後，把最後一個三等分，統統塞進肚子。
不同的價值觀。歸根究柢，就是這麼回事。

那天，像往常一樣，奧田君又是第一個客人。
他是住在附近的補習班學生（他一定覺得他每天報到的地方就是『學校』）。他每三天造訪一次，在欣賞店裡的水族箱三十分鐘後，又兩手空空地離開。他從這家店帶走的唯一一樣東西，就是本店開張時贈送的T恤。當時，我準備了三十件印有特拉雪圖案的T恤，剩下七件，如今變成了我的居家服（一天一件，剛好夠穿一星期）。
奧田君首先在店門口的一個寬一百八十公分的景觀水族箱前停下腳步。總水量超過六百公升的巨大水族箱本身就是一個封閉的宇宙。
我就是這個宇宙的造物主。
我創造了大地和天空，讓生命在其中生存，然後，說了聲：『給我光。』打開了鹵素燈的開關。
雖然順序有點顛倒，但和創造地球這個世界的某某做的是相同的事。然後，這個立方體的水世界自律地成長，如今，水族箱成為廣大森林的縮影。

我說：『生產吧，繁殖吧。』魚兒們就拚命繁殖，數目不斷增加。

（對這種事樂在其中的人稱為水族迷）

奧田君看了水族箱五分鐘後，移向下一個水族箱。他以這種方式，從店的入口向店內移動，終於，他發現了櫃檯內的森川鈴音。

從認知到和記憶比對，他花了三秒鐘的時間。我之所以可以推測出時間，是因為奧田君將視線移向她三秒鐘後，表情突然大變，手足無措起來。

他假裝看水族箱，眼睛不時偷瞄著她。他脹紅了臉，準備走向櫃檯，又很快回到原來的位置。這樣的動作重複了好幾次後，他終於不堪忍受這種進退兩難的折磨，拔腿就跑。

我包裝著水草，從頭到尾看得一清二楚。我問身旁的夏目君：

『這代表他也認識森川鈴音嗎？』

他漠無表情地點點頭。

『十幾歲到三十幾歲男性中，應該有百分之八十都認識她吧。』

喔。

『所以，她會讓那些男人感到臉紅心跳？』

『對。她很漂亮，男人看到她後，會觸動內心最敏感的部分。』

『夏目君，你也有這種感覺嗎？』

他靜靜地搖了搖頭。

『我說的是泛論。』

喔。

『夏目君，你對她有什麼感覺？』

『我嘛，』他說著，看著櫃檯裡的森川鈴音。

她把原本綁著的頭髮放了下來，正一臉嚴肅地看著螢幕，用中指撫摸著腦門。

『她是個很優秀的女孩子，很聰明。她說，有關電腦程式的知識都是自學的，程度相當不錯呢。』

我有一種遭到排斥的感覺，但夏目君應該不會有這種意識吧。

『但她為什麼要學電腦程式？』

『她說是興趣。聽說，她以前讀的是理工系的學院。』

原來是這樣。

興趣是電腦程式的理工系美女模特兒，雖然感覺很不搭調，但並不等於不存在。就好像也有精通三國語言的水草店計時工一樣。

水草店通常要等到太陽下山，結束一天工作的人們恢復自由的時間後，才會顯現一點活力（之類的東西）。有時候，甚至會同時有兩個客人上門（太棒了！）。

但這一天的客人好像依次被人從後台推上舞台一樣，零零星星地現身。

他們的反應幾乎和補習班學生奧田君相同。認識、確認記憶，然後進退兩難。

雖然也有勇敢地走向櫃檯，和森川鈴音說話的上班族男子，但自我意識過剩的他鼓足勇氣，問了她吸盤的價格，聽到她回答『不知道』後，便落荒而逃了。

當然，也有客人不認識她（和我一樣）。

一名專門蒐集東南亞的水草——椒草的大學老教授眼尖地發現了新店員，便好像哥倫布發現了新大陸一樣，對著她高談闊論起自己的收藏。最近，我和夏目君都對他表現出委婉的拒絕態度。教授足足花了萊卡狗所在的衛星繞地球一周的時間（也就是一百分鐘！），才結束有關東南亞的天南星科植物的演講。在此期間，她始終笑容可掬，有時候還用力點頭，彷彿她很想了解這方面的知識。

教授離開後，我對她說『辛苦了』，她容光煥發地說『很好玩啊。』

『你知道椒草的葉子有毒嗎？聽說，大量食用會致死。』

『嗯，好像是。但我沒吃過，所以並不清楚。』

『啊，真想知道更多的事。他還會來嗎？』

『當然。教授每個星期就會來一次。』

『哇噢，好期待。』

總而言之，也會有這種事。

客人離開後，我們輪流去吃晚飯。坡道下面有一家很好吃的越南料理店，走到林蔭道那裡，還有義大利麵專門店，和可以吃到窯烤披薩的義大利餐廳。我和夏目君按各自的搭配組合，輪流光顧這些店。分別是披薩、義大利麵、肉絲炒米粉、披薩（夏目君），或是義大利麵、義大利麵、義大利麵（我）。

森川鈴音在離店五分鐘的公立健身俱樂部游了五百公尺，好好地沖了個澡，然後在和早上同一家麵包店買了蘋果酥皮麵包回來（這次只買了兩個）。

『啊，好清爽。』

『妳可以用二樓的淋浴。』

『沒關係，不用為我擔心。我以前就習慣每天都游泳。』

『是嗎？』

『還是說，你有什麼特別的理由，要我用二樓的浴室？』

『怎麼可能？』

她哈哈地笑了，然後說，改天吧。

『改天我們一起洗。』

說起來令人生氣，雖然我已經二十九歲了，但至今聽到女生說這種具挑逗性的玩笑時，仍然會臉紅。

九點打烊時，夏目君脫下圍裙，說了聲『大家辛苦了』，就回去了。

森川鈴音在櫃檯計算今天的營業額。

『老闆，』她說。

『什麼？』

『營業額只有這麼一點沒關係嗎？付了我和夏目君的薪水，你賺的錢和小學生的零用錢差不多。』

沒關係。我說。

『郵購的營業額才是這家店的主要收入，那些錢都會直接匯到銀行。』

原來是這樣。她點點頭。

『不過，扣除水電瓦斯費，以及開店時的貸款，剩下的錢真的和小學生的零用錢差不多。』

好可憐。她說。

『這麼一來，你連結婚都很難。』

『我無所謂。』

我說。

『反正我也還沒結婚的計畫。』

是嗎？她不懷好意地笑著。

『夏目君告訴我了，婚友社幫你介紹了一個很漂亮的女朋友。昨天這麼晚回來，該不是去約會了吧？』

我該說幾句勁爆的話回敬她，但我根本不會說這種勁爆話。

『妳管我……』

結果，我只能氣鼓鼓地撂下這句話，高高在上的她根本不痛不癢。子彈殼紛紛從我的頭上落下。

『我不是在冷嘲熱諷。』

她用手托著下巴，靜靜地說。

『我只是希望老闆幸福。』

喔喔。我說。

曖昧的話，表達了曖昧的感情。

喔喔。她模仿我。

『這個嘛——』

當我說完，她又學我說『這個嘛』。看到我火大地瞪著她，她偏著頭，嫣然一笑。

她差點觸動我胸口附近的敏感部分。

『其實，』她說。

『真的，我真的很關心啊。』

她的聲音的確透露出關心。所以，我說了聲：

『謝謝。』

我心裡並不感謝。

我不想讓她知道婚友社的事。雖然我想辯解說『太忙了』或『身邊沒有女生』，但我知道她會露出看透我心思的表情，所以還是忍住不說。

『她是怎樣的女孩子？』

她問。

『很優質的女孩，我有點配不上她。』

我據實以答。反正，我根本沒有其他的選擇。

『我覺得，你最好別這樣說話。』

『什麼？』

『說話不要這麼自卑，要對自己有自信。』

她的語氣，好像在訓斥久未見面的弟弟。和她在一起時，常常會這樣。不，至今為止，我和任何女人在一起，都像是她們的弟弟。即使對方比我小也不例外。或許，我已經具備了當弟弟的特質。

『你很有魅力啊。』

我情不自禁地往後看。因為，我以為她是對我以外的人說這句話。

但是，後面沒有人。

『沒有人啊。』

她也這麼說。

『我嗎？』

我指了指自己，問她。

『對，我剛才說，你很有魅力。』

『謝啦。』

這次我真的心存感謝。

然而，

『妳這麼說我是很高興啦，但是……』

『但是？』

『妳還不了解我。』

『我們已經相處二十四小時了，我很了解你。我對你的了解超過你的想像。』

『是這樣嗎？』

『就是這樣啊。』

所以咧？我問。

『我哪裡讓妳覺得有魅力？』

不告訴你。說著，她露出惡魔般的笑容。那是長著粉紅色尾巴的小惡魔慣用的手法。挑逗別人的慾望，引誘人上鉤。

『算了，我知道妳其實不知道我哪裡有魅力。』

我儘可能表現得若無其事，以免顯得我對此事耿耿於懷。

『不，我知道。』

她說。

『但我希望你先自己想想看。當你發現了自己的優點，就會更有自信。』

她說話的語氣，好像是乩童在傳達神明的旨意。

『我以後會告訴你。』

『感謝啦，今天開始，我每晚睡覺前都會好好思考。』

我用帶著冷笑的口吻說：

『思考自己是不是好男人。』

但聽起來還是像鬧彆扭的小孩子。

『所以咧？』

她沒有理會我的挖苦，繼續說了下去。

『她是怎樣的女孩子？』

一定是個美女吧。她說完後，靜靜等我的下文。我依然沒有選擇的餘地，只好點點頭。

『溫柔、體貼，很有包容心。』

很適合你。她說著自己的感想。我已經放棄思考她話中的意思。

『而且很漂亮。雖然妳也很漂亮，但美咲小姐是另一種漂亮。』

我說。

『嬌小、溫柔，又很可愛。』

『我既不嬌小，又不溫柔，更不可愛。』

沒錯。

至少，她並不嬌小。她的個子差不多有一百七十公分，手長腳長的，連手指也很長。身材整體結實，線條很俐落，好像用橡木刻出的雕像。

『是因為這張嘴說出的話，才讓妳變得不可愛。』

我膽戰心驚地說出口，她很乾脆地頷首同意。

『對。但我已經改了很多了。』

『這樣已經改了?!』

她挑起左側的眉毛。

『不好意思，我這張嘴說話不饒人。』

但她的語氣中絲毫沒有歉意。

『沒關係。』

我說。

『這個國家，保障言論自由。』

太好了。她說。

『我可不想被槍斃。』

喔。

我在店裡繞了一圈，關掉了水族箱的燈。

『那個，』她說。

『她叫美咲嗎？』

『對。』

我回答說。

『柴田美咲，二十六歲。』

『好年輕。』

『對，比妳年輕。』

『喲呵。』

『什麼？』

『沒什麼，我只是亂叫。』

『喔，是喔。』

所有水族箱的燈都關掉後，只剩下櫃檯裡微微的燈光。我坐在通往二樓的鐵製樓梯上。她撥了撥頭髮，微微抬起下巴看著我。

『為什麼？』

『什麼為什麼？』

『她啊。』

『啊？』

『二十六歲不是還很年輕嗎，為什麼會去婚友社登記？』

『這個嘛。』

我把手肘放在膝蓋上，交握兩手，托著下巴。

『她很忙，周圍沒有年輕的男人，日後也不太可能遇到吧。』

『她做什麼工作？』

『她在芳香用品店上班。』

『好棒。』

『是嗎？』

『對，我很喜歡花草的味道。』

『第一次見面時，她有送我。叫什麼來著，好像叫玫、玫——玫瑰草。』

『什麼味道？』

『甜甜的味道，有點像玫瑰。』

『我很喜歡玫瑰的味道，也很喜歡茉莉花。』

『知道了，我會記住。』

『謝謝。』

短暫的沉默後，我終於下了決心。

『至於我去婚友社登記的原因——』

她微笑著，搖了搖頭。她的微笑，充滿深深的慈愛。

『沒關係，你不用說。』
她說。
『基本上，我是一個心地善良的人。所以，不會這麼打破沙鍋問到底。』
『這……』
她『噓』地把食指放在嘴唇上。
『不需要說讓自己難堪的事。不是嗎？』
看到她搞笑的動作，我才發現她在調侃我。
『算了。』我說。
『沒錯，妳猜得沒錯。我沒有女人緣。不，我甚至不知道怎麼和女人說話。』
好可憐。她說。但聲音中完全沒有同情。
『但是，你和我說話很正常啊。』
『對啊。』
我說。
『我也搞不懂為什麼，和妳在一起，可以保持平常心。』
哇噢，哇噢。她誇張地叫著，拍手鼓掌著。
『真高興，好像有人在告白一樣。我對你很特別嗎？』
我的臉唰地紅了。但我仍然故作平靜地說：
『我不是這個意思。』
『哇噢，你的臉都紅了。』

她似乎沒有聽到我說的話，離開櫃檯，跑了過來。她蹲在我的腳下，探頭看著我的臉。我轉過臉，躲避她的注視。

『有什麼關係嘛。』

『不要！我死也不要。』

『別這麼說嘛。』

『調侃別人有這麼好玩嗎?!』

我大吼一聲，她突然靜了下來。她後退著，在距離我三步的地方坐了下來。

『對不起。』

她說。

『真的對不起。』

從她的聲音中，可以聽出她是發自內心的。我差不多已經原諒了她百分之八十，但我決定再沉默一下。

『對不起啦。』

還剩下百分之五。

『我是太high了，所以才會玩過了頭。』

OK。完全原諒了。但我不知道該說什麼。

可能她以為我還在生氣，用楚楚可憐的聲音說：

『要不要我抱抱你？』

我驚訝地抬起頭，更令人驚訝的是，我發現她的表情很嚴肅。

『真的嗎？』

她想了一下，回答說：『真的啊。』

『如果這樣可以讓你心情變好。』

我不禁苦笑著，用力搖著頭。

『不用了，反正我也沒那麼生氣。』

『真的嗎？』

『真的。』

太好了。她說，但是，她又接著說：

『許多男人都想被我抱在胸前，我還滿吃香的喲。』

『既然這樣，就更應該為妳未來的丈夫和寶寶好好珍惜。』

有那麼一剎那，她露出毫無防備的神情，幾乎可以從她的眼中透視她的心。奇妙的是，我有一種想要保護她的衝動。為什麼？

『對啊。』

她說。

『你說得沒錯，完全正確。』

『沒什麼正不正確的。』

我說。

『這是天經地義的事。』

『對喔。』

她把臉埋進抱緊的雙膝，我只能看到她穿著牛仔褲的兩條小腿。她的腿真長。

『那個，』她說。

『嗯？』

『你的家人——你父親身體好嗎？』

『很好。差不多快八十歲了。』

『他住哪裡？』

『就在這附近，一個人住在車站對面的歐式公寓裡。』

我媽很久以前就死了。我故作輕鬆地補充道。

『你們為什麼不住在一起？』

『我出社會後，就被他趕了出來。他說，兩個男人住在一起太寂寞了。』

她笑了。她的膝蓋搖晃著。

『你爸很棒吔。』

『可能吧。總之，他的心態很年輕，可能覺得自己永遠都是十七歲吧。』

『那有什麼不好？年齡這種東西，自己決定就好了。』

『如果這樣的話，世界上所有的人不都認為自己只有十幾歲了。』

『這個世界的精神年齡，本來就只是這樣而已。』

那倒是。我頷首同意。

『也許吧。』

妳呢？我突然想了解她的情況。

『妳的父母呢？』

『他們很好啊，都只有五十幾歲。』

看到我皺著眉頭，她呵呵大笑起來。

『那有什麼辦法？』

『沒錯啦，是這樣子。但我從小就很討厭為什麼只有我爸媽特別蒼老。家長會的日子簡直是惡夢。』

她站了起來，走進櫃檯，把茶壺的茶倒進杯子後遞給我。

謝謝。

不客氣。

她靠著水泥牆站著，喝著自己杯中的茶。

『有一種香味。』

『這是桂花烏龍茶，是桂花的香味。』

『桂花？』

『對啊。我去買麵包的時候順便買的。』

『很好喝。』

『對吧？』

然後呢？她催促著我。

『上課時，當家長都站在教室後方時，只有我爸媽看起來像爺爺奶奶。同學也經常說三道四的。但我又不能叫他們不要去，所以，真的很頭痛。』

『你媽那時候幾歲？』

『生我的時候四十三歲。她說，她之前懷的孩子流產了，我是第二胎，之後就沒再生了。』

『那你讀小學時，她已經五十幾歲了。』

『對啊。同學的媽媽才二十幾歲，差太多了。』

『過世的時候呢？』

她把杯子放在櫃檯上，看著打開的筆記型電腦畫面。

『她幾歲過世的？』

『我媽嗎？』

她的意識集中在自己的手上，曖昧地點點頭。

『那年她剛好六十歲。我十七歲。』

『你有沒有很傷心？』

『還好啦。』

老實說，我整整哭了一個月。即使現在，回憶起母親的事，仍然會淚眼汪汪。但是，這些我都沒說。

『雖然難過，但我畢竟是男人。』

『你不覺得男人比較會撒嬌嗎？』

她關掉電腦的電源，闔上蓋子。

『戰場上的士兵在臨死前，都會叫「媽媽……」，這才是男人的真心吧。』

『是嗎？』

『對啊。你是不是也整天想起你媽媽，整天以淚洗面？』
我詫異地看著她。
『妳怎麼知道？』
看到我驚訝的表情，她也很吃驚。
『被我猜對了？』
『嗯，八九不離十吧。』
她走到我身旁，接過我手上的空杯子。
『這也難怪，你那時候只有十七歲，還是個孩子。』
但即使那一天發生在現在，我應該也會整天愁眉淚眼吧。事實上，我現在仍然夢見母親，每次醒來，想到曾經擁有的溫暖，想到如今已經失去了這份溫暖，就不禁悲從中來，很想大哭一場。
有時候，甚至會做一些讓我懷疑是不是現實的夢。這種夢每次都以我出生的那個家為舞台。母親在家裡。我知道母親已經死了，她自己也知道。但完全不會感到不可思議。還活在這個世上的我，和已經住在黃泉之國的母親，很理所當然地在那個家裡聊天。真是無比幸福的時光。我們坐在客廳的沙發上，一起看著電視，吃著薯餅。雖然只是這麼簡單的事，卻令我的內心充滿溫暖，令我感到幸福。
我起身走向店門，鎖上門。
『啊，一天終於結束了。』
我脫下圍裙，掛在櫃檯裡的掛鉤上。
『新的工作還適應嗎？』
她就站在我的旁邊。當我們站在一起時，她的頭頂剛好在我眼睛的位置。

『很愉快。』

她偏著頭，斜眼看著我。

『很棒。』

『真的嗎？』

我有點不自在，稍微拉開了和她之間的距離。

『妳對在這麼冷清的店工作感到滿意？模特兒的工作應該刺激一百倍，快樂一百倍吧。』

『對。那，我換一種說法。我感覺很舒服，很放鬆，有一種找回自我的感覺。』

『這裡讓妳有這種感覺？』

『對，這裡是讓人感到舒服的地方。有水，有綠意，還有愛撒嬌的店長，以及帥氣的男店員。』

真的太棒了。她說著，挽起我的手臂。

『哇噢。』

我嚇得甩開她的手，她很乾脆地鬆了手。

『不行。你這樣太嫩了。』

『什麼？』

我又後退幾步，渾身緊張。

『美咲小姐，』

她把雙手抱在胸前看著我。

『你是不是想和她深入交往？』

『對啊。』

『既然這樣，就要表現得更自然些。』
『是嗎？』
她用力點點頭。
『你不可能永遠是十四歲的小男生，要像個大人。』
我支持你。說著，她露出誇張的表情。
『我會幫你。』
『嗯。』
然後，她和昨天晚上一樣，把墊子鋪在櫃檯內。
『好了，好了，要睡覺了。可不可以請你離開我的房間？』
『喔，對不起。』
我走向通往二樓的樓梯。
『晚安。』
她在我背後說。
『嗯，晚安。』
『做一個好夢。比方說，你和我像貓一樣在打鬧。』
我回頭正想說什麼，剛好看到她在脫襯衫。她的胸部的確很壯觀。我慌忙轉過頭，走上樓梯。
『你還太嫩了。』
我聽到她在下面喃喃自語。

我被某個聲音驚醒了。

應該還是半夜。我豎耳傾聽。聲音好像是從樓下傳來的。難道是幽靈在開舞會？或是鞋匠的精靈？等我早晨起床後，會不會發現所有的水草都已經包裝好了？果真如此的話，那就太感謝了。

我屏氣凝視，尋找聲音的來源。但那個聲音很謹慎，很難從其他雜音中加以區別。老實說，我的心跳聲和枕邊的時鐘聲音反而比較吵。

終於，我聽到一個更大的聲音。我集中意識傾聽，發現是我的鼻息。我不知道什麼時候又睡著了。

算了。我決定放棄。把頭重重埋入枕頭。然後，呼吸到第三次，已經陷入了沉睡。

5

第二天的情況也大致和前一天相同。

這天，奧田君又是第一個客人。他連續兩天來店裡實在很不尋常。

很明顯的，他的目的並不是水草。他像往常一樣，站在一百八十公分的景觀水族箱前，但視線卻投向櫃檯內的森川鈴音。

我走到他背後，對他說：

『歡迎光臨。』

他——真的——被嚇得跳了起來。八十公斤的龐大身軀上升了三公分。

『今天新進了很漂亮的百葉草。要不要看？』
他是國產水草的愛好者。但他完全沒聽到我的話，再度將視線投向她。
『店長。』
『什麼事？』
『櫃檯的那個女人，超像森川鈴音的。』
『是嗎？』
『新店員嗎？』
『對啊，昨天就來了。』
『不可能啦。』
『什麼？』
『森川鈴音怎麼會出現在這種店裡。』
『我這家店很差嗎？』
『啊，對不起。』
『你自己去問她就好了。』
他把頭搖得像波浪鼓，臉頰的肉隔了一段時間才趕上下巴的動作。
『我怎麼可能做這種事？對了，她在履歷表上怎麼寫的？』
『沒有履歷表。她叫什麼呢？啊，我忘了。』
他沉默了一會兒，又盯著櫃檯裡看了良久，終於一副了然於胸地點點頭。
『果然不是她。真的森川鈴音更苗條，而且，胸前更偉大。她們很像，但不是她。』

了解。我會把這句話原封不動地轉告她。

『真遺憾。』

我說。

『如果是名人來當店員，或許可以生意興隆。』

『怎麼可能。』

他表現出那種年紀特有的、毫無顧忌的直率。

『賣水草的商店，怎麼可能生意興隆？』

『這倒是。』

『不過，她真的有一張超級明星臉。』

他一下子偏著頭，一下子點頭如搗蒜，不一會兒，就閃人不見了。他原來站的地方留下一股花生醬的味道。

我走到櫃檯，對她說：

『客人說，妳是和森川鈴音很像的超級明星臉。』

她的視線離開液晶螢幕，抬起頭，用模特兒的冷酷視線看著我。

『是喔。是不是我比較漂亮？』

『不知道，這一點他倒沒提。只說森川鈴音更苗條，胸前更偉大。』

『大家都這麼說。不過，這就是現實。稍微鬆懈一點，就要穿大一號的褲子，穿鬆一點的內衣，胸部就不那麼傲人了。』

『啊呀啊呀。』

『有什麼好「啊呀啊呀」的？』
『我覺得妳已經夠苗條了，胸部也很有魅力。』
她『呼』地吐了一口氣，看著天花板。
『店長，』她從櫃檯裡探出身體，湊近我的臉。
我後退了一步。
『你和女人牽個小手，心臟就像打鼓一樣怦怦亂跳，為什麼可以若無其事地說出這麼讓人臉紅的話？』
『臉紅？』
我問。
『我嗎？』
我慌忙伸手摸自己的臉。
『不是你，臉紅的是我。』
喔。我傻傻地點點頭。
『但妳的臉不紅啊。』
『這是一種形容方式。』
她用手摸著自己的胸口。
『我的心被染成了鮮紅色。』
『是喔。』
『你果然是個沒長大的孩子。』

『是嗎？』

『你想到什麼就說什麼，根本不知道自己說的話，會對女人產生什麼影響。』

『原來是這樣。』

算了。她說著，揮了揮手打發我。

『別影響我工作。』

『好，好。』

臨走時，我問她：

『也就是說，妳很高興囉？』

她露出一個燦爛的笑容，慢慢點點頭。

『對啊。』

她低吟地說。

『被你稱讚，會情不自禁感到愉快。』

『是喔。』

我學到了。想到什麼，就說什麼，似乎——可以讓女人高興。

下午三點，水草的出貨準備已經告一段落。我對櫃檯裡的森川鈴音說：

『要不要出去走走？』

『好啊，要去哪裡？』

『實現夢想。』

於是，在店門口掛上『準備中』的牌子，我、夏目君和她三個人走在林蔭道上。

『順便買一張簡易式的床，折疊式的比較好。』

『對。也順便買床墊和毛毯。』

『但先去吃蛋糕。』

走過義大利麵專門店，又走了一小段，有一家年輕夫妻開的小型花店，隔壁就是白色牆壁的義大利餐廳。門上掛著寫有『BIANCO』的木製牌子。

『這裡的披薩超好吃的。』

我告訴身旁的她。

『Bianco特製披薩。』

『蛋糕也是這裡嗎？』

『不是，再前面一點。』

路過的行人紛紛回頭看著我們。這一帶的居民都走氣質路線，不會直直地打量別人，但我還是很在意。太不可思議了。他們在意的根本不是我，卻只有我在意他們。

不過，我身旁的兩個人實在太鶴立雞群了。即使不知道她是名模，擦身而過的路人也會回頭多看一眼吧。他們兩個人的與眾不同在店裡似乎並不明顯，但在陽光下，卻不斷擴大、誇張，震撼了我。

這就是所謂的相輔相乘效果。他們兩個人並肩而行的樣子太不尋常了。

彷彿他們的腳下，變成了好萊塢的星光大道。

更可怕的是，他們自己並沒有意識到這一點。

『我們來牽手。』

她說。

因為昨天晚上的那件事，我儘量假裝鎮定。我不經意地瞥了一眼她另一側的夏目君，他很自然地和她牽著手。他是真的鎮定，而不是假裝出來的。

兩個人的手指都好修長！

我的思緒都集中在她和我緊握的手上。她的手，像小羊皮般柔滑。纖細的手冰冰的，好像正用優美的詞藻訴說著什麼。

『好高興。』

她說著，用力搖著緊握的手。

『這也是我的夢想之一。』

『太好了。』

我說。

『能夠協助妳完成夢想，我也很高興。』

我也是。

夏目君也說。

她露出歡欣的笑容，開心地哼著歌。仔細一聽，原來是〈Funiculì-Funiculà〉❽。

在櫸樹林蔭道上走了五分鐘左右，終於來到了目的地。

『CAFÉ RESTAURANT FOREST』。

這是一家由普通住宅建築改成的咖啡店。草木茂盛的庭院深處，一幢白色的水泥平房靜靜地佇立在那裡。面向庭院的露台上放了三張桌子。

我們推開大門，穿過白臘樹、白蓮木和四照花等庭院樹木，走在枕木通道上。露台下有一個小水池，漂浮著金蓮花。池畔可以看到睡菜（Menyanthes trifoliata）和Orontium aquaticum。我很喜歡這個小水池，所以常來這家店。最靠近水池的桌子是我的指定座位。

搖響一陣叮噹鈴聲走進店內，打工的服務生萊納斯走了過來。他是附近一所大學的留學生，也是個浪漫派，看了傑・麥金納尼（Jay McInerney）的《Model Behaviour》後，便隻身來到日本，希望身在異鄉時，能夠和來自祖國的女人談一場戀愛（《Model Behaviour》中的科納也是這樣結識了模特兒費洛米娜）。

『歡迎光臨。』

他的發音和聲音都很正確。

『今天有美女相伴喲。』

『嗯。』

我退了一步，介紹了她。

『森川鈴音小姐，昨天開始在我店裡上班。他叫萊納斯。』

初次見面。他說。

『妳該不會是「Tarantella」的森川鈴音吧？』

❽即纜車之歌，義大利拿坡里民謠。

她笑著點點頭。

『對，我就是。』

『哇噢，太激動了。那部電影超讚的。』

『謝謝。好高興。』

萊納斯的雀斑臉紅了起來。

『請進，露台最裡面的桌子是遠山先生的指定座位。』

我們穿過店堂，來到露台上，在池畔的桌旁坐下。

『我們今天要吃蛋糕吃到飽。這是她的夢想。』

『對。女孩子都有這種夢想。』

我點了阿薩姆奶茶，夏目君點了espresso。聽到蛋糕吃到飽有附飲料，她點了薄荷茶。

萊納斯一離開，我對她說：

『剛才，好像是一個我不認識的女人在和萊納斯說話。』

她露出一個模特兒特有的優雅笑容。

『是喔，是怎樣的女人？』

『真的有這種感覺。和別人說話時，妳好像變了個人？』

『那當然。這個世界很複雜，哪能像你這麼單純。』

雖然我覺得她用話把我頂了回來，但我仍然不打算放棄這個話題。

『那，真正的妳到底在哪裡？』

『都是真正的我。我是鏡子，鏡子哪有真假？』

原來是這樣。
這時，蛋糕端了上來。托盤上放了十塊不同種類的小蛋糕。
『請挑選妳喜歡的蛋糕。』
『統統都要。』
她毫不猶豫地回答。我下意識地瞄了一眼她的柳腰。
統統都要？
『大家都這麼說。』
萊納斯說著，用優雅的動作把蛋糕分裝在桌上的盤子上。
『還有果凍和布丁，要點的話，請隨時吩咐。』
『謝謝。』
這次，她用女明星而不是模特兒的笑容，向萊納斯表達了感謝。他把手放在自己的胸口。我希望他受傷不會太深。萊納斯離去時的腳步似乎有點不穩。
『他姊姊叫露西。』
我看著他的背影說。
『哇噢，真慘。』
『為什麼？』
夏目君問。
『《Peanuts》！』
我們同時叫了起來。Happy ice cream！她接著大叫，露出十四歲的笑容。

『哇哈，今天你要請客。太好了，多謝囉。』

反正我本來就打算請她的，但仍然按照遊戲規則，露出懊惱的表情。

『太久沒玩了，我一時沒想起來。』

『我也很久沒玩了，差不多有十年。不，可能更久吧。』

然後，我向夏目君解釋。

『《Peanuts》是在報紙上連載漫畫的名字。還有史努比和查理・布朗什麼的。』

『喔，這我知道。』

『那裡面有一個整天帶著毛毯的就是萊納斯。』

『他姊姊叫露西・龐貝爾德，很自私，嘴巴很賤。』

她繼續解釋道。

『和某人差不多。』

聽我這麼說，她東張西望著。

『至少，在半徑十公尺內，沒這號人物。』

『是喔。』

飲料終於端了上來。阿薩姆奶茶、espresso和薄荷茶。

『聽說你姊姊叫露西？』

萊納斯點頭回答了她的話。

『但她是個很溫柔的女人，我差點愛上她。』

我知道了。她說。

『所以，你才選擇遠離祖國來日本，和姊姊保持距離？』

『妳真犀利。』

萊納斯用似乎成為老外特權的靈巧動作眨了眨單側眼睛。我小時候也常練習使眼色，卻總是兩隻眼睛一起閉起來。

『沒錯，你們需要距離和時間。米拉波伯爵也說過，「長期分離會毀滅愛情」。』

但是，真的很難。

他露出搞笑的表情。

『即使現在，看到很像她的女人，仍然會感到心痛。』

『她很漂亮嗎？』

『對，很美。但不是放在畫框裡鑑賞的那種美，而是更適合穿舊球鞋、T恤和牛仔褲的那種美。』

『好棒，真希望有機會見到她。』

『那，妳等一下可以去洗手間。』

萊納斯說完，便轉身離去。

『什麼意思？』

『妳去就知道了。』

對不對？我說。夏目君也點頭同意。

『對啊，妳去了就知道了。』

她輪流看著我們兩個人的臉，最後點點頭，意思說：算了，又繼續吃蛋糕。

義式巧克力、黑森林已經從她的盤子上消失了。這只是夢想的序章，之後才是本文，接下來會有終章，最後，應該還有尾聲吧。

如今，她正用叉子對藍莓塔下手。她瞇著眼睛，用愉悅的表情把它放進嘴裡。不知道該怎麼說，她吃的樣子很煽情，感覺好像在偷窺她的臥室，彷彿看到了她很私密的行為。

『太好吃了，我好幸福。』

她伸出舌頭，舔著沾到嘴唇的藍莓醬。粉紅色的舌頭勾出引人遐思的弧度，在雙唇之間消失，是限制級的演技。

『我知道妳很高興，但可不可以正常一點？』

否則，我眼睛都不知道要看哪裡了。

她用手指擦著嘴唇，對我說：

『吃東西的行為本能就很性感，這樣才正常。』

『這也是妳為了讓我適應的支持行動之一嗎？』

聽我這麼一問，她抬眼看著自己額頭的方向，意思是說：你說呢？

『我想應該不是，只是好玩。』

因為，她說：

『你的心情都寫在臉上，所以，忍不住想逗逗你。』

喔，是喔。

夏目君氣定神閒地喝著espresso。他好像在時間和空間以外的另一個座標軸上，在距離我們很遙遠的地方。

當她準備吃第四塊蛋糕時，其他客人來到露台上。那是一對六十多歲的夫妻。隔著中間的桌子，坐在另一端的桌子旁。我之前也曾經遇過這對有著夫妻臉的老夫婦好幾次。老夫婦有著濃密的灰白頭髮，臉上刻著令人欣賞的皺紋，讓人感覺他們因為多年的共同生活，彼此已經逐漸同化了。

『真令人羨慕。』

她一邊吃著乳酪蛋糕，一邊說。

『如果能夠像他們一樣年華老去，就不會覺得生日是一種痛苦了。』

『生日是痛苦？不是快樂嗎？』

『所以我才說，你還沒有長大。二十歲以後的生日，就只剩下痛苦而已。』

『我倒覺得很高興。』

『呵，那敢情好。』

『生日的時候，會想起生下自己的母親。生日那一天，對母親來說，是她的分娩日。』

『啊，這倒是。』

『所以，至少在這一天，會對母親充滿感謝，謝謝她生下我。這是對母親的祝福。』

她嘴巴動了動，注視著我的臉好一會兒。

『在這個扭曲、充滿醜惡的世界裡，你還可以保持純真。』

她說。

『你的存在，本身就是一大奇蹟。』

『我很普通啊。』

『是啊，大家都這麼說。』

『大家是誰？』

『那些不普通的人。』

喔，是喔。

『但我覺得你的這種觀念很好，以後，我也要這麼想，把生日當成母親節。』

『對嘛。因為，我們自己並沒有做什麼。那一天所做的事，就是吸入空氣，把壓扁的肺撐起來，哇地大哭一場，把一些有的沒的吐出來。』

『這也是一項大工程。』

『雖然是這樣沒錯，但和母親的努力相比，簡直不值一提。我媽是高齡產婦，聽說是賭上性命才生下了我。』

『我媽也是難產。女人真偉大。』

我噗哧地笑了起來，對她說：

『別說得好像事不關己，妳早晚也會有這一天。』

有那麼一剎那，表情從她的臉上消失了。但她很快笑著對我說：

『對喔。那，我幫你生孩子吧。』

這種時候，應該表現得驚慌失措，但我做不出來。

『喔，呃，但是——』

當表情完全從她臉上消失時，我似乎看到了她的內心。那毫無防備的素顏，透露出她之前一直深藏在內心的真心話。

我半吊子的反應，反而讓她不知所措起來。
『算了，我只是開開玩笑。很冷的玩笑吧。』
然後，她的視線又回到蛋糕上，用叉子戳著蛋糕。
夏目君好像在和行星聯絡的通訊員，慢了好幾拍，才加入我們的談話。
『對啊。』
他說。
『我也不討厭生日。我每次都很期待，恨不得每個月都有生日。』
『夏目君，你幾歲？』
『二十六歲。』
她嘆了口氣。意思是說，你還年輕啦。
『不是這樣的。』
他說。
『我是有原因的。』
『原因？』
聽到我的問題，他露出優雅的笑容，像老牧師般點點頭。
『我姊姊會寫信給我。』
『哇噢，真是個疼愛弟弟的姊姊。』
『是啊。』
『有寫什麼好消息嗎？』

她正對第五塊蛋糕展開攻勢。她一邊品嘗著草莓蛋糕上的草莓，一邊問。

『人生建議。』

夏目君說：

『還有上帝的旨意。』

哇噢，哇噢。她發出嘲笑的聲音。

『你最好小心點，差不多該自己決定自己要做什麼了。否則，以後連要從哪隻腳開始穿鞋子也不知道了。』

『是啊。』

夏目君順從地點點頭。他習慣無條件接受年長女人的建議嗎？或許，這也是一項才華。

第六塊、第七塊和第八塊也在轉眼之間消失了。她以和吃第一塊時相同的熱情和坦誠，品嘗著蛋糕的味道。看著她幸福的笑容，我也跟著幸福起來。

『很好吃吧。』

我說，她像小孩子一樣點頭。

『嗯。』

這也是她，我要把她留在記憶中。當她說些不中聽的話，想起這幅畫面，或許可以讓我變得寬容些。

她把叉子伸向第九塊蛋糕，栗子戚風蛋糕時，突然想起什麼似地說：

『這個水池真漂亮，你一定很喜歡。所以，才會每次都坐這裡，對吧？』

『妳現在才發現？』
『對啊，我不是來看水池，而是來吃蛋糕的。』
『好，好。』
有白色花的是睡菜，後面的是Orontium aquaticum。
聽到我的說明，她的眼珠子轉了一圈。
『聽起來好像古代埃及國王的名字。』
『Tut ankh Amen嗎？』
夏目君說。
『對，就是這個。』
『你們在說什麼？』
『就是圖坦卡門（Tutankhamen）啊。』
夏目君的解釋讓我恍然大悟。
『喔，原來是他。』
我覺得自己好像白癡。
沒關係。反正，即使不知道法老王的名字，我也可以當水草店的店長。
『那個像睡蓮寶寶的就是金蓮花吧？』
她手指著說。
『妳怎麼知道？真的是金蓮花。』
『我不是說了嗎？我喜歡水生植物。我知道的還不止這些呢！』

『是嗎？』

『卵葉水丁香。』

說著，她一臉洋洋得意。

哇噢。兩個男人驚叫起來。

『原來是真的。』

『什麼？』

『妳說從小就喜歡這件事。』

『對啊。我經常去池塘或小河旁看水草。』

『有看到卵葉水丁香嗎？』

『對。我曾經看到長滿整個池塘。因為名字很好聽，所以就記住了。』

『學名叫Ludwigia ovalis。』

『真美的名字，好像是捷克或是德國的美女間諜的名字。』

『也對，在歐美國家，女人的名字常用「a」結尾。』

『但為什麼非要美女間諜不可？』

『感覺啦，只是感覺。』

於是，這種感覺也刻進了我的腦海。之後，每次看到Ludwigia的名字時，腦海中就會浮現龐德女郎般美女間諜的身影。

最後的蛋糕是栗子泥蛋糕。她緩緩地、充滿憐愛地送入口中，閉上眼睛，享受著蛋糕的美味。原以為就此落幕了，沒想到她又點了一塊黑森林。

『因為，實在太好吃了。』

我們還來不及開口，她已經先發制人地搶先說了。然後，又擺平了布丁和果凍，她才露出心滿意足的神情。

『夢想的味道怎麼樣？』

我問，她用慵懶的眼神望著我。

『好甜……』

說著，便起身去洗手間。

我和夏目君付了帳，在收銀台前等她。不久，她就出現在通道的盡頭。她穿著乳白色的襯衫和一件緊身牛仔褲。我的視線情不自禁移向她的腹部，卻沒有發現明顯的變化。

那些蛋糕去了哪裡？難道蛋糕沒有實體，只是一種概念而已？只有美味和香草、巧克力的香味嗎？

我突然產生了這樣的想法。

『我沒看到萊納斯的姊姊。』

她說。

『洗手間裡沒照片，也沒有畫之類的。』

『那有什麼？』

萊納斯用充滿期待的眼神看著她。

『哪有什麼。』

她攤開雙手，聳了聳肩。

『就和其他洗手間一樣啊。』

『比方說呢？』

『有洗手台。當然還有一面大鏡子，和垃圾桶——啊，還有花，是香豌豆。』

『所以咧？』

聽到我的問題，她一臉錯愕地看著地上的磁磚。然後，抬起頭看著我，『啊？』了一聲。

『我不知道。』

『因為，』

我正打算告訴她，萊納斯說『算了』，點了點頭。

『總之，』他說。

『見到妳很高興，歡迎妳下次再來。』

當然，她說：

『我還會來。』

然後，她又補充說：

『代我向你說在洗手間的姊姊問好。』

萊納斯看了一眼通道盡頭，點點頭。

『ＯＫ，知道了。我會轉達。』

於是，我們三個人離開了『FOREST』。

『所以咧？』走在人行道上，她突然問。
『到底是怎麼回事？』
『所以啊，』我說：
『這代表妳其實是個很遲鈍的人。』
啊呀呀。她說著，露出燦爛的笑容。
『別人說就罷了，你才沒資格說這句話咧。』
是嗎？

離開『FOREST』後，走了三分鐘，我們來到『Grumpie』。
那是一家專賣居家雜貨的賣場，差不多有我們店的三十倍。
『Grumpie——』
夏目君聽到她的話，點點頭。
『就是那個grumpie。』
又來了。
我突然想起十三歲時，和佑司之間的談話。
『你知道嗎？』他問。
『什麼？』
『這個世界上，我們不知道的事，是我們所知道的一百萬倍。』
『真的假的！我不知道有這種事吔。』

『你看吧。』

『呃——』

我發出了聲音，夏目君立刻為我解釋。

『是「grown-up mature person」的縮寫。』

『是成熟大人的一種生活方式。』

果然她也知道。我覺得自己好像誤闖了成績優秀者的討論會。

『算是一種對抗雅痞的價值觀。這家店的老闆應該是那個年代的人。』

『應該有許多適合沉穩大人的極簡商品。』

『我想應該是。』

我們在這家店裡買了設計簡單的折疊床，以及棉質的床墊、毛毯。向老闆借了一輛推車，夏目君推著車，我在一旁幫忙。她在我們身後快樂地哼著歌，還是那首〈Funiculì-Funiculà〉。

回到店裡，把床搬進櫃檯。白天的時候，就把床折疊起來，豎在牆角。夏目君出去還推車了。

『謝謝。』

她用手摸著床說道。

『謝謝？』

『對啊，很多事，真的很感謝你。』

『不客氣。』

『蛋糕很好吃。』

『妳不是為了蛋糕辭去模特兒嗎？』
『對啊。我會變成那家店的老主顧。』
『好啊，萊納斯一定樂壞了。』
『他的意思是，我像他姊姊嗎？』
『搞什麼。』
我有點失望地說。
『原來妳知道喔。』
『我是剛才發現的，稍微想了一下才想通。因為，洗手間裡只有鏡子。』
『對，只要看鏡子，就可以看到露西的臉。應該只是很相像吧。』
『我去勾引他好不好？』
『妳真壞心眼。而且，這樣也不公平。』
『我開玩笑的。別看我這樣，我在戀愛方面很保守的。我喜歡傳統而簡單的戀愛。』
我用力點點頭，有點被感動。
『好高興，我也一樣。』
她輕輕搖搖頭，用力翹起嘴角。
『我想也是。你不適合那種新潮而複雜的戀愛，應該說，你沒這個能耐。』
喔，是這樣。
晚上，當老主顧們像海邊的漂浮物般靜靜地出現，又安靜地離開後，我坐在櫃檯前的高腳椅上，看著筆記型電腦的液晶螢幕。雖然我不懂電腦程式，但系統的架設進展似乎很順利。

她的確是個優秀的女人。美麗、聰穎，又很堅強。況且，她喜歡水生植物，想談一場傳統而簡單的戀愛。

十五歲的我，或許早就墜入了情網。然而，二十九歲的我卻不行。我已經準備和比我小三歲，嬌小、溫柔而可愛的女人談戀愛了。以游泳打比方，已經伸展了小腿，用水沖好身體，戴好護目鏡，只剩下跳入水中而已。

我和美咲小姐認識一個月，終於走到了這一步，不能因為相識才三天的女人亂了陣腳。

對——我不適合新潮而複雜的戀愛。應該說，我沒這個能耐。

我將視線移到電腦旁，看到她隨時掛在脖子上的項鍊放在那裡。她去健身房游泳了，可能不想弄丟心愛的東西，所以才特地留下來吧。

我再度審視這個多面體。差不多有保特瓶蓋那麼大，有點像梯形，側面有點像扭曲的五角形。搞不清是什麼材質，但像玻璃一樣透明。

到底是什麼？我有一種似曾相識的感覺。那不是記憶，而是類似內心騷動的感覺。

終於，我失去了興趣，把項鍊放在櫃檯上。

我突然想起金蓮花的黃色花朵，我無意深入思考，便離開了櫃檯。

6

像往常一樣，放學後，我沿著送水路，前往垃圾場。中途，繞去葫蘆池，採集金魚藻。一星期前，我央求父親幫我買了一個六十公分的水族箱。我已經抓了幾條黑鱂魚養在裡面，還需要一些水草，讓牠們住得更安心。我把金魚藻放進事先準備的塑膠袋，封好後，放進書包。

我再度回到森林中的小徑，確認棒球隊那些人不在後，繼續往森林深處走去。

快進入梅雨季節了，但天空很明亮，陽光穿過樹葉灑下的影子，有著明確的輪廓。

特拉雪在距離垃圾場不遠的地方迎接我。

『唏─克？』

牠的背上有一根看起來像植物芽的東西。

『乖，乖。』

我彎下身體，摸著牠的下巴。仔細一看，果然是植物的芽。一根像蘿蔔嬰般的長芽。可能是因為牠帶著種子到處跑。特拉雪的長毛中，也許蘊藏了豐富的營養和水分。對了，這幾天一直都在下雨。植物芽會不會長莖、長葉子，最後開花？如果是水杉的芽，不知道會造成怎樣的結果？牠應該會寸步難行吧。

我帶著特拉雪走進垃圾山。佑司早就到了。他沒有像往常一樣坐在客廳，而是坐在新的垃圾山旁。他的脖子上掛了一塊板子，臉都快貼到板子上了，手忙個不停。

『佑司。』

聽到我的叫聲，他緩緩抬起頭。

『你在幹嘛？』

我一邊走過去，一邊問他。

『畫畫啊。』

他用高亢的聲音說：

『我在畫畫。』

我站在他身後，看著他畫的東西。

那裡是六百ＣＣ的驚訝。我因為實在太驚訝了，吸入了這麼多的空氣，嘴裡發出了『咻』的聲音。

比方說，熟悉的朋友說『這是我的美勞暑假作業』，結果拿出作品一看，竟然是永動機時，差不多就是這樣的驚訝程度。

預想和現實的極大乖離。他的畫，遠遠超過了十三歲少年的水準。他比那些開始冒青春痘、為恥毛煩惱的國中生更接近林布蘭、魯本斯（Rubens）之類的巨匠（至少我當時是這麼認為）。

他是用黑色墨水畫的工筆畫，畫的是前幾天被丟棄在這裡的嬰兒車。淺咖啡色的斗篷已經破了，不知道為什麼，座椅上放了一個很大的高麗菜。

佑司如實地呈現了嬰兒車的樣子。畫板上的廉價馬尼拉紙上，呈現出照片般栩栩如生的嬰兒車。他分毫不差地畫下了眼睛所看到的。沒有省略，也不添加任何東西。如實複製的情景中，既不存在任何深刻的含意，也沒有任何暗喻，不需要任何哲學解釋。

之後，我有機會慢慢欣賞那幅畫。仔細一看，發現他連嬰兒車細部的螺栓和螺栓孔也畫了出來，連螺栓孔旁的＋和－也都畫了。在畫嬰兒車後面堆放的電子零件，也畫出了ＩＣ板上的配線圖。

然而，這個世界很明顯地被扭曲了。嬰兒車彎曲著，高麗菜也畫得比實際比例更大。我想，應該是他的眼睛，或是那副卡斯提洛的眼鏡有問題。

如果他眼裡的世界就是這個樣子，那還真傷腦筋。雖然我曾告訴他，但佑司絲毫不以為意。

首先，他會湊近被畫物體，仔細觀察後，才回到原來的位置，如行雲流水般，一氣呵成地完成。他用的是較古老的玻璃筆，旁邊放了一瓶墨水，先沾一沾墨水，再開始畫。他幾乎把臉貼在馬尼拉紙上，不知道的人，還以為他把頭放在畫板上睡著了。

『你非要湊得這麼近，才看得到嗎？』

等了兩秒，佑司抬頭看著我。

『啊？你剛才說什麼？』

不，沒事。我不再理會他，獨自往裡面走去。

花梨在『客廳』。雖然氣溫已經上升了許多，但她仍然穿著那件厚外套。

『Hi。』她舉起手。

我看著自己身後的方向，對她說：

『佑司超厲害的。』

『你說他的畫嗎？』

『對，他畫得真好。』

『他一定可以成為著名的畫家，絕對沒問題。』

『對啊。我不知道他那麼有才華。』

我隔著桌子，坐在她對面。那是別人十天以前剛丟的，還很新的導演椅。

『佑司家裡有許多他以前畫的畫，下次一起去他家吧。』

花梨說。

『還可以看到他爸爸。』

『佑司的爸爸？』

對。她點點頭。

『他是作家，寫一些賣不出去的小說。』

『賣不出去嗎？』

『賣不出去。這個世界上，只有五個人看得懂他在寫什麼。這種書，怎麼可能賣？』

『那還真傷腦筋。』

『什麼？』

『生活啊，錢啊。』

『可能吧。但也還過得去吧，反正只有他們父子兩個人。』

她莫名其妙地笑了笑。陽光下，不鏽鋼的齒列矯正器閃閃發光。

『他媽媽呢？』

『離家出走了。好像是在佑司讀國小五年級時離開的。』

『沒有帶佑司走嗎？』

『對。她討厭過苦日子，如果帶著他，不是照樣過苦日子？』

『是啊……』
『單身的話，可以嫁給有錢的男人；想要工作，也比較輕鬆。』
『佑司怎麼看這件事？』
『他媽離家出走時，和他約定，等存夠了錢，就會來接他。他相信了。』
『那，總有一天──』
誰知道。說著，花梨的眼睛轉了一圈。
『要不要相信是他的自由。』
然後，她從外套口袋裡拿出一本書看了起來。
『妳在看什麼？』
她一臉『這個嗎？』的表情，舉起書給我看。
喔。
『《Peanuts》。』
『《Peanuts》？』
她突出下巴，點點頭。
『是漫畫。裡面有史努比和查理・布朗。』
『喔，我知道史努比。』
『改天借你看。』
『謝謝。』
不一會兒，佑司回來了。

『畫完了嗎？』

我問，佑司說：『還沒。』

『我頭有點痛，所以休息一下。』

把臉貼得這麼近，誰都會頭痛。

『他常這樣。』

花梨放下書，抬頭說。

『他太投入了。』

過來一下。她對佑司說。佑司臉色鐵青，順從地坐在她旁邊。他拿下大眼鏡，握起拳頭，揉著眼睛。佑司脫下眼鏡後，感覺很幼稚，好像手上還留著吸吮手指留下的繭。

花梨用俐落的手勢為佑司按摩肩膀和脖子。

『哇，硬得像石頭，連我的手指都痛了。』

佑司閉著眼睛，無力地點點頭。

『好久沒有看到這麼棒的垃圾，忍不住太興奮了。』

我突然想到一個問題。

『你畫的都是垃圾嗎？』

對啊。花梨回答。

『佑司只畫垃圾。』

他緩緩張開眼睛，用惺忪的眼神看著我。

『因為，我喜歡垃圾。』

他說。

『不要問我理由，我自己也搞不清楚。』

所謂『喜歡』，通常就是這麼回事。我很喜歡吃義大利麵，如果有人問我理由，我只能回答『因為很好吃』，但其實只是把『喜歡』改成『好吃』而已，根本算不上是理由。所以，我點頭表示同意。

『對。雖然不知道理由，但就是喜歡。』

『是啊。』

『但你畫得真好，我太驚訝了。』

『是嗎？我自己也搞不懂，其實只是隨便畫畫而已。』

『你有去哪裡學過嗎？』

沒有。他說。

『小時候，我就一個人畫，完全是自創風格。』

『太神奇了，我好尊敬你。』

他高興地笑了起來，露出大大的虎牙。

『我長大以後，不知道能不能當畫家？』

『當然可以。』

花梨斬釘截鐵地說。

『佑司，我保證，你一定可以成為有名的畫家。』

『我也這麼覺得。』

聽了我們的話，他紅了臉。

『太高興了。這是我的夢想。』

『嗯，你的夢想一定可以實現。』

聽我這麼說，花梨問：『智史，你呢？』

『你的夢想是什麼？說來聽聽。』

我的夢想只有一個。即使長大以後，也可以像現在一樣，和水生植物一起生活。雖然可以有幾個選擇，但十三歲的我，已經決定了目標。

『我的夢想，是開一家熱帶魚的店。』

我就知道。花梨說。

『被我猜到了。』

然後，她用溫柔的眼神看著我。

『希望你們的夢想都可以實現。』

花梨，妳呢？佑司問。妳的夢想是什麼？

『我嗎？』

嗯，嗯。我們拚命點頭。實在太想知道了。她一定有我們無法想像的偉大夢想。只要她願意，去火星應該也不是問題吧。她停下放在佑司肩上的手，瞇起眼睛，看著天空。潔白的臉頰在六月的陽光下，像織女星般閃閃發亮。

她說：

『這個嘛，』

『我的夢想，就是成為名畫家，還有了不起的熱帶魚店老闆最好的朋友。』

『所以呢？』美咲小姐問。

『你們三個人的夢想實現了嗎？』

我們坐在公園的長椅上。

木製的長椅就像伏石蕨的葉子，點綴著蜿蜒的遊步道。其他長椅上沒有人。白花棣棠和珍珠繡線菊的美麗花朵把遊步道裝扮得五彩繽紛。眼前是好幾條小溪匯聚而成的水池。水池的周長約有一海里（約一・六公里）。綠頭鴨和水鴨舒服地在水邊嬉戲。

『不知道吔。』

我說。

『至少，我當上了水草店的老闆，至於其他兩個人，我完全不知道他們現在在哪裡，做什麼。』

『你們不是親密的好朋友嗎？』

『對，雖然我們曾經那麼親密無間。』

她漂亮的眉毛露出失望的神情，似乎難以相信，十三歲的友情無法永恆這個事實。

『太遺憾了。』

她說。

『我好想見見他們。』

『對，如果你們認識，一定會成為好朋友。基本上，他們個性都很溫和。』

我似乎可以看到，穿著大一號長外套的花梨，向美咲小姐伸出手的樣子。

（妳好。智史的朋友就是我的朋友。）

『他們還住在你以前住的城市嗎？』

美咲問。

不。我搖了搖頭。

『我們相互通了幾年的信。但佑司突然失蹤了，不久之後，花梨也和家人一起離開了。』

說著，我又輕輕搖搖頭。

『再加上我也常常搬家，所以，就漸漸疏遠了。』

『不知道他們現在會在哪裡。』

『我想，』我說：

『一定在這個地球上的某個地方。』

『對啊，那是當然的。』

進入梅雨季節，我們為『客廳』做了個屋頂。四周用較高的書架和碗櫃圍起來，再用野餐墊蓋住，用曬衣夾固定。

雨天放學後，我們會在這個藍色的屋頂下迎接天黑。花梨看書，我和佑司下棋。棋盤和棋子都是從垃圾堆裡撿來的。

西洋雙陸棋的黑色棋子只有十三個，其他兩個只能用奧塞羅棋的棋子代替。雖然也有國際象棋，但棋子少了很多。我們用有唐老鴨頭的pez糖盒子代替騎士，用迪奧香水瓶代替主教。當然，所有東西都是從垃圾堆裡撿來的。士兵的數目完全不夠，我們只能用保特瓶蓋子代替。

特拉雪完全不在意下雨，渾身濕透地在垃圾山周圍徘徊。（當然，牠身上的那根植物芽已經拔掉了）

只要天氣放晴，佑司就繼續畫那輛嬰兒車，我去有水草的地方巡禮。

至於花梨——她是個謎。

總而言之，對十三歲的少年來說，同年齡的異性當然是個謎。

我完全不知道她在『客廳』以外的地方是什麼樣子。即使問佑司，他也不太清楚。有時候，連續三天都看不到她的身影。問她：『妳去哪裡了？』她總是冷冷地回答：『女人，總有很多事情要忙的。』聽同學說，他曾經看到花梨從鄰町的醫院走出來，但我並不打算當面問她。因為我覺得，既然她沒有主動說，我就不該問。

我也曾經聽說，花梨在上課時經常發呆，簡直難以和她放學後，充滿活力的樣子重疊在一起。聽說她還在上課時打瞌睡，即使老師叫到她，她也渾然不覺。我所認識的（也就是放學後的）花梨，永遠都是活力充沛，好像剛補充完能量一樣，所以，我從來沒有深入思考過這個問題。

上學期即將結束的七月第三週，我去了佑司家。他們租的平房住宅只有兩間房間，在狹小的空地上，有八幢類似的建築。

佑司的父親高得出乎我的意料，而且瘦得可怕，感覺像是即將枯萎的灌木。他戴著和佑司相同的黑色塑膠框眼鏡，粗而堅硬的頭髮隨意地垂在額頭。

我們進屋時，他正把手放在對著庭院的窗框上，眺望著窗外的風景，另一隻手拿著咖啡杯。順著他的視線望去，只看到隔壁房子牆上的裂痕，以及密集地擠在巴掌大土地上的苦菜。

『爸爸，』佑司叫他，他才緩緩轉過頭來。

『這是第一次來家裡的遠山同學。』

初次見面。我鞠躬打著招呼，佑司的父親用和瘦弱的身體很不相稱的男低音說：『歡迎。』我原以為會聽到缺乏生命力的虛弱聲音，不禁嚇了一跳。

『叔叔，你好。』

花梨似乎和佑司的父親很熟。

『花梨，妳好啊。』

『新小說有進展嗎？』

聽她這麼問，佑司的父親瞇起眼睛，露出親切的笑容，眼角有好幾條深深的魚尾紋。

『可以說有進展。』

他說。

『也可以說沒進展。』

『到底有沒有進展？』

『至少，我還沒在稿子上寫一個字。』

『那不就是沒進展嗎？』

他那雙和佑司很像的圓眼睛眨了好幾次。

『但是，妳可以這麼思考，』

說著，他把劉海撥到後面。他的頭髮烏黑又濃密。

『小說就像是眼淚。』

『眼淚？』

對。他點點頭。

『眼淚是內心的表現，是內在感情的等值概念。』

『等值概念？』

『也可以說是視覺上的等價物。』

『所以呢？』

『也就是說，雖然眼淚是肉眼可以看見的，但到達這一步之前的內在過程，卻是誰都沒有辦法看到的。』

『嗯。』

『不妨把眼淚當成填滿稿紙格子的文字。』

『喔，原來是這個意思。』

花梨能夠理解這位小說家獨特的表現手法。老實說，我根本是有聽沒有懂。但還是和花梨一起點點頭，假裝自己也能了解。

『所以說，雖然你還沒有寫在稿紙上，但肉眼無法看到的「內在過程」已經有了相當的進展。』

『沒錯，妳說的完全正確。』

佑司的父親點著頭，我也慌忙一起點頭。

『一旦超過了某個臨界點，文字就會自動填滿稿紙。』

他說。

『就好像一旦流淚，就會淚如雨下一樣。』

事後，我悄悄地對佑司說：

『你爸的腦袋很聰明吔。』

原以為這是神聖不可動搖的真理，但佑司卻露出意外的表情。

『聰明？』

『對，真不愧是小說家。』

佑司偏著頭，然後，用早就看透一切的口吻說：

『如果我爸能夠和別人一樣動動腦筋，我們的日子就不會過得這麼苦了；如果他稍微會想一點，我媽就不會離家出走了。』

佑司的話把我嚇壞了。因為，他的話千真萬確。

『我媽常說我爸是「無可救藥的笨蛋」。』

看起來，佑司和他母親的意見相同。

該怎麼說，那種感覺就好像我發現自己認為最漂亮的女孩子，竟然在全班男生之間的風評極差。（這種事往往會實際發生。比方說『她哪裡漂亮了，瘦得像隻猴子，還戴著眼鏡』之類的。）

所以，從不同的角度看問題時，也會得出完全不同的結論。

然後，我們走去佑司的房間，欣賞了他之前的畫作。每一張都是用玻璃筆畫在泛黃的馬尼拉紙上。他好像完全省略了發育的過程，一下子就以成熟的技巧開始作畫。彷彿巴伯羅．畢卡索跳躍了藍色時期和玫瑰紅時期，直接進入抽象畫。

所有的作品，都以偏執狂式的熱忱，將細部畫得鉅細靡遺。只要有優秀的工具和眼睛，佑司甚至可以畫出構成物質的分子。

『這是很久以前畫的。』

他說。

『那時我才九歲。』

那當然也是垃圾的畫。看起來像是服裝設計師使用的裸體軀幹，沒有頭的假人模特兒穿上了黑色皮大衣，九歲的佑司完美地呈現了經過風吹雨打的牛皮質感。

他所畫的每樣東西都帶著傷痕，落魄而孤單。

握把生鏽、彎曲的三輪腳踏車。坐墊後方雖然有『tricycle』的字樣，但也已經褪色，即將消失不見。還有想要敲鈸，卻停在半空的猴子玩偶。牠張大眼睛，露出牙齒，恐嚇著這個世界。牠將永遠無法恢復溫和的表情。

還有這樣的畫。那是某人的臥室，角窗上掛著蕾絲窗簾，放著鄉村風格的矮櫃和五斗櫃。房間中央，放了一張附有床蓋的床，但旁邊卻橫著一具死老鼠的屍體。牠一定誤闖了哪個女孩子丟棄的玩具屋而迷路，在此一命嗚呼。雖然很像是寓言故事中的情景，但實在太真實、生動了，讓人很難有伊索寓言式的聯想。

『太厲害了。』

我說。放滿四蓆半房間的垃圾們所產生的沉悶寂靜，把我震懾住了。

『該怎麼說——』

然而，我並不知道該怎麼說。

『太厲害了。』

我說。

『我是說真的。』

之後，我又去了佑司家好幾次，但他父親的小說始終都沒有進入『內在過程』的下一個階段。看來，那個所謂的臨界點，在某個他遙不可及的地方。

我和美咲小姐離開長椅，走在池畔的遊步道上。腳下鋪著柏樹皮和木屑，可以聞到微微的香味。

『好香。』

我說。

『會讓人心情平靜。』

『也有這種芳香精油。』

她看著自己的腳尖，用溫和的語氣說：

『從金冠柏中萃取的精油叫絲柏。』

『金冠柏？』

『對。』

她點點頭，仰起頭，和我四目相接。我從容地接受了她的視線，露出微笑，然後，輕鬆地將視線移向前方。
怎麼樣？我在心裡向森川鈴音炫耀。
『絲柏的學名代表「永生」的意思。』
美咲小姐仰頭看著我說。
（她嬌小而可愛。）
『因為一年四季都長著綠色的葉子，所以，才會讓人有這樣的聯想。』
『永生喔……』
我仰頭看著天空，脖子可以感受到她的視線。天空一片蔚藍，好像用噴漆均勻噴出來的，只剩下一輪白晝的彎月。
『美咲小姐，妳希望永生嗎？』
我將視線移向她的眼睛。她很嚴肅地思考著。然後，偏著頭，聳了聳肩，似乎在說：我也不知道。
『好難的問題，要好好思考。』
『嗯。』
『我會花一輩子思考。』
『是嗎？』
『對。當我找到答案時，你可不可以再問我一次？』
『可以啊。』
我不假思索地回答，看到她脹紅臉、低下頭的樣子，才恍然大悟。剛才那句話，似乎意味深長。

因為，所以咧？

『但真是很難得的朋友。』

『啊？』

因為，所以咧？也就是說，她不讓我有時間仔細思考她所說的話。

所以咧？

『佑司和花梨。』

『喔，是。對啊。』

『我也好想加入你們。我國中時的生活，真是無聊又無趣。』

『是嗎？』

『是啊。』

她用力點頭。

『就好像迪士尼的叢林探險。』

『那不是很好玩嗎？』

『那是其他同學在玩。』

她用右手遮在眼睛上方。

『我只有旁觀的份，根本無法靠近，只能走固定的路線。』

『原來是這麼回事。』

『是不是很無聊？』

『的確是。』

遊步道逐漸延伸向櫟木和杉木林立的森林。即使在大白天，森林裡也很昏暗，空氣涼涼的。

『再多說一點你們三個人的故事給我聽。』

『好啊。』

路很窄，我們並肩而行，不經意地碰觸到她的手臂。我假裝沒有發現，若無其事地繼續說了下去。

『就這樣，到了暑假後，我們三個人也整天耗在一起。』

『那隻狗也一起嗎？』

『對，那隻狗也一起。』

妳聽我說，我說。

『到了夏天，水池和送水路的水草突然茂盛起來。』

『應該很漂亮吧。』

『真的很漂亮。最多的是Sparganium erectum，和綠葉眼子菜、馬來眼子菜，以及微果草（Veronica undulata Wall）、水韭，還有水芹菜。』

『水芹菜我知道。』

『是嗎？』

對。她點點頭。

『是一種藥草，中醫也有使用。』

『那種隨處可見的雜草嗎？』

『雖然是隨處可見的雜草，但真的是藥草。』

說著，她噗哧笑了起來。

我也笑了。兩個人似乎又親近了一步。

『於是，』我又繼續說了下去。

『夏天的時候，我們三個人經常去採集水草。然後賣給我認識的熱帶魚店，當然，數量很少就是了。』

『水芹菜也可以賣錢嗎？』

我苦笑著搖搖頭。

『那個賣不了錢。剛才我說的水草裡，只有綠葉眼子菜和水韭，還有卵葉水丁香能賣錢。』

『卵葉水丁香？』

『對，學名叫Ludwigia ovalis。』

我最近好像有說過這個名字，但一時想不起來是什麼時候說的。

『有一個池塘，整個水面都長滿了水草，長得密密實實的。那裡是花梨最喜歡的地方。』

『一定很漂亮。』

『對啊。酷暑的日子，在水池旁，把腳伸進去，宛如置身天堂。那裡也有很多樹蔭，是睡午覺的最佳場所。』

『好好玩的樣子。』

美咲小姐說完，用畏光的眼神抬頭看著我。陽光穿過樹葉後的影子在她臉上舞動著。

『真的很好玩。』

我說。

『啊，但是，那個水池比想像中深，所以很危險。聽說佑司以前曾經掉下去過。』

『後來呢？』

『嗯。那時，佑司好像還是國小三年級的時候。他的個子比那時候更矮小，剛好有一個五年級的男生路過，所以，即使那個男生個子也不高，也可以把佑司從水裡拉起來。』

『個子矮小偶爾也有好處。』

『那當然。』

看到我說得這麼斬釘截鐵，美咲小姐笑開了懷。

『反正，就是這樣。但佑司喝了很多水，昏過去了——』

於是，他做了一個奇怪的夢。夢中的他，渾身濕透地站在水池旁哭。他不知道回家的路，內心很不安，感到不知所措。結果，一個少女不知道在什麼時候出現在他面前。少女的年齡和他差不多，皮膚很白，很漂亮。少女問他：

『你是不是不認識回家的路，所以在這裡哭？』

佑司用力點點頭，少女拉著他的手，讓他站了起來。

『是這裡，來吧。』

他跟著她走了一會兒，來到他所熟悉的綠地入口。

『你家就在前面，你一個人可以回家嗎？』

佑司點點頭，少女鬆開手，在他背後推了一下。

『再見。不要再回來了。』

佑司說了聲『謝謝』，便走向昏暗的綠色懷抱。回頭一看，少女仍然站在原地，陽光映照出她的身體輪廓，看起來像天使一樣。

佑司告訴我：

『當我醒來，發現自己躺在醫院裡。據說我已經昏迷很久了，我爸抱著我痛哭。』

他又接著說：

『五年級，我和花梨被分到同一班。那時候，我一看到她，簡直嚇壞了。因為，她和我在那時候看到的天使長得一模一樣。』

花梨怎麼說？我問他。

『她哈哈大笑，還說如果她是天使，那天堂裡一定很缺人手，竟然會僱用嘴巴這麼賤，又很沒品的小孩。』

『那佑司看到的到底是誰？』

『誰知道。夢境這種東西，記憶都很模糊，很可能是他記錯了。』

『把天使想成花梨小姐了？』

『對。』

『這麼說，花梨小姐一定是像天使般漂亮的女孩子。』

會嗎？穿著大一號的長外套，戴著齒列矯正器的少女『像天使』嗎？在我眼裡，美咲小姐更像天使。

木頭做的桌子上寫滿塗鴉，大部分都是用笨拙的字跡畫了一把愛的小雨傘。至今為止，到底有多少對情侶曾經造訪這個涼亭，真希望曾經留下痕跡的所有情侶，至今仍然相親相愛。

我們繼續聊著。

『晚上，我們就去抓螢火蟲。晚上的時候，三個人約在學校後門，帶著手電筒去河邊。』

『你們不害怕嗎？』

『有點啦。但該怎麼說，和他們一起走在伸手不見五指的黑夜中，感覺很興奮，這種心情克服了心裡的害怕。』

況且，有花梨在。我沒有把這句話說出口。只要和她在一起，即使在黑夜，也不會感到害怕。但我把這句話留在心裡。

『到了池塘邊，關掉手電筒，就坐在草叢上。池塘的水流入小河，周圍有許多螢光在空中飛舞。溫暖而溫柔的螢光，時亮時暗的，好像在呼吸一樣。』

『好像《細雪》一樣。』

『細雪？』

對。她說，然後又說：『谷崎潤一郎的作品。』

『喔，妳是指小說。我沒看過。』

沒關係。她說。

『我只是隨便說說。』

我們走出森林，終於來到一個大池塘。池塘裡養著鱒魚。我去自動販賣機買了碳酸檸檬汁，在寫著Coca- Cola的紅色椅子上坐了下來。

喝了一口，突然想了起來。

『對了，我還想起另一件事。』

八月十六日是花梨的生日。

『花梨生日時，我們送她禮物好不好？』

佑司問我。我們在葫蘆池畔，只穿著一條內褲，趴在地上做日光浴。我們用從垃圾山上撿來的防曬油，相互擦在對方的身上，周圍有一股椰奶的味道。（之後，兩個人的皮膚都曬得通紅發炎，災情慘重。佑司甚至發燒，躺在床上。）

『不知道花梨喜歡什麼東西？』

我問，佑司馬上回答說：

『漂亮的東西。』

『漂亮的東西？』

『對。像是亮晶晶的，或是顏色鮮艷的東西。』

『比方說咧？』

這個嘛。佑司翻眼看著自己額頭的方向。

『她喜歡玻璃。像是香水瓶或是小擺設之類的。』

還有，串珠。

那，不就——

『那，不就像女孩子一樣嗎？』

聽我這麼說，佑司停頓了片刻，然後說：

『對，就和小女生一樣。』

又接著說：

『花梨本來就是女生啊。』

『嗯，話是沒錯。』

話是沒錯，但有點令人意外。她穿著打扮像男生，行為舉止也像男生。

所以，我以為她的興趣愛好也像男生。當聽到她喜歡那麼女孩子氣的東西，才突然發現，她的內心似乎不同於外表。

世界不像我想的那麼簡單。

『花梨是從什麼時候開始穿那種衣服的？』

『一年多前吧。』

佑司拿下眼鏡，放在陽光下。鏡框在臉上留下了白色的痕跡。我告訴他，你最好把眼鏡拿掉啦。

佑司點點頭，把眼鏡放在草地上。

『好像在六年級的時候把頭髮剪短的。』

他說。

『之前是長頭髮，而且還穿裙子咧。』

『花梨穿裙子?!』

『對啊，她穿裙子很好看。只是那時候我們很少說話。』

『你們同一班嗎？』

『對，五年級和六年級都在同一個班。』

『那你們變成朋友是在……』

『六年級快結束的時候。有一個討厭的傢伙，花梨幫我搞定了。』

『和平解決嗎？』

『不，手腳並用。』

『我就知道。』

我們把內褲往下拉，比較日光浴的效果。我們兩個人的皮膚都很白，太陽曬到的部分變得紅通通的。

『之後，我們就經常在一起。』

總而言之，花梨不是從一出生就穿那件長外套的。或許是有什麼理由，讓她產生了改變。

『所以咧？』佑司問。

『到底要送她什麼？』

雖然知道要送亮晶晶的，或是顏色鮮艷的東西，但具體要送什麼，一下子想不出什麼好主意。

我們被酷暑烤焦了，跳進水裡涼快後，穿上衣服，離開了葫蘆池。兩個人的臉都紅得很噁心。

第二天，我去葫蘆池時沒看到佑司。我們並沒有約好見面，所以也沒有太在意。事後才知道，那時候他正在發高燒，躺在床上呻吟。

『有夠慘的。』

三天後，當佑司終於出現時，整個人面黃肌瘦的。

我再也不做日光浴了。他說。

『況且，我們這種身體，有什麼好日光浴的？真是白費工夫。』

然後，他說『你看』，把一個塑膠袋遞給我。

『這些亮晶晶的東西，是送給花梨的生日禮物。』

打開袋子一看，發現裡面真的裝了許多亮晶晶的東西。

『大部分都是彈珠汽水的彈珠。我一直在蒐集。』

『這個呢？』說著，我從彈珠中拿出一個透明的多面體，舉在手上。

『喔，這是五稜鏡。』

『五稜鏡？』

『對。我把在垃圾堆裡撿到的照相機拆掉後，找到這個東西。很漂亮吧？我磨了很久，原本上面塗了一些奇怪的東西，都被我刮掉了。』

我把這個多面體對著光。

『五——』

『稜鏡。我爸告訴我的。』

『花梨一定會很高興。』

『絕對樂壞了。』

『啊。』

『啊？什麼？』

『不，沒事。』

但是，不僅有事。而且，事情大條了。

我現在才發現。森川鈴音胸口的多面體，就是五稜鏡。之前我就覺得有一種特殊的感覺，其實是十五年前的記憶。

不——還不能急著下結論。雖然是很相似的多面體，但很可能是切割成這種形狀的寶石。

況且，把五稜鏡當成寶貝掛在胸前的女人不是很奇怪嗎？花梨很可能做這種事，但她說自己叫森川鈴音，周圍的人也這麼說。即使那是她的藝名，在我面前總該說出本名吧。

我又回想起第一天見到她的情景。

她那雙眼睛的明亮顏色。看到她的眼睛，我覺得認識她。當時，我認為是似曾相識的感覺，果真如此嗎？

令人懷念的笑容、那張不饒人的嘴。花梨說話也咄咄逼人。森川鈴音說：『但我已經改了很多了。』

不，但是——

『你怎麼了？』

看到我突然靜了下來，美咲小姐問。

『不，沒什麼……』

然後呢？她問。

『有沒有把禮物送給她？』

『喔，有啊。第二天，我們約花梨在垃圾山見面。』

第二天，我們約花梨在垃圾山見面。

我們先到，在桌子上擺好禮物，用漂亮的包裝紙包好，還綁了緞帶。

不久，花梨就出現了。她依然老樣子，穿著一件大一號的長外套。氣溫快三十度了，她卻一臉涼意。

『Hi。』她向我們打招呼。

『找我有什麼事？』

聽到她的聲音，我們立刻開始唱歌。是生日快樂歌。我們充滿感情，就像瑪麗蓮・夢露在唱〈Mr. President〉時一樣。佑司用假聲唱著和聲，我們手舞足蹈地激情表演。花梨聽了這首走音的生日快樂歌，捧腹大笑起來。

我們唱到最後的『Happy birthday，花梨』時，把藏在背後的拉砲舉起來，扯掉拉砲繩。呼！清脆的聲音被吸入藍色的天空。

『我好高興。謝謝。』

花梨說著，把雙手放在胸前。

『還有禮物喔。』

佑司說著，指了指桌上的那包禮物。

『妳打開看看。』

花梨的手仍然放在胸前，看看我，又看看佑司，然後，才將視線移到綁著緞帶的禮物上。

『送我的嗎？』

當然。我們兩人點頭。

『輕輕的，要輕輕地打開。』

聽到佑司的叮嚀，花梨小心翼翼地打開緞帶。然後，戰戰兢兢地拆開包裝紙。裡面是一個裝滿水的小金魚缸。

水面上，浮著綠葉和黃色的花，金魚缸底放了十個彈珠汽水的彈珠和五稜鏡。

『這是——』

『妳猜是什麼？』

我問。佑司補充說：

『他是問妳鋪在下面的玻璃珠。』

花梨用雙手捧起金魚缸，抬頭看著底部。

『這是——』

然後，將視線移回到我們身上。

『是彈珠汽水的彈珠嗎？』

花梨說。

對，對。佑司用力點頭。

『還有五稜鏡。』

『沒錯，五稜鏡。』

『五稜鏡？』
『是照相機裡的零件。』
『這個五邊形的東西嗎？』
『對，是不是很漂亮？』
太美了。她喃喃地說著，把金魚缸抱在胸前。
『我最喜歡漂亮的東西了。』
你看吧。佑司用表情對我說。好像是這麼回事。我也點頭示意。
『這種花會在三點的時候凋謝。』
我說。
『它只有一天的壽命。』
是喔。花梨低頭看著抱在胸前的金魚缸。
『那我要和你說拜拜了。』
她對浮在水面的小花說。
『很高興見到你。』
花梨把金魚缸輕輕放回桌上，用手勾住我們的脖子，把我們兩個人的頭拉了過去。
好香。那是即將邁入十四歲的女孩子的味道。
『謝謝。』
她輕聲地說。
『我會好好珍惜，一輩子，永遠珍惜。』

她的手一用力，把我們的臉貼在她的臉上。看起來像高級繪圖紙的肌膚，果然有著高級繪圖紙的觸感。

『好了。』她鬆開雙手。

佑司神經質地把滑落的眼鏡扶回原來的位置。

『我要把它帶回家。但要怎麼搬？』

『沒問題，我有腳踏車。』

我是用腳踏車把金魚缸從家裡搬過來的。父親轉讓給我的這輛腳踏車注重實用性，毫無美觀可言。我們把魚缸裡的水倒掉一半，用包裝紙重新包好，放在腳踏車前的籃子裡。我推著腳踏車，花梨和佑司跟在後面。

她的家就在最初攻佔這個城市的入侵者建造的部落。所謂入侵者，其實就是來自大城市的移民，以前就住在這個城市的人就稱為原住民。建造在高地上的整齊街道，是這個城市中別具一格的空間。那塊區域整體都很有氣質，時尚而充滿意志。每幢房子都低調簡單，卻反而襯托出屋主的品味。和我們家附近左鄰右舍都完全相同的、建商大量生產下的產物有著一線之隔。

我們走在坡度緩和的坡道上。花梨的心情特別好，一路上哼著歌。

『謝謝你們。』

走到坡道的途中，她停了下來。

『送到這裡就好了。』

她從腳踏車前面的籃子裡拿出金魚缸，抱在胸前。

『今天是最美好的生日，謝謝你們。』

我們不好意思地笑著，兩個人面面相覷。

『我走了，拜拜。』

花梨說。

『嗯，拜拜。』

『拜拜。』

她點點頭，轉身離開。我和佑司目送著她漸漸遠去的背影。

沿路都可以聽到她哼的歌聲。

對，我想起來了。

她哼的就是〈Funiculi-Funicula〉。

晚上十點，我才回到店裡。

門上掛著『CLOSE』的牌子，店裡的燈已經關了。走進店裡，只有櫃檯點著燈，森川鈴音坐在裡面。她用杯子裡的水吞下了錠劑之類的東西，一看到我，立刻俐落地藏起了櫃檯上的白色袋子。

『你回來了。』她說。

『我回來了。』

我用食指鬆了鬆領帶，在通往二樓的樓梯上坐了下來。

我正猶豫該不該問剛才看到的事，但在我下決心之前，她已經開了口。

『約會怎麼樣？』

『很愉快。』我回答。

『還喝了紅酒。』

哇噢，哇噢。她叫著。

『小孩子喝酒會被罵喲。』

『沒關係。反正這個世界的人都只有十幾歲。』

『啊，對喔。』

要不要喝茶？她問。

『好啊。是不是桂花烏龍茶？』

YES。她說著，把手伸向放在身後茶几上的茶壺。一邊倒茶，一邊瞇著眼睛說『好香』。

我從上衣內袋裡拿出一個遮光瓶。

『美咲小姐給我一瓶精油，說是要送給花梨小姐。』

『啊，為什麼？』

『上次我們在討論約會時間時，我有告訴她，店裡新來了一個女店員，她喜歡玫瑰的香味。』

『你把我的事告訴她了？』

『對啊，不說好像有點怪怪的。』

她拿著杯子，走到我的旁邊。我接過杯子，把精油遞給她。

『她說是保加利亞玫瑰（Bulgaria rose）。』

她開心地微笑著，看著鈷藍色的遮光瓶。

『好漂亮，我喜歡這種玻璃容器。』

『妳聞聞香味。』

嗯。她點點頭，打開瓶蓋，把鼻子湊近聞了聞。

『啊，甜甜的香味，好棒。』

她閉上眼睛，沉浸在保加利亞玫瑰的芬芳中。然後，突然張開眼睛問我：

『你剛才說什麼？』

『剛才？』

『你說，美咲小姐送你一瓶精油——那個之後。』

我露出『喔，原來妳是問這個』的表情對她說：

『我說，要送給花梨小姐。』

『那是誰？』

『當然是妳，妳剛才不是沒否認？』

她凝視著我的臉足足有十秒鐘。一開始露出微笑的我，被她看得不好意思，不禁低下頭。

『你終於發現了。』

她說。

對，我終於發現了，發現在我店裡工作的女店員，就是我的初吻對象。

『你什麼時候發現的？』

仔細傾聽，才發現那的確是花梨的聲音。

『我和美咲小姐在聊國中時的事。』

我說。

『那時候，剛好聊到花梨的生日禮物。』

這個嗎？說著，她拉出胸前的項鍊。

『果然是這個？』

『對啊，彈珠我也收藏得很好。』

『還有Funiculi-Funicula的歌。』

『什麼啊？』

『妳不是常在唱嗎？只要心情好的時候，就會哼這首歌。』

『啊，真的吔。〈妖怪的大內褲〉❾吧？』

『對，對。』

她抱著手，彎腰貼近我的臉。

『不過，你這個人真無情。』

『哪裡無情？』

『還敢問我哪裡無情，你根本把我忘得一乾二淨。』

『是妳自己絕口不提的。』

『我以為根本不需要我多此一舉。』

『而且，妳說是看到徵人廣告。』

『這是真的啊。我來找你，剛好看到你要徵人，而且，我也真的辭掉模特兒工作了。』

『為什麼不在那時候告訴我？』

『看到你完全想不起來，我也火大了啊。原本我還打算，乾脆瞞到底的。』

『而且……』

我的聲音越來越小。

『說話時，也和以前完全不一樣了。』

她挺起胸膛，聳起肩膀，

『智史，好久不見了。你完全沒變嘛。』

『對，就是這個樣子！』

花梨用鼻子『哼』了一聲。

『我可是淑女吔，怎麼可能用這種像男孩子的口吻說話。』

啊。我情不自禁嘆了一口氣。

『好懷念，妳真的是花梨。』

她把手在胸前擦了擦，伸到我面前。

『重新來一次，』她說：

『好久不見。』

我握住她的手。

『好久不見。我好想妳。』

我們好像回到了原點。花梨說。

❾日本人用Funiculi-Funicula的旋律編的口水歌。

『辭掉模特兒的工作後，多出很多時間，所以，我就想回顧一下自我。』

『妳怎麼找到這裡的？』

『我找得好辛苦。你搬了五次家，是不是欠了地下錢莊的錢？』

我模仿花梨的樣子，挑了挑左側的眉毛。這個動作的意思是：怎麼可能？

『好，算了。』

她說。

『好不容易找到了，你又不在；等得我筋疲力盡，終於見面時，你又認不出我。』

花梨誇張地嘆了一口氣，用帶有恐嚇的視線看著我。我無所畏懼地對她微笑著。

『十五年了吔，人會改變，記憶也會淡薄。』

我變了嗎？她問。

『應該吧。牙齒變整齊了，個子也長高了。』

她默默地凝視著我，似乎在說：該說的還沒說吧？

『對，還有，妳變漂亮了。』

『謝謝。』

她有口無心地道完謝，很客套地對我鞠了一躬。

『別計較那麼多了。』

我說。

『沒有認出妳，是我不對，但妳自己從一開始就謊話連篇的。』

連名字也改了。我又補充道。

『森川是我媽的姓。』

她說。

『而且，鈴音是我姊姊的名字。』

『妳有姊姊？妳不是獨生女嗎？』

『有過，姊姊在我九歲時死了。』

喔，是嗎？我在嘴裡自言自語。

『我爸媽離婚了，所以，我跟我媽的姓。然後，借我姊姊的名字當藝名。』

『妳受了很多苦。』

『人生不就是這麼回事嗎？』

『嗯，差不多。』

她問我：要不要再來一杯茶？我又要了一杯。

『你真的一點都沒變，一眼就看出來了。完全和以前一樣。』

她一邊用茶壺倒茶，一邊說。

『妳這是在稱讚嗎？』

『你覺得呢？』

『不太像。』

『那就不是啊。』

她把杯子遞給我，在我身旁坐了下來。我把杯子端到嘴邊。

『所以咧？』我問。

『妳原本有什麼打算？』

『沒什麼特別的計畫。只是想看看你，感受一下往日情懷。』

『這麼說，妳還會住一陣子囉？』

『對，水草店店員的工作既新鮮，又快樂。』

我打算再住一段時間。她說。

佑司呢？我問。花梨靜靜地搖頭。

『下落不明。我曾經試著找過他。』

『好想見見他，不知道他現在還有沒有畫畫？』

『我曾經在那個領域找過，像是職業畫家或是插圖家之類的。』

但仍然找不到。

『他會不會也像妳一樣，用其他的名字？』

『也許吧。』

『因為，』我說，『佑司的才華絕對會受到認同的。』

對啊。花梨頷首同意。

『我也這麼認為。』

我們彼此沉默了片刻，聽著啵嚕啵嚕壓縮機向水族箱送空氣的聲音。店裡有一種雨後森林的味道。

『智史。』

她叫著我。包覆我心的那層膜最脆弱的部分綻裂了，有一種獲得解放的感覺。

『什麼事？』

我的聲音微微顫抖著。

『我只想告訴你，見到你很高興。』

我無言以對。十年前，向帶我走過人生分水嶺的女生說的話，在耳邊迴響。

『我在尋找，尋找我這輩子的真命天女。』

『我至今仍然忘不了和我初吻的女孩子。』

我的沉默或許令花梨感到尷尬，她羞澀地說：

『我覺得，如果不說清楚，我的言行很容易讓你產生誤會。』

『的確。』

我說。她垂下肩膀，鬆了一口氣，繼續說：

『我只對自己的朋友言詞辛辣。』

『我知道，我對妳很特別，對不對？』

這句話讓她羞紅了臉。

『哇，妳的臉紅得像豬肝。』

我對她冷嘲熱諷，她舉起雙手表示投降。

『難怪你會生氣。』

『妳現在知道了吧？』

『深有體會。』

我溫文儒雅地點點頭，改變了話題。

『妳那之後的人生過得怎麼樣？』

花梨看著櫃檯內微弱的燈光，瞇起眼睛，似乎在搜尋遙遠的記憶。

『我們最後通信是在十七歲，對不對？』

『差不多，妳不是去了巴拉圭？』

對。她點點頭。

『是我去那裡後不久。』

我接到她最後一封信上寫著『因為父親工作的關係，我們要搬到遙遠的南美』。

『我明明寫了新地址，之後卻從來沒有收到你的信。』

關於這件事，我也有話說。

『我有寄，寄了好幾封。』

她瞪大眼睛，似乎在說：別騙了。然後，又說了聲『別騙了』。

『但全都退回來了。』

『奇怪，你是不是拼錯了？』

『我還想問妳咧。我拿著妳的信核對了好幾次，眼睛都痛了。』

『難道是我抄錯了？』

『我想應該是。』

搞什麼？她說。

『好白癡喔。』

『誰啊？』

她斜眼瞥了我一眼。

『當然是說我自己。』

『我想也是。』

啊。她重重地嘆了口氣。

『討厭，害我煩惱了很久。我還以為我寫了什麼惹你生氣的話。』

『結果，我就生氣不寫信給妳？』

『對啊。而且，我後來寄的信也都退了回來。』

『我也搬家了。信件轉寄也出了問題，許多信件都不見了。』

『真是陰錯陽差。』

『對，就像羅密歐和茱麗葉一樣。』

『誰和誰？』

沒有。我說。沒什麼。

『我是回來讀大學的。』

她仍然對十七歲的自己很生氣的樣子。

『聽說妳讀的是理工科的學院。』

『對，是機械工學院。我父親是工程師，所以受他的影響。』

『為什麼去當模特兒？』

『我在讀書時被星探挖掘的。』

這是常有的事。她冷冷地笑著。

『原本打算賺點零用錢，結果，反而變成了正職。』

『我根本不知道妳變成了名模。』

『我原本還小有期待咧。』

她把頭放在膝蓋上，從下面仰望我的臉。她的長髮散在臉上，看起來好煽情。

『我還期待你會注意到我。』

『不。』我說。

我的視線無法離開她。和她接吻時的記憶甦醒了。

『不？』

她問。

『喔，那個——對不起，我沒注意到。我想，我應該有看過妳當模特兒的樣子。』

但妳頭髮變這麼長了。我又為自己辯解道。

『不能因為這樣就認不出我。』

她的聲音中並沒有帶刺。

『如果是我，一定會認出你。即使智史你的皮膚變成了咖啡色，梳黑人的辮子頭，也可以認出你。』

『那根本完全變了樣。』

『對啊，即使你變成另一個人，我也認得出你。我才不像你咧。』

她的聲音仍然很溫柔。

算了。說著，她坐直身體，撥了撥頭髮，問：『那你呢？』
『你過了怎麼樣的人生？』
按我的方式。我回答說。
『按我的方式，簡簡單單，平平淡淡。』
『但你實現了夢想。』
『要怎麼說？如果每個月接近還貸款的日子，胃就會抽痛的生活可以稱為夢想的話。』
她竊竊地笑了起來。
『但你和水草生活在一起，看起來很幸福啊。』
『那是因為我把目標設定得夠低。』
我說。
『如果我的目標是三十歲前，和妻兒住在自己買的、兩房一廳的房子，就會對現實和理想的落差欲哭無淚。』
『但你有女朋友啊。在不久的將來，就可以和妻兒一起生活了。』
是嗎？我偏了偏頭。此時此刻，我想保留這個話題。雖然這是個微不足道的要求，但仍然對美咲小姐有一種罪惡感。
我不適合複雜的戀愛——應該說，我沒這個能耐。
『花梨的夢想呢？』
我謹慎地修正談話的方向。
『你不記得了？』

『什麼？』

『我的夢想啊。』

『當然記得。』

我說。

『但那是小孩子時候的夢想。』

『現在也一樣。』

她凝視我的臉，又重複了一遍：

『現在也一樣，』

『而且，至少已經實現了一半。』

『還剩下佑司？』

『對。』

我們突然發現，自己並不完整。孤單一人時並沒有這種感覺，但當兩個人在一起時，就發現不是三個人在一起，感覺很不自然。我無法不注意到她另一側的空白。

『在那之後，妳有和佑司聯絡嗎？』

她輕輕搖搖頭。

『完全沒有。我在信上不是有寫嗎？佑司的父親病倒了。』

『嗯，我記得。之後，他們就離開了。』

『對。從此就沒聯絡了。佑司說要去親戚家，卻沒有告訴我在哪裡。』

『可能打算安定下來後，再和妳聯絡吧。』

『也許吧。但那時候，我已經去了地球的另一端。』
『所以，我們就彼此斷了音訊。』
『對。等到發現時，已快三十歲了。』
『真傷腦筋。』
『就是嘛。』

『那個圍裙，』過了好一會兒，她說：
『真是傑作。還有這家店的名字。』
我好高興。她自言自語般地補充道。
『牠之後的情況怎麼樣？』
我問道。花梨露出很無奈的笑容。
『不太好，身體越來越差。』
『牠年紀也大了。』
對啊。她點點頭，『對了，』她好像突然想起了什麼。
『特拉雪和那兩個人都消失了。』
『坐著購物推車嗎？』
『對啊，我想應該是。』
回憶中，佑司走在金黃色稻穗背景的鄉村路上。推著咯吱咯吱作響的購物推車，朝紅色的夕陽走去。年邁的特拉雪坐在推車中，將前腿放在推車前方，興致勃勃地看著這個被染紅的世界。特拉雪抬頭看著佑司，『唏—克？』地發問，佑司回答說『對啊』，特拉雪又安心地將視線移向迎接暮色的地平線。

牠碎裂的後腿再也無法發揮以前的功能。

多次異常接近後，衝突終於發生了——也就是說，這是完全可以預測的悲劇。

花梨最先產生了警覺。

『特拉雪的聲音——』

我們像往常一樣，正在『客廳』。她從書中抬起頭，好像在聞味道般，尋找聲音的方向。

『特拉雪在叫。』

『妳怎麼可能聽得到。特拉雪和佑司一起去新垃圾場了。』

『在那裡！牠在那裡叫我們！』

距離垃圾場有五百公尺的距離。如果她真的聽到，應該不是用耳朵，而是其他的感應器所接收到的。

花梨站了起來，拉起長外套，突然衝了出去。

『啊，等等我。』

看到我站了起來，花梨大叫：

『智史，動作快！』

我下意識地聽從了她的命令。之前也曾提到，我算是頗優秀的短跑選手。但那時候的加速不比尋常，她讓我變得特別。

我像一陣風般跑了出去。因為，花梨緊張的聲音暗示著有不好的事情發生，內心的騷動使我更加快了腳步。

絕對沒有超過八十秒。總之，我很確定，自己破了這段距離的紀錄。然而，我還是遲了一步。

佑司抱著肚子蹲在地上。絞肉扠著腰，喘著粗氣站在一旁。特拉雪在距離他們三公尺的地方，緊盯著絞肉的喉嚨。

『佑司！』我大叫起來，但他一動也不動。絞肉發現了我，將目光移向我時，特拉雪利用這個機會撲向絞肉。兩者幾乎同時發生。

絞肉雖然身軀龐大，反應卻出乎意料地敏捷。不，應該只是相對而言，只是特拉雪的動作比他更遲鈍而已。因為，特拉雪畢竟太老了，而且，也很少做這種事。

絞肉揮出的（八號打者特有的、缺乏節奏感的揮棒）粗壯手臂正中目標，把特拉雪打向空中。特拉雪飛出令人難以置信的距離，重重地撞在紅松的樹幹上，便掉在地上。牠發出『唏──！』的聲音，為自己的飛翔感到驚訝，之後，就再也沒有發出聲音。

對絞肉來說，這一定是他這輩子最完美的揮棒，連他也難以置信地看著自己的手臂。

我的眼淚奪眶而出。老實說，最大的理由是害怕。在此之前，我從來不曾親眼目睹過暴力。雖然我知道人有暴力行為，但當實際發生在自己眼前時，實在是無比醜惡的光景，充滿了令人心痛的醜陋和毫不掩飾的惡意。

憤怒是我流淚的另一個理由。原來，人也會因為憤怒而流淚。但我不是個衝動的人，如果因為憤怒而忘我地衝上前，事情或許可以簡單些。

除非有自我毀滅的衝動，否則，要讓自己投入毫無贏面的戰爭，需要相當大的勇氣和能量。我本能地懼怕疼痛，腦子裡也閃過對『死』的恐懼。

然而，我之所以會衝向絞肉，一定想要向自己證明——我可以為了友情鼓起勇氣。

總之，我只能攻其不備。這是我唯一的優勢。所以，我把猶豫的時間縮到最短，冷不防地衝了上去。在旁人眼中，會以為我是因為怒氣引發的衝動。可見我的動作有多快。

我比特拉雪年輕多了，而且，速度也快多了。但這仍然無法改變我不習慣做這種事的這個事實。如果我的重心再低一點，一定可以對絞肉造成有效的撞擊。然而，這種想法真的只能稱為事後諸葛。原本想一把推倒他，但我們的體重足足差了三十公斤，原本就是不可能的任務。我正覺得撞到了什麼發酸的柔軟物體，發現後面正是結結實實的絞肉本尊。我像被緩衝裝置彈撞了回去，但並沒有造成我原本預料中的疼痛。

我向後退了三步，一屁股坐在地上。絞肉的身體搖晃著，但他用手扶著紅松樹，才沒有跌倒。

『你……』

絞肉低頭看我的眼神中，露出了疲憊之色。他已經厭倦了。厭倦了暴力，也厭倦了看被自己傷害的人。對他來說，那是被迫加班的零星工作，飽餐後的追加料理。

絞肉站穩之後，立刻朝我走來。他是個忠實的人，雖然搞不清楚他到底對什麼忠實。

我後退著，想要逃出他的魔爪，但立刻被垃圾山擋住去路。絞肉氣喘吁吁地向我逼近。一旦失去攻其不備的優勢後，我已經完全沒有勝算。勉強激發的鬥志也早就萎縮。然而，我的自尊心不允許我拱手輸人。我用手在後面摸索著，試圖尋找可以攻擊的武器。手摸到了東西，我毫不猶豫地拿了起來。絞肉舉起腿，正準備朝我胸前踹過來。我閃到一旁，好不容易躲過了，然後，用手上的東西指著他。

那是一個老舊的、已經變色的蓮蓬頭。

我立刻憂鬱起來。蓮蓬頭能派上什麼用場？這其實還是個滿好笑的笑話，但絞肉完全沒有笑。當然，我也沒有笑。淚水又湧進了眼眶。

絞肉動作緩慢地修正了角度，正準備踹出第二腳時，花梨彷彿從天而降般及時出現，簡直難以相信是真的。她擋在我和絞肉之間，拿著手上的拖把柄打向絞肉的大腿。這個腰部用力的揮桿動作十分漂亮，隨著一聲高黏度潮濕的聲音，絞肉發出一聲慘叫。他單腿跳地往後退，靠在紅松樹上，喘著粗氣。

『絞肉，你怎麼欺侮佑司?!』

她用拖把柄威脅著絞肉，視線移向蹲在地上的佑司。

『沒有啊，』絞肉心有不甘地回答：『我哪有。』

他重重地吐了一口氣，站了起來，好像已經完成了該做的事，正準備離去。

『喂！』

聽到花梨的聲音，他回過頭，眼皮沉重地看著她。

『只是不小心撞到了。呼的一聲。』

說完，他摸著大腿，消失在崎嶇的小徑上。花梨沒有去追絞肉，丟下手上的拖把，跑向佑司。

『佑司，你怎麼樣？』

佑司的上半身被花梨抱了起來，劇烈地咳嗽著。

『……沒事。不過……特拉雪。』

這時，我已經從草叢裡把特拉雪抱了起來。特拉雪長毛後那雙悲傷的眼睛望著我，好幾次無力地問我『唏—？』，我告訴牠『沒問題』。但我很清楚，問題大得很。牠的下半身用力撞到了紅松樹，後腿已經折成奇怪的形狀，腰上的毛都沾到鮮紅的血。

我抱著特拉雪走向佑司。我跪在地上，把特拉雪的頭抱到佑司臉部的高度。

『特拉雪還好嗎？』

佑司用小手撫摸著特拉雪的下巴。特拉雪不停地『唏—唏—？』地向我們發問。（為什麼？為什麼？為什麼？）

佑司再度劇烈咳嗽後，突然嘔吐了。嘔吐物噴到花梨的長外套的袖子和胸前，佑司顯得極度不安，花梨輕輕地撫摸著他的背。

『你還好嗎？』

嗯。佑司含淚回答。

『絞肉踹我的肚子。所以，剛才一直……很不舒服。』

對不起。他向花梨道歉。

『把妳的衣服弄髒了。』

『一點都不髒。』

花梨絲毫不以為意。

『佑司的東西怎麼會髒。』

她繼續說：

『那些傢伙身體流出的血才會髒。』
佑司好像身體一陣發冷，忍不住發著抖。
『花梨。』他叫著她。
『什麼事？』
『妳不能去報復。』
花梨的表情扭曲著。
『他把你打得這麼慘……而且……而且，你也知道特拉雪會有什麼結果了。』
特拉雪聽到有人叫自己的名字，再度發出像賊風⑩般的聲音。唏—？
我知道。佑司說。
『但是不行，我不想再看到暴力了。我以前不知道暴力是這麼惹人討厭。』
他用手臂擦著嘴角的嘔吐物。
『希望你們了解，我不想讓你們也遇到相同的事。』
花梨用帶著問號的眼神看著我。我默默地點頭，算是我的回答。
『ＯＫ，我知道了。』
花梨說。
『暴力到此結束。』
聽了她的話，佑司的表情終於放鬆下來，似乎終於鬆了一口氣。

⑩從縫隙中鑽入的風。

『好了。』

花梨克制著怒氣，用溫柔的聲音問佑司。

『可以站起來嗎？要趕快去醫院。』

佑司手撐在地上，想要自己站起來。但隨即歪著臉，嘴巴張成O字形，發出無聲的慘叫。花梨看了，問我：

『智史，你可以幫忙嗎？』

『當然。』

我點點頭。

『那，特拉雪就拜託妳了。』

『嗯，我力氣不夠。』

我把特拉雪交給花梨，小心謹慎地慢慢背起佑司，然後，靜靜地踏上歸途。

『對不起。』

佑司在我背上說。夾雜著濃烈酸酸的甜味，刺激著我的鼻腔。

『沒關係。』我回答說。

『雖然我不知道你為什麼道歉，但你別放在心上。』

『嗯。』

花梨雙手抱著特拉雪，走在我們身旁。

『到底發生了什麼事？』她問。

『絞肉說得沒錯。』

佑司無力地回答說。

『不小心撞到了，絞肉的釘鞋撞到了我的肚子。』

佑司試圖表現幽默，但我們笑不出來。

『平時他都不會去那裡的。』

聽我這麼說，佑司想了一下才回答說：

『可能是平時抄的捷徑被發現了，所以才罰他跑那麼遠。』

『你沒有發現嗎？』

『我根本沒想到他會來這種地方。』

佑司正在仔細觀察心愛的垃圾，根本無法顧及周圍的事，就像折起耳朵的兔子一樣。

『會不會痛？』

走了一會兒，我問。

『有一點。』佑司回答。

『但我更擔心特拉雪，牠的骨頭好像斷了。』

『沒關係，一定可以治好的。』

佑司沉默了。他想要的不是安慰，而是真相。然後，他突然心情改變地對我說：

『智史，你好勇敢。剛才看到你出現時，我好高興。』

『但一點都派不上用場，我不該做自己不擅長的事。我只是在花梨到達前串場的。』

『沒這回事。』

花梨插嘴說。

『智史，你帥呆了，讓我刮目相看。』

真的喲。說著，她含笑看著我。

『因為，你竟然把蓮蓬頭當武器。』

啊，什麼？佑司問。

『我沒有看到。』

『蓮蓬頭，我從沒見過這麼棒的武器！』

我紅著臉，低下頭。

『沒關係，反正我只是負責熱場的。』

『但是，』花梨恢復了嚴肅的聲音。

『你真的太帥了，讓我好感動。』

『不敢當，不敢當。』

我故作鎮定，掩飾內心的害羞，但心裡卻很高興。因為，我得到了花梨的認同，這讓我樂得想要手舞足蹈。

『我沒騙你，真的啦。』

『對，我相信。謝謝妳。』

『不客氣。』

我們一路聊著，相互安慰，相互鼓勵。

然而——真相卻嚴重得非常可怕。

佑司受傷並不嚴重，只有挫傷和擦傷。胃部的不適在嘔吐後，也很快消失了。

但特拉雪卻大事不妙。

牠的腰椎斷了，骨盆更是碎成複雜的拼圖狀，所有的拼圖片都錯亂了。後腿骨也骨折了，內臟受到了不小的打擊。最後，還發現牠罹患了嚴重的白內障，全身都受到了膿皮症的侵襲。我們去的那家寵物醫院的醫生說『真是無話可說』，然後，用鼻子哼了一聲，又說：『渾身上下能有這麼多毛病，真是讓我無話可說。』

為了接受治療而剪去全身毛的特拉雪，看起來好像別的動物。這隻長毛狗脫下外衣後，好像卸了妝的小丑，一臉落寞。我們也彷彿看到了不該看的東西，不敢正視牠。

特拉雪的下半身用石膏固定，打了很多針，擦了渾身的藥。為了安全起見，牠住院治療了一陣子，但每次去看牠，都只聽到牠發出『唏—？』的嘆息，無法聽到後半句的『—克？』。醫療費很貴，但在我和佑司不知情的情況下，花梨已經付清了。

出院後，佑司把牠帶回自己的家裡。特拉雪的下半身已經無法動彈，佑司從垃圾場撿回來的購物推車代替了牠的四個腳。在牠的毛重新長出來後，牠坐在購物推車上，再度回到垃圾的世界。特拉雪的身體已經完全恢復，也重新找回了曾經遺失的下半句。

『唏—克？』

牠似乎仍然沒有找到答案。

『不能讓自私、傲慢的人在這個世界上為所欲為。』

有一天，只有我們兩個人在的時候，花梨對我說。

『嗯。』我回答。『所以咧？』

我們並肩坐在已經乾涸的送水路的鋼筋水泥管上。鄉村的道路和管線較差，我們的頭上不時穿來貨車經過的聲音。

『罪惡必須受到懲罰。如果把痛苦加諸在別人身上，他就必須承受相同的痛苦。這才叫公平。』

我立刻察覺她的意思，開始不安起來。

『妳不是和佑司約定過，妳忘了嗎？』

『當然記得，我是說，「暴力到此結束」。』

『嗯，對啊。』

『所以，』她說著，把頭湊了過來，在我耳邊輕聲地說。好像突然有什麼東西穿過竄上我的背。

『我一根手指都不會碰到絞肉。』

那天晚上，我騎著腳踏車去絞肉家。花梨說她要單打獨鬥，但我怎麼可能放心讓一個女孩子在三更半夜行動。

那晚的月色特別亮。晚秋的空氣涼涼的，剛好可以冷卻我因為激動而滾燙的臉。快到他家時，我停下腳踏車，徒步走了過去。絞肉家旁有一大片長滿芒草的空地。我一踏進空地，便壓低嗓門叫她。

『花梨？』

不遠處的芒草動了一下，她的身影出現了。在皎潔的月光下，她的臉閃閃發光。

『你也來了。』

她的聲音令我雀躍。我情不自禁露出笑容，趕緊咬著下唇，收起笑容。花梨的齒列矯正器閃著暗光。

『嗯。』我回答說。

『還是需要熱場的人啊。』

說著，我眨了眨雙眼。原本我想要用單眼使眼色，顯然沒有成功。

『我也擔心妳的表現不夠出色。』

喔，那倒是。說著，她握住了我的手。好冰冷的手。她把我拉進芒草，那裡的空間剛好可以容納兩個人。四周都是高高的芒草，抬頭一看，看到一片被圍成魚鱗狀的星空。

我們一起並坐在草地上。

『所以咧？』我問。『妳不是說，要不動一根手指，讓絞肉痛苦嗎？』

我直視她的臉。

『要怎麼做？』

花梨豎起食指搖了搖，意思是『看我的』。然後，用雙手摸著臉頰，舔了舔嘴唇，用喉嚨發出『咕嗚嗚呼』的聲音。她似乎不太滿意，又用手掐住自己的脖子，再次發出聲音。『唏嗚嗚嗚呼』。

花梨用力點點頭，把原本放在喉嚨上的手移到嘴邊，做出喇叭的形狀。

開始囉。她瞥了我一下作為暗號，然後，臉頰用力。

『唏─克？』

我嚇了一跳，情不自禁往後看。雖然明知道不可能，但還是忍不住這麼做。因為，這個聲音和特拉雪一模一樣。

『唏──克？』

花梨又叫了一次。

咔啦一聲，絞肉家二樓的窗戶打開了。絕對不可能看錯的八十公斤龐大身軀出現在窗前。他驚恐地探頭向四周張望。明知道他不可能看到躲在暗處的我們，但花梨仍然緊緊貼著我，儘可能縮小兩個人的輪廓。她嬌小的頭剛好碰到我的下巴。花梨應該可以聽到我的心跳，但她什麼都沒說。

絞肉豎耳傾聽了一陣子，隨後偏了偏頭，無奈地關上了鋁窗。

花梨的頭幾乎貼在我胸前竊竊地笑了起來。

『你有沒有看到他的表情？』

『嗯，看到了。』

『絞肉以為特拉雪死了。』

她說。

『我散佈了一點假消息。』

『這麼說，絞肉以為是幽靈的聲音嗎？』

『就是這麼回事。』

她坐了起來，轉頭看著我。

『這個幽靈很糾纏不清喔。』

原來如此。我說。

『或許可以幫絞肉稍微減掉幾公斤肉。』

事實上，不是『稍微』而已。大致估計一下，他應該瘦了八公斤以上。也就是說，已經有十分之一的他消失了。花梨說，這是『十分之一的抹殺』。雖然我們不太了解這句話是什麼意思，卻對這句話的感覺產生了大大的滿足。

每個幽靈真的很纏人。我們連續三個月，每天都去絞肉房間的窗下報到。我們唱的小夜曲讓絞肉越來越瘦，在他腦海裡埋下了後悔的念頭；讓他了解到，暴力是需要付出代價的行為。

只有第一個星期時，我們每天都報到。之後，只有在想去的時候隨機出現。

『不需要每天都去。』花梨說。

『只要有前有後，絞肉會自行填補中間的空白。』

這就是知覺的補充，會聽到明明不存在的聲音。即使聽到風聲，他也會以為是特拉雪的叫聲。於是，他在畏懼根本不存在的幽靈同時，逐漸失去自己的質量。

這件事，我們瞞著佑司。這的確不是暴力，但不難想像，佑司並不會認同我們所做的事。他不希望以任何方式，讓任何人感到痛苦，即使對方曾經傷害過他。

佑司完全沒有發現我們的行動。他完全沒有起疑，也沒有發現絞肉已經小了一圈。傍晚時，我和花梨離開『客廳』；晚上的時候，又在芒草原碰面。

三個月後的某一天，花梨對我說：

『罪惡受到了懲罰。』

她用食指彈了彈我的臉頰。

『完全沒有動一根手指。』

然後，又大聲地叫了一聲『唏—克？』

這是我們小小的勝利。然而，這種勝利往往沒什麼意義，這個事實反而讓我們有一種挫敗感。

『即使勝利了，』花梨說。

『特拉雪再也不可能恢復以前的樣子了。』

『但絞肉應該再也不敢傷害長毛狗了。』

『嗯。』

花梨難得露出脆弱的表情。

『不過，這個事實也足以讓我們感到安慰了。』

所以，我們花了三個月，得到的不是勝利的旗幟，而是可以收在胸前口袋裡的一份小小的安慰。

雖然特拉雪再也無法恢復以前的樣子，但牠並沒有露出比以前不幸的表情。

牠已經夠老了，走起路來已經有點蹣跚，所以，立刻愛上了新的四輪代步工具。

佑司一放學，先回到家裡，然後，把特拉雪放在購物推車上，來到『客廳』。特拉雪把前腿放在推車的前緣，用視力已經嚴重衰退的雙眼，津津有味地看著周圍。

有時候，所有人一起離開『客廳』去很遠的地方。坐在推車上的特拉雪在前面引路，接著，是推著推車的佑司，我和花梨跟在後面，這個小型登山隊經常出發前往沒有目的地的遠征。令我們駐足的地方很固定。也就是說，不是有垃圾，就是有水的地方。只要看到垃圾山，佑司就會站在原地不動；看到有水的地方，我就會徹底觀察在那裡生長的水草，不想離開。

花梨總是一言不發，很有耐心地陪在一旁。她坐在草地上，從長外套口袋裡拿出書，靜靜地在一旁看書。

即使在這種時候，特拉雪也不知厭倦，無論身在何方，都用充滿好奇的雙眼看周圍的世界。牠用目光追隨著在鼻尖飛舞的蝴蝶，用學究般的熱情觀察著在地上的螞蟻隊伍。然後，突然回頭，緩緩地問：

『唏─克？』

『唏─克？』

花梨叫了一聲，用『怎麼樣？』的表情看著我。

那就是特拉雪的聲音。她的喉嚨完全沒有比當年遜色。

『嗯。』我說，『是特拉雪。』

『對啊，』花梨說：『已經過了十五年了。』

我這才想到，特拉雪已經不在這個世上了。在這一刻之間，我從來沒有想過這個問題。雖然很難相信，但這是千真萬確的事實，就像八十年前的老人如今已是天堂的居民一樣無庸置疑。

『好了，』她說：『趕快睡覺吧。以後隨時都有時間可以回憶往事。』

對啊。我點頭附和。

『妳反正還會住一段時間吧。』

花梨緩緩眨了眨眼，用惺忪的眼睛看著我。

『對，我不是已經說了嗎？別擔心，這次我不會突然跑去地球的另一端了。』

『那太好了，我再也不想寫地址錯誤的信了，我受夠了陰錯陽差。』

花梨稍微想了一下，對我說：

『就像羅密歐和茱麗葉嗎？』

我嘻皮笑臉地把手放在耳邊旁問她：

『妳說誰和誰？』

花梨做出『算你狠！』的表情看著我。她露出不懷好意的微笑，搖頭說『沒有』，然後，像放下最後一片拼圖般輕聲地呢喃：

『沒什麼。』

7

原來是這麼回事。夏目君只說了這麼一句話。簡單的反應很有他的作風。

『你不會感到驚訝嗎？』我問。他說：『有啊，我很驚訝。』

『真的很驚訝。』

喔，是喔。

我們正在整理宅急便送來的水草。

夏目君繼續說。

『最讓我驚訝的是店長。青梅竹馬是這麼亮麗的美女，重逢時，竟然會認不出來。』

『不是啦。』
那是因為——
『我們十五年沒見面了吔。』
『即使這麼久沒見面，一般人也能認得出來。』
『她也這麼說。』
『所以囉，少數服從多數。』
『好吧。』
所以，我是屬於少數派的大白癡。三天不看鏡子，可能連自己的長相都記不得了。
不，這種情況或許真的會發生。她是我的初戀情人，初吻對象，是我踏破鐵鞋在尋找的白雪公主，但我卻沒有認出她。活到這把年紀，還會把青花菜和花菜搞錯，可能是大腦裡少了幾塊晶片。
『總而言之，』夏目君說：『唯一確定的是，這十五年來，花梨小姐改變了很多。』
雖然我很感謝他的安慰，但這就像早就背完九九乘法表的同學，一邊整理書包，一邊對背不出而留在教室的學生說『嗯，7那一行的確很不好背』一樣，老實說，根本算不上是安慰。
『算是吧。』我說。
『她已經克服了頭髮的長度和長外套的問題。』
『是。』
『但牙齒——』
『我的牙齒怎麼了？』
我嚇了一跳，縮著肩膀回頭一看，花梨抱著麵包店的紙袋站在門口。

『對我的嘴巴有什麼不滿嗎？』
『沒有啊。』我搖搖頭。
『妳的嘴巴最美了，好像牙膏小精靈，潔白的牙齒萬歲！』
一個巧克力酥皮麵包突然塞進了我的嘴巴。
『嗯嗯嗯……』
『這個人很過分吔，』花梨斜眼看著我，對夏目君說。
『他還是我的初吻對象呢！』
夏目君的表情迅速從臉上抽離，完全處於放空的狀態。這次，他真的被嚇到了。
『我費了千辛萬苦才找到他，』
她扯出塞在我嘴裡的巧克力酥皮麵包，用那排漂亮的門牙咬著麵包說。
『他竟然因為我的劉海長了點，就認不出我是誰了。』
好了，她舉了舉手上的麵包袋。
『吃午飯了，今天也有很多好吃的巧克力酥皮麵包喲。』
然後，自顧自地走進店裡。
夏目君看著我的眼睛，露出『真的假的？』的表情。所以，我也對他做出『真的啦』的表情。她的初吻對象真的就是我。
他難以置信地搖著頭，走進店裡。
千真萬確。
就連我也不太敢相信。

晚上，難得去父親家裡吃晚飯。

菜色是千篇一律的『烏龍麵』。春夏秋冬，他都吃烏龍麵，只是隨著不同的季節，會加入不同的材料。今天加的是竹筍。

我吃著煮過頭，變得軟趴趴的竹筍說：

『所以，花梨變成名人了。』

『我認識森川鈴音啊。』

父親說。

『她好像拍了礦泉水的廣告。』

基本上，他整天無所事事，對電視節目很熟悉。

『但我完全沒有發現，她就是花梨。』

父親的大腦中，應該也少了幾塊重要的晶片。有其父，才有其子嘛。

『聽你這麼說，』父親看著半空，好像在搜尋記憶。

『花梨以前也是令人刮目相看的美少女。雖然她穿得像小男生，但她的漂亮是藏不住的。』

『花梨想要掩飾自己是美女嗎？』

『不是嗎？』

『為什麼？』

『很麻煩吧，美麗有時候會讓人困擾。』

是喔。

『既然她在你那裡，改天要去看看她。』

『對啊，你去看她，花梨一定會很高興。』

很久很久以前，其實也只是十五年前而已，父親是個跑步速度和他年齡極不相符的跑步健將，他最大的資產就是只要六十幾秒就可以跑完四百公尺。當時，就連我也望塵莫及。如果他去參加名人賽，一定可以留下頗為傲人的成績。但父親的目標只有一個，就是回母校大學參加田徑隊校友會的懇親比賽，每年一次，和將近半個世紀以來的競爭對手認真地一較高下。這場比賽原本的用意只是確認彼此的健康，或是將肉體的衰退作為笑料，促進相互的感情。只有父親和他的勁敵Sakuji（我忘了他的名字要怎麼寫。因為我腦中的晶片，反正，你們知道的嘛）兩個人鬥志高昂，讓旁人看到傻眼。

兩個人的比賽成績難分軒輊，就像美國總統選舉中的共和國和民主黨的輸贏總是不分上下。這也使他們雙方更不甘示弱。如果贏了，這一年就會更努力練習，避免第二年落敗；萬一輸了，為了能夠在第二年一雪前恥，就會更加緊練習。當時，父親的口頭禪就是『現在，Sakuji那傢伙……』他幻想著勁敵比自己更勤於訓練，完全無法鬆懈。

十歲後，每到週末，就被迫陪父親去附近學校，悶著頭跑操場。通常都是我先出發，在十秒鐘後，父親才起跑。我只是一隻可憐的兔子，讓父親恨得牙癢癢的假想敵。

我們繞著二百公尺的操場跑兩圈，父親總會在第二圈的直線跑道附近追上我。那種從背後逼近的恐懼，急促的呼吸聲和釘鞋踢開泥土的俐落聲音令人心裡發毛，有時候，當父親追上我的時候，會咬牙切齒地擠出一句：

『Sakuji這傢伙！』

我怎麼會喜歡陪父親跑步？不僅痛苦又害怕，最重要的是，太浪費時間了。與其被當成別的叔叔遭到咒罵，還不如去河邊看魚、看水草快樂多了。

然而，在陪跑的過程中，也大大提升了我本身的跑步能力。那時候，我剛好在長高，原本光滑的部位也開始長出稀稀疏疏的體毛，跑四百公尺的時間一下子縮短了。

有時候，我可以在跑到終點前，都不被父親追上。父親歪著頭，縮短兩個人起跑的間隔。結果，一段時間後，我又再度逃脫他的追趕。於是，父親又歪著頭。兔子不再像以前那麼悲哀，速度也加快了。於是，這種陪跑訓練頓時變成一大樂趣。

上了國中，搬到那個有水、有森林的城市後，河邊的堤防變成了我們的練習場。向上游的方向跑兩百公尺，過橋後，再沿下游的方向往回跑兩百公尺。唯一的缺點就是速度會在橋的地方降低，但優點是隨時可以練習。一到週末，學校的操場經常被不知道哪裡的運動隊霸佔，很難自由活動。

十四歲時，我們父子之間的時間差已經縮短到兩秒。

花梨和佑司知道我們在堤防旁練習時，也經常來陪我們。花梨站在起點，佑司站在橋上，分別拿著馬錶，向我們報告時間。

父親是花梨心目中的英雄。

『叔叔，你太厲害了。』花梨的眼睛發亮。

『因為，你竟然比智史還要快。』

這句話，讓我們父子得意得差點忘了形。『竟然比智史』這半句話，代表她認為我已經是相當優秀的跑者，比我更快的父親，當然是更了不起的跑步健將。

練習結束，父親總會帶我們三個人去咖啡店，請我們吃水果百匯。跑步後的鮮奶油超好吃的！

這個習慣一直維持到我們離開這個城市！

『Sakuji那傢伙，』父親說：『就快抱曾孫了。』

五年前，因為Sakuji的膝蓋受傷，他們之間的四百公尺比賽也落幕了，但兩個人仍然在人生的跑道上競賽。不過，在這方面，父親已經被他甩開了兩大圈。不要說曾孫，就連孫子也還沒有影子。這和父親本身晚婚也有很大關係，我當然也繼承了這種連鎖反應。看來，『晚熟』是會遺傳的。

『太好了。』我說。除此以外，我還能說什麼，只能假裝沒有聽出父親的弦外之音。我還沒有向父親報告婚友社和美咲小姐的事，總覺得很難以啟齒。

『算了。』

父親撥了撥年近八十，仍然很濃密的一頭白髮。

『你也快三十了吧？』

『所以咧？』

『所以？』

『對啊，所以咧？』

『嗯，所以呢，也差不多了。』

喔。這時，我才露出一副『我現在才理解你的意思，歹勢，我這麼遲鈍』的表情，用力點點頭。為什麼小孩子在父母面前也無法坦誠。

『嗯，是差不多了，我會考慮。』

對了，父親假裝突然想到似地問：

『事到如今，花梨為什麼特地——』

『回歸原點。』

為了怕父親產生不必要的聯想，我必須把話說清楚。

『她來找我，是她尋找自我的節目之一。』

『所以呢？』

『什麼所以？』

『不，所以，這是什麼意思？』

『沒有意思。就是你聽到的意思。尋找回憶，懷舊，就這樣而已。』

原來是這樣。父親說完，便沒有繼續這個話題。

事實上，父親也是從小就認識母親。但他們和我們不一樣，由於雙方年齡相差了七歲，並沒有一開始就把對方當成戀愛的對象，直到長大成人以後，他們才開始有這種意識。父親一有機會，就把他們的戀愛故事說給我聽。這是『我』這個人的前傳，我的人生故事的序章。

『那時候，發生了一場很大的戰爭，』父親說。

『等我回過神來，青春已經屬於比我更年輕的人。』

我大學畢業後，立刻被徵兵送上了戰場。

我們必須全力打拚，才能活下去。我說的我們，是指爸爸、爸爸的媽媽（也就是你的祖母），還有三個弟弟和兩個妹妹。我的父親（就是你的祖父），在戰爭結束前一天的最後一次空襲時，抱著最幼小的女兒逃難途中，不小心踩到釘子，罹患了破傷風死了。運氣太差了。

那時候，我在南國的天空下挨餓受凍，整天思考著如何填飽肚子。戰爭結束，回到家園時，發現等待自己的，是比自己更飢餓的家人。

為了填飽他們的肚子，我拚命工作。我之前曾經做過幾個工作，三十歲之前，在親戚的介紹下，進入一家商社。之後，就在那裡工作了一輩子。當時，我的大弟和大妹已經工作了，但身為長子的我，身上的重擔依然無法鬆懈。

『還有三個人。』

我當時這麼告訴自己。

結果，當最小的妹妹（父親踩到鐵釘時，抱在手上的幼女。就是奈緒子姑姑）高中畢業，進入紡織工廠當會計時，我已經三十好幾了。

那時，我仍然孤家寡人，沒有和女人交往過，未來似乎也不太可能。

我的幾個兄弟姊妹已經結婚、生子。我發自內心地歡迎家族中的新生命，新的成員，我幫外甥、姪女取名字，扮演輔佐的角色，也成為他們的聖誕老公公。雖然是不同的窯燒出來的，但他們身體的四分之一，使用的是和我相同的泥土。無論是髮尾的鬈髮，還是一字眉，或是堅強的心臟，都可以看到相同泥土的相同特徵。總之，我非常疼愛他們。

不久，我開始有了這樣的想法。

『我想結婚，想要娶妻生子，用這雙手，抱抱自己親生的孩子。』

那是個遲來的春天，我對我媽說：

『阿母（我這麼叫你的祖母），我想結婚。』

我媽聽了我的話，以為我已經有了對象，便問我：『對方是怎樣的女孩子？』

『阿母，不是啦。』

我說。

『我希望阿母幫我找。』

現在回想起來，我還真是個長不大的孩子。

我媽左思右想，最後想起戰爭結束前的老街坊，至今仍然會互寄新春賀卡的一家人。她記得對方在今年的賀卡上曾經提到『女兒仍然待字閨中』。那家的女兒好像叫美和子，很文靜、乖巧。那女孩子長相雖然普通，但我兒子也算不上是什麼帥哥；他們兩個人相差七歲，但我自己也比老公小六歲。我不知道我媽是否有過諸如此類的想法，但總之，她幫我們安排了相親，所以，我和你母親相隔十五年重逢了。

我對她一見鍾情。

那是命運的重逢。我難以相信，當年的小女孩已經長大成人，變成魅力十足的女人。我至今仍然不知道是什麼力量讓男人和女人結合的，總之，一對不起眼的晚熟男女，發現了彼此身上的光芒，決定踏上紅毯。

她帶著少許的嫁妝，離開父母，嫁進了我家。當時，除了我媽以外，我的弟妹也還住在家裡，算是一個大家庭。她的體質虛弱，很受我家人的疼愛，她好像不是來做媳婦的，而是變成這個家的寶貝女兒。

我們雖然睡同一間房間，我不知道要怎麼鑽進她的被子，三星期後，才終於有了初夜（即使是這方面的事，父親也輕鬆自在地告訴我這個兒子）。光是親個嘴就需要很大的勇氣。試了很多次還是不習慣，下一次蠢蠢欲動時，又回到原點，戰戰兢兢地觀察她的表情。

不久之後，她雖然成功地懷上了第一胎，但不知道是否因為她天生虛弱的關係，在懷孕七個月時流產了。這對母體也造成了很大的負擔，她幾乎有半年的時間臥床不起。看到她這樣子，我決心放棄生孩子，因為，她的身體比什麼都重要。

反正，我有許多外甥和姪女，他們可以繼承我的血緣。這樣就夠了。能夠與心愛的妻子攜手共度此生，夫復何求？

我的想法逐漸改變了。她本來就不擅長表達自己的想法，只是默默地聽從我的意見。

但十年後，她突然毅然決然地把你帶到這個世界。我媽剛好在前一年過世，她比失去親生母親更加悲慟。我向來是個長不大的長子，喪母之痛不是別人所能想像的。

你媽是我唯一的安慰，我也是她唯一的安慰。當時，所有的弟妹都已經成家立業，家裡只剩下我們夫妻兩人。總之，只要我們在一起，就緊緊相擁，相互安慰。

當時的避孕產品也不像現在那麼值得信賴。

你趁我們不備，擠進了這個世界。你的身手之敏捷，可不是我亂蓋的。

我曾經反對把你生下來，因為，我顧慮到你媽的身體。當時，她已經四十幾了，但她絕不讓步。

『我的身體狀況從來沒有像現在這麼好過。現在一定可以順利生下來，這孩子是你母親轉世投胎的。』

她這樣說服我。

我雖然很不安，最後還是屈服了。那時候，你才像鵪鶉蛋那麼大，還根本沒有思想，而我已經開始疼愛你。所以，無法堅持自己的初衷。

結果，你在難產下出生了，也是我已經過世的母親第十一個孫子。

之後的時間飛逝。在面對一個小生命時，想到人生所剩下的時間，總覺得人生永遠都不夠。

五十歲的新手爸爸和四十三歲的新手媽媽，和年齡只有我們一半的其他父母們一起奮鬥，齊心協力地悉心照顧小嬰兒。

這一切都讓我們感到很快樂。無論和你媽兩個人去百貨公司買你的內衣，或是在超市買奶粉，推著嬰兒車去公園散步，都覺得快樂無比。

看到她成為母親，也是我的一大快樂。她餵你吃奶的樣子神聖而美麗，她簡直美若天仙。

終於，你逐漸成長，上了小學。

只要我們的時間和身體允許，幾乎參加學校的所有活動。雖然我們知道你不太希望我們去，但這是父母的特權，絕對不能讓步。我們一起參加了你高中的入學式。那一刻的心情真是爽快（當時，父親已經六十五歲了，卻比任何一位家長更昂首挺胸地坐在家長席上），我們緊握著對方的手，內心萬分感慨，終於迎接了這一天。我們真的很高興。

兩年後，她的人生畫上了句點。

總之，人生這一路走來，我無怨無悔。我在有一把年紀後才結婚，你媽的身體又虛弱，所以，我簡直是一秒都不敢鬆懈。而且，我們總算攜手共度了二十七年。能夠和自己所愛的人相互扶持這麼久，我覺得，自己是個幸福的男人。

她臨終時說：『老公，你看……』她一定是看到了什麼，想告訴我。

所以，我很期待。一定是美好的東西。我們一起去散步時，她經常說這句話，叫我看路邊的紫花酢醬草，或是夜空中的弦月。總有一天，我會親自問她，那時候她到底看到了什麼。

今晚，父親在入睡前，也會問母親：妳那裡好不好？

回到店裡，花梨仍然在櫃檯裡進行程式作業。

她發現了我，抬起頭問：『你爸怎麼樣？』

『他說很想念妳，改天要來看妳。』

『太高興了，你爸很帥吔。』

『是嗎？只有妳會這麼說。』

她停下打字的手，露出那種大姊的眼神看著我。

『怎麼了？』

我問，她緩緩搖著頭。

『你是經典而正統的戀母少年。』

『別胡說，才不是咧。』

『你看，』說著，她用食指指著我。

『像這樣很生氣地拚命否定，也是經典而正統的戀母少年很典型的反應。』
她竊笑著，繼續說：
『時下的戀母少年會更彆扭一點。』
我放下莫名其妙舉起的手，放鬆了肩膀的力量。
『算妳狠。』
我說。
『所以呢？』
『所以，你會把你父親視為競爭對手。』
『喔，原來是佛洛依德。』
這點連我也知道。
『也許吧。』我回答說，『所以，至今我在父親面前，仍然無法坦誠。』
『我就說嘛。』
她闔上了筆記型電腦的液晶蓋。
『你媽過世的時候，』
她把茶壺裡的花草茶倒進馬克杯，說：
『差不多是最後一封信前後吧？』
『對，差不多是三個月後，但她之前的身體就很差。』
她走出櫃檯，把馬克杯遞給我。我聞了一下，是一種陌生的味道。
『聽說是把紅茶和花草調和在一起，我在麵包店買的。』

『叫什麼名字？』

『117。』

『啊？』

『117。新商品的名字都是號碼。』

『喔。』

我們站著好一會兒，默默無聲地品嘗著『117』。但並沒有嚐到時鐘的味道。（雖然我也不知道時鐘是什麼味道）⓫

『你媽人很好。』

花梨嘆了口氣，靜靜地說。

『嗯。但妳只見過她三次。』

『對啊，因為，我只去過你家三次。』

『佑司倒是常來。』

『因為，他很迷你媽啊。』

『嗯，對啊。』

佑司喜歡黏著我媽。我媽的年紀等於是他媽媽的媽媽，但佑司卻很喜歡我媽。我媽也覺得佑司很可愛，把他當成自己的孩子，為他整理衣衫；用梳子幫他梳理一頭濃密而烏黑的亂髮；用口水沾在手帕上，為他擦去沾到臉上的髒東西。我們像親兄弟一樣排排坐在桌旁，吃著我媽做的洋芋派。有時候，佑司也會在我不在的時候單獨來找我媽，兩個人一起坐在客廳的沙發上，看電視上的談話性節目。

『我媽也很想他，直到臨終時，還說很想見他。』
『佑司——』
花梨用雙手捧著杯子，把臉貼近杯子，輕聲地說：
『不知道有沒有見到他媽媽？』
『我想，』我說：『他一定有見到。』
『對喔。』對嘛。
花梨說著，輕輕點了點頭。

『好像一切都是夢。』
花梨鋪好折疊床，盤腿坐在上面，發呆地看著自己的鼻尖。
『夢？』
我像往常一樣，坐在樓梯上，靜靜地看著花梨。
『對，都是夢，全都是夢。他們真的曾經在那裡嗎？』
『他們是誰？』
『十四歲的花梨，還有智史和佑司、特拉雪、你爸爸、媽媽，以及佑司的爸爸，算了，順便把討厭的絞肉和他的隊友也算進去吧。』
『在啊，他們真的曾經在那裡。』

⓫117為日本報時電話台。

『嗯，對啊。』

但是，花梨若有所思地垂下視線，用手撥了撥遮在臉上的長髮。

『即使那段時光只是幸福的夢，也不會讓我感到不可思議。』

我默默地點點頭。不是同意她的話，而是催促她說下去。

『或者說，此時此刻，我其實已經是九十歲的老婆婆，繼續做著幸福的夢。』

『或者，我們是那隻停在花上休息的蝴蝶，身在短暫綺夢中的人。』

『莊子和蝴蝶。』

我點點頭，這次是同意的意思。

『如果可以，』

花梨低聲地說：

『我希望十四歲那一年一直重複。』

『是嗎？』

『對。我們那次笨拙的接吻，永遠出現在重複記號的前一刻。』

笨拙的接吻——第一次總是這樣的。正因為這樣，才會成為難忘的回憶。人會忘記自己第三十三次的接吻，卻不會忘記自己的初吻。每個人都帶著初吻的記憶，踏進天堂的大門。我相信，一定是這樣的。

這是離別前最後，也是最大的節目。

新年剛過，就立刻收到了壞消息。

父親的上司又丟了一次骰子。這次的數目很大，我們一家要搬到一千二百公里以外的地方。

雖然早有心理準備，但這次的離別格外痛苦。我還曾經反覆思考，是否可以獨自在這個城市生活。我可以寄宿在佑司家，每個月繳生活費給佑司的父親，我和佑司像親兄弟一樣生活。然而，現實情況根本不允許，我不可能離開當時已經經常臥病在床的母親，再說，乳臭未乾的我也不可能離開父母，獨立生活。

我、花梨和佑司像是三隻即將被拆散的小狗，緊緊依偎在一起，等待這一天的來臨。從那年年初到三月為止，每天放學後，我們就躺進鋼筋水泥管，或是去在芒草堆中新搭建的紙板箱屋。這個季節，垃圾山的『客廳』太冷了，我們也不想去任何一個人的家裡。我們三個人和那隻狗緊緊相擁，相互取暖，度過冬日的午後。

我不記得當時我們聊了什麼，只有風的聲音還留在耳際。麥子葉片的沙沙聲、高壓電線的呻吟，或是巨人穿越我們藏身鋼筋水泥管時，所發出的嘆息。

河流的水位變低了，水也變得很混濁。水堰關閉後，送水路乾涸了，積水的地方都結了冰，小孩子們穿著橡膠的長靴，玩溜冰遊戲。水草不見了蹤影，垃圾山周圍的森林中的樹木，也紛紛甩下葉子，露出寒冷的身影。

這是我在那個城市第一次，也是最後一次看到的冬天景色。

離別的日子轉眼之間來臨了。

那天，我必須獨自從這個城市出發。父親因為工作的關係，已經先行前往新的工作單位。再過一年，他就到了二度退休的年齡，這應該是他最後一次被外調了。原本計畫我和母親晚一步才去。但在預定出發的前一天，母親的身體狀況突然出了問題，體力根本無法負荷一千兩百公里的長途奔波。我將要在新的學校迎接新學期，三天後，新學期就要開學了。我在電話中和父親商量後，決定留下母親，獨自前往新的城市。母親暫時請朋友幫忙照顧，到時候，父親再來接她。

因此，那天，我在車站等電車時，已經差不多快哭出來了。和花梨、佑司離別的痛苦，丟下病中的母親的不安，以及獨自面對一千兩百公里旅途的惶恐，所有感情都交織在一起，化為眼淚，佔據了我的眼眶。

『我會每天去看你媽媽。』

佑司說。他已經淚眼汪汪地抽泣著，把食指伸進大眼鏡裡，擦拭著眼角。特拉雪和往常一樣，把前腿搭在嬰兒車的護欄上，好奇地觀察著車站。

『嗯，拜託你。我媽一定很高興。』

『包在我身上。』

然後，佑司從嬰兒車上拿出一個附近超市的紙袋。

『這個送你。』

我接了過來，發現裡面裝的是捲起來的畫紙。我從袋子裡拿出來，打開一看。

『啊，這是——』

『這是從你房間看到的風景。』

佑司說。

『這是我第一次畫垃圾以外的東西。』

從我房間窗戶看到的世界。當然，因為是透過佑司那副大眼鏡所看到的，整個世界都扭曲起伏著。但每一個細部都真實而細膩地重現在畫紙上。

有庭院的樹木，可以看到鄰居房子的屋頂，後方是一片廣大的田園風景。被送水路和畦道切割成格子狀的農田，以及四周的綠色地帶、天空中飄浮的雲，佑司都用執著而不妥協的線條，呈現在畫紙上。

『謝謝。』我說。

『我會好好珍惜。』

『這是我在你房間的時候畫的。希望你不要忘了這個城市。』

『我不可能忘記。』

『嗯，還有，別忘了我們。』

『絕對不會忘記。』

『唏──克？』特拉雪問。

『當然。』我說：『我也不會忘了你。』

花梨始終悶悶不樂的，站在離我們不遠處。當我們的眼神交會時，她冷冷地向我點點頭。

『希望你去那裡，可以很快交到新朋友。』

佑司說。

不知道為什麼，聽到他這句話，我終於再也忍不住了，淚水刷刷地流了下來。

『我才不要新朋友，只有佑司和花梨是我的朋友。』

『怎麼能這麼說？你將要迎接新的生活。』

『雖然是這樣……』

佑司用小手拿下眼鏡，把額頭貼在我的襯衫胸口上。

『沒關係，我們永遠在一起。』

他的聲音微微發抖，震動了我的心臟。

『即使相隔再遙遠，我們的心都會連在一起，我會永遠惦記你。』

佑司站直後，用暴突的黑色大眼睛看著我。

『這才是最重要的，距離不是問題。』

我用襯衫的袖子擦著眼睛，也順便擦了擦鼻子。

『對，我們永遠在一起。』

『新的城市應該也有小河。』

『還有垃圾山。』

『對，智史，我想，你在那裡，也會每天看水草吧。』

『對，一定是這樣。』

『那裡，或許也有像我一樣、個子小小的、喜歡畫畫的少年。』

『嗯。』

『如果你遇到，希望可以和他做朋友。你們一定可以成為好朋友。』

『嗯，我想也是。』

『我一直都是一個人，』佑司說。

『直到遇見了花梨和智史，我才了解朋友的好處。』

『嗯。』

『所以，你也要讓在遠方城市的那個朋友了解這一點。』

『好。』

佑司用運動衣的袖子擦拭濕潤的眼睛，重新戴上眼鏡，把雙手在褲子上擦了擦，伸到我面前。

『我們來握手。』

『好。』

我們的手握在一起。佑司的手總是熱熱的，微微滲著汗。

廣播傳來電車即將進站的報告，但我們仍然沒有鬆開手。

『你要繼續畫畫。』

我說。

『每天，每天，即使遇到痛苦和悲傷的時候，也要繼續畫畫。』

『好，我會畫。每天，每天，不管肚子痛，還是頭痛，我都會畫。』

我保證。佑司說。

廣播又響了。看到我仍然沒有進剪票口，他的聲音顯得有點焦躁。

『你快走吧。』

『我知道。』

然後，我們鬆了手。但是，沒關係。我們的心連在一起，距離不是問題。

『再見，佑司。』

『嗯。』

梨。

然後，我也向嬰兒車中的特拉雪道別。

『再見，特拉雪。』

牠納悶地偏著頭，好像不太了解發生了什麼狀況。我將視線移向靠在車站牆上，抱著雙臂的花

『再見，花梨。』

『喔。』她不耐煩地低咕了一句。『又不是從此不再見面了。』

也就是說，她不願意說再見。

『我走了。』

我看了看他們，相互點頭道別後，穿過剪票口，朝月台走去。在他們消失在我的視野之前，我又回過頭，和他們視線交會。

『唏—克？』特拉雪好像突然醒過來般叫了一聲。

『智史，多保重！』佑司大叫著。

『大家保重！』

我用力揮手，向他們做最後的道別。

（再見，我愛你們。）

然後，我轉過身，再度邁開腳步。淚水差點奪眶而出，我喉嚨用力，拚命忍住了。

電車緩緩駛進月台，我吸著鼻子，搖著手上的皮包，確認重量。月台上幾乎沒有人，雲雀在春天遙遠的天空中，忙碌地練嗓子，發出『嗶唎唎』的叫聲。電車完全駛入了月台，速度即將變成零。

這時，一團卡其色躍入我的視野角落。

是花梨。她飛奔過來，光滑而白皙的臉龐在陽光下發亮。每跑一步，蜂蜜色的頭髮就左右搖晃著，露出她寬闊的額頭。她眉頭緊蹙，全神貫注地跑來，長外套的下襬都翻了起來。

電車停下，車門打開的同時，花梨追上了我。幾名乘客走了下來。

『智史。』花梨上氣不接下氣地叫著。

『想不想和我接吻？』

我驚訝地看著她的眼睛。那雙明亮的眼睛看著我。她的神情好認真。

『想。』我毫不遲疑地回答。剩下的時間不多了。

『你的手不要動！』她說。所以，我的手放在原位站著。

她用雙手抱著我的脖子，踮起腳跟。花梨雖然是個高挑的女生，但還是比我矮了十公分。我想要伸手，但想起她的話，便不敢隨便亂動。

花梨手臂用力。一路跑來的她，仍然喘吁吁。

哈，哈，哈。

她用力呼吸著，急忙把嘴唇貼了過來。軌道稍微偏離，我們的鼻子撞在了一起，然後，她的上唇碰到了我的下唇。

花梨閉著眼睛，我可以近距離看到她長而濃密的睫毛微微向上翹起。

我把臉稍微向下移，調整了嘴唇的位置。這次，兩個人的嘴唇終於吻在一起了。花梨很快就喘不過氣來，嘴巴張得大大的，用力吸氣，然後又吐了出來。她吐出的氣吹到我的嘴唇和鼻子。不知道為什麼，竟然帶有碳酸飲料的味道。然後，我們的嘴唇又碰在一起。我的舌頭碰到了花梨沒有閉緊的嘴唇內側，我嚐到了她嘴裡濕潤部分的味道，或許那是她的齒列矯正器游離出來的金屬離子味道。這讓我想起了每次感冒時，醫生塞進我嘴巴的那個閃閃發亮的不鏽鋼板的味道。

突然，電車發車的鈴聲響了。

她的身體僵硬起來，差一點跌倒。我慌忙放下手上的行李包，想要抓住她的手臂。但因為我們的身體靠得太近，手無法充分提起來。結果，我抓到的不是花梨的手臂，而是長外套下隆起的胸部。

『混蛋！』她推了我一下。我後退一步，兩個人的身體分開了。花梨喘著粗氣，張開兩腳，支撐住自己的身體。

我腦袋一片空白地看著她。

太驚訝了。花梨的胸部竟然這麼豐滿——

她先回過神來，撿起了我掉在月台磁磚上的行李包。

『智史，拿好了。』

『喔。』

我從她手上接過行李包，快步跳上電車。

『總有一天，』花梨說。

『總有這麼一天的！』

鈴聲突然停了下來，月台上一片寂靜。然後，隨著一聲像嘆氣般的聲音，車門關上了。

『總有一天——』

然後，我還來不及問下去，我和花梨就被鐵塊和玻璃徹底隔開了。電車發動了。

花梨站在原地，用一種看似生氣的眼神看著我。

『總有一天，』我又重複了一遍。花梨的身影漸漸遠去。

『總有一天要幹嘛？』

電車的速度不斷加快，我被帶離了這個城市的重力圈。花梨已經遙遠得無法看到她的表情。飛向宇宙的太空人，也是帶著這種心情在看地球的吧。這種心情，只有我們能夠體會。

終於，電車開始向左大轉彎。我把臉貼在玻璃窗上，追隨著即將消失在視野外的卡其色小點。然而，那個點很快消失在陽光下閃亮的電車後方。

只留下初吻的餘韻，以及她柔嫩的胸部留在手心的觸感。

我坐在樓梯上，凝視著自己的手。對，剛好是這隻手可以掌握的——

『你的手怎麼了？』

『不，沒什麼。』

『喔。』她的聲音顯得特別興奮。

『現在比以前更有料喔。』

一個男人被人看穿到這個地步，實在有夠失敗的。

『失敬，失敬。』

『但已經和你沒有關係了。』

『是啊，和我沒關係。』

她說了聲『晚安』，便把手伸向襯衫的釦子。看到這個動作，我趕忙起身，回到自己的房間。

我聽到些微的聲音，不禁醒來。

剛才好像做夢了。幸福的夢。

我翻了個身，正準備再度回到夢的世界。不一會兒，樓下又傳來聲音。看了一眼枕邊的時鐘，一點剛過。我下了床，穿著睡衣（也就是特拉雪T恤，外加百分之百純棉的運動長褲）走下樓梯。走到一半，就發現一樓還亮著燈。是櫃檯裡微微的間接照明。

『咦，你怎麼了？』

花梨坐在櫃檯的高腳椅上，看著筆記型電腦。

『沒事，我聽到聲音——』

『啊，對不起。我吵醒你了。我還特別小聲咧。』

『不，沒事。』

我抓了抓頭，問她。

『妳睡不著嗎？』

『嗯，差不多吧。』

她的神情有點慌張，起身把花草茶倒進杯子。

『你要不要？』

『不，現在不要。』

『喔。』

花梨撥了撥頭髮，把杯子拿到嘴邊，顯得有點緊張。她和我一樣，穿著印花T恤和運動長褲。胸前是符號的圖案。三個點和三個破折號，然後又是三個點。左右兩個點剛好和她的雙峰重疊。

『那是什麼？』我用手指著問。
『你問的是裡面？還是外面？』
『我想，』我說：『應該不是裡面。』
她露出一臉遺憾的表情。
『咚咚咚，滋滋滋，咚咚咚。』
她一邊說著，一邊用食指做出敲按鈕的動作。
『喔，摩斯信號。』
『對，ＳＯＳ。「save our soul」。』
『ＳＯＳ是這個意思嗎？』
『對，但也可能是後人賦予的意思。』
『這是妳的心聲嗎？』
我隨口問了問。
『如果是，你要救我嗎？』
花梨露出挑釁的眼神說。
當然。我毫不遲疑地回答。
花梨愣了一下，很快恢復原來的表情，靜靜地搖著頭。
『你不能這麼輕易答應。』
『輕易答應？』
花梨偏著頭，意思是：難道不是嗎？

『一個男人無法拯救兩個女人的靈魂。』

喔，原來是這個意思。

『但我是妳的好朋友。』

『是啊，但人不能永遠停留在十四歲。』

『所以呢？』

『誰知道。』

她一副你自己去想的表情。

『如果我是即將沉船的鐵達尼號，那你就是在無法及時趕到的遠洋上。』

『即使我現在離妳這麼近這麼近？』

『對，即使離我這麼近。』

看到我陷入沉思的樣子，她咯咯笑了起來。

『沒關係，你別放在心上。』

『但是——』

『真是的，開個玩笑也會當真，真是讓人傷腦筋的孩子。』

『妳別忘了，我比妳大。』

『只不過大了四十三天而已，都活了三十年，那算是誤差範圍內。』

哼。

『妳還好吧？』我問。

『我沒事。你趕快去睡吧。』

乖孩子。她又補充了一句，嫣然一笑。

我一言不發，對著她豎起食指，意思是說『妳給我記住』，就走上了樓梯。半開玩笑的交談，給我們帶來了片刻的開朗。

然後，回到房間後，我就再也開朗不起來了。我很擔心花梨。

她睡不著。她應該就是鞋匠家的精靈吧。這和她偷偷吃的錠劑有關係嗎？

我突然想起小時候聽過有關她的傳言。花梨在上課時經常昏昏欲睡。也有同學看到她從醫院走出來。

她有秘密。她的內心有痛苦，正在尋求協助。

用她的話來說，我或許是遠洋上的卡柏菲亞號⓬，但我還是會火速趕到。

如果她承受著某種痛苦，我就必須將她拯救出來。

然而，我們已經不再是十四歲，行為舉止無法隨心所欲。想到這裡，便覺得自己在深海中游泳，但手腳都被綁住了。

8

父親第二天就來店裡。遇到這種事，他的腳步就像十七歲的男生那麼勤快。

父親來的時候剛好是中午，我們把店交給夏目，三個人一起去坡道下的越南餐廳吃生春捲。

⓬英國皇家郵輪Carpathia號，曾經在鐵達尼號沉沒時，前往救援，救起七百多名生還者。

花梨說我父親一點都沒變，父親說花梨變得太漂亮了，花梨仍然像往常一樣反駁說，自己改變的只有劉海而已。

我很想問她，『妳那亮晶晶的細脖子到哪裡去了？』但還沒開口，心裡已經在打退堂鼓了。這是一種防禦反應。

三個人相聚一堂的化學作用，喚醒了許多已經忘卻的記憶。（其實，那只是十五年前的事，並不是古老時代發生的事）

夏日的夜晚，流星穿越被染成鈷藍色的天空，從地平線的一端飛向另一端。事後回想起來，那或許是人造衛星，但在當時，我們拚命許願。只不過，現在已經忘了當時許了什麼願。

父親說：『我當然是為你們的幸福祈禱。』花梨說，她雖然記得，但不能告訴我們。

『十四歲女孩子的心願，是A級的最高機密。』

還有，在冬天傍晚時，撿到風捎來的藏有一封信的氣球。

信上是這麼寫的：

『我很好，別為我擔心。』

花梨嗤之以鼻，但佑司極度興奮。

『是不是有人被綁架了，放出這個氣球求救！』

『一定是附近國中生的惡作劇。』花梨說。

『否則，被關的房間裡怎麼會剛好有氣球？如果是這樣，寫這樣的內容不是很奇怪嗎？也沒有署名。』

『那可能是無人島上吹過來的。』

『無人島上怎麼可能有氫氣？』

三個人有聊不完的往事，從花梨的青春痘，聊到黃昏時飛來飛去的蝙蝠，簡直就是廣泛而無脈絡可尋的聯想遊戲。

我們想到夏目君，不好意思坐太久，就起身準備回去店裡。

下次繼續聊。父親說完，就回去自己的公寓。

目送他離去後，我問站在一旁的花梨。

『妳剛才說的Ａ級最高機密，』

『什麼？』

『也差不多該公開了吧？妳應該知道有所謂的情報公開法吧。』

『開什麼玩笑。』她說。

『我的腦袋是獨裁政權，貫徹秘密主義。』

原來如此。

這個星期，基本上和前一個星期相同。

補習班學生奧田君總是在相同的時間現身，每天都空手而歸。他很在意比森川鈴音胖一點，胸部小一點的女店員，所以，最近有點心神不寧。找到新學生的大學教授打破了原本每週一次的頻率，這陣子，每隔三天就報到一次。花梨很快成為椒草的專家。

我們喝著不知道是117還是177茶，包裝水草，吃巧克力酥皮麵包，然後又包裝水草，日復一日。

那天晚上之後，我開始注意觀察樓下的情況。

半夜時，我偷偷走到樓梯一半，凝神注視，斂息傾聽。

每天晚上，櫃檯裡的燈都亮著，我聽到馬克杯和茶壺碰撞的聲音，和她解悶時敲打鍵盤的聲音；有時候，還可以看到花梨在櫃檯裡走動時產生的影子。

她都沒有睡覺，或是只睡一會兒（我不知道她黎明時分的情況）。

她罹患了失眠症嗎？如果是這樣，上次的錠劑很可能是安眠藥。

關心花梨，並不代表背叛美咲小姐。至少從表面上來看，我只是關心青梅竹馬的舊友。如果有什麼問題的話，歸根究柢，是我自身心態的問題。如果我覺得心虛，就代表這個行為已經超越了正常範圍。

所以，我捫心自問。目前還ＯＫ嗎？

然而，我已經開始煩惱了。因此，答案既曖昧，又很無力。

嗯，應該ＯＫ。不過，沒有附保證書。

週末約會時，我去美咲小姐的芳香精油店裡接她。她突然調班，必須到中午以後才能離開。

寧靜、優雅的住宅街上，那家店就在歐式公寓的一樓。我第一次造訪，店面的設計很低調，如果稍不注意，很可能會錯過那家店。即使是賣非法商品的店，恐怕也比它更張揚。寫著店面的牌子只有明信片那麼大。

『aromahouse euphoria』。

店面也很小，只有有錢人家裡的衣帽間那麼大。一整面牆上都排滿了芳香精油的小瓶子，後面有一個小櫃檯。美咲小姐就坐在那裡。我似乎知道她體型嬌小的原因了。

『歡迎光臨。』美咲小姐說。

『還有三十分鐘就結束了，你坐在那張椅子上等我一下。』

我順從地在一張長腳的木椅上坐下。當我環顧店內時，美咲小姐好像在辯解似地說：

『是不是很小？但考慮到房租的問題，這已經是力所能及的最大範圍了。』

『嗯，我了解。開店不一定是越大越好。』

而且，我攤開雙手，身體轉了一圈。

『這裡的商品很充實，味道很香。』

『總共有一百種，我姑姑是老闆，這些都是她直接去歐洲買回來的。』

『美咲小姐，妳也會一起去採購嗎？』

『只有一次，』她說。

『去了英國、法國還有東歐。』

『哇噢，好厲害。』

遠山先生呢？她問。

『你有沒有去過國外？』

怎麼可能？我搖搖頭。

『我最討厭搭飛機，簡直難以相信，那種鐵塊可以飛上天。如果說企鵝會飛，我可能還會相信咧。』

她偷笑著，用手上的原子筆頂著鼻子想了一下，問：

『如果非要去國外的時候，那要怎麼辦？』

然後，她又很快速地補充說：像是蜜月旅行之類的。我假裝沒有聽到最後的部分，很親切地回答：

『這個嘛，我想，可以用低溫運輸的方法，把我寄過去。』

她咯咯笑著，『這個主意不錯喲。』

我們之間有一種刻意營造的開朗。這是不好的傾向，會讓我們變成不擅長表達自己的拙劣演員，舉手投足都會很不自然。

『對了，』美咲小姐好像突然想起似地說。

『鈴音小姐就是花梨小姐嗎？』

其實，她早就想問這個問題了。我雖然知道，卻無法主動提起這個話題。

對。我點點頭。

她露出困惑的表情。從某種意義上來說，她很坦誠。

『事到如今，花梨小姐為什麼突然——』

『她說，想要拋開工作，回顧自己。』
『是不是遇到了什麼事？』
『什麼事？』
『她不是把工作辭掉了嗎？所以才會想要回顧自己的人生，拜訪以前的朋友——』
美咲小姐突然看著半空，想了一下，又說：
『一定是遇到了什麼大事。否則，怎麼可能在演員工作正要大展鴻圖的時候辭職。』
『嗯，也對。』
我沒有提花梨睡不著的事。一方面因為這是我用不公平的方式得知的事情，而且，這也是很私人的問題。最重要的是，我覺得不適合在這裡談這件事。
『花梨小姐，』她說。
『她打算一直瞞著你嗎？』
『好像不是這麼回事。她說是因為我沒認出她，所以有點火大。』
『喔，是這樣……』
於是，她再度陷入沉思。
我能了解美咲小姐的困惑。事到如今，我有點後悔當初告訴她那麼多事。我很難分辨什麼該說，什麼該當作秘密藏在心裡。我絕對不是策士，而是那些腦筋不靈光、被策士玩弄於股掌的嘍囉。所以，關於這方面的事，我簡直就像嬰兒學步，走得搖搖晃晃的。
早知道就不該把店裡新來了一名女店員的事告訴她。但花梨說她喜歡玫瑰的香味，所以，在和美咲小姐通電話，雙方陷入沉默時，為了擺脫沉默，我才會提起這件事。既然已經說了，其他的事當然也就瞞不了了。當美咲小姐說『送給你店裡那位新的女店員』，把玫瑰精油拿給我時，順便問起『啊，我都忘了問她的名字』，我老實告訴她，她叫森川鈴音時，她很驚訝地問『那個森川鈴音嗎?!』，我也就得意忘形，很驕傲地回答『對，那個森川鈴音就在我店裡』（當然，我保留了她住在店裡這件事）。而且，之後在和她聊起往事時，我發現了鈴音就是花梨這件事，便在興奮之餘，滔滔不絕地把事情說了出來。

等到那天晚上躺在床上時，我才發現自己做錯事情了。可能我的大腦裡是小矮人用傳話遊戲，而不是用電脈衝傳達神經情報。所以，現在我感受到的肚子餓，其實是昨天的事。我不由地佩服自己。

不知道美咲小姐會有什麼想法？

從她的角度來看，我就變成了『他』。

他是在婚友社介紹下認識的，比我年長三歲的男子。雖然不知道是經過怎樣的配對系統挑選出來的，總之，是電腦在四萬五千名會員中，極力推薦『就是他！』的人選。

在前兩次約會時，雙方幾乎沒有看對方的臉，始終盯著咖啡店桌子上的木紋。但從第三次約會開始，他聊起有關以前朋友的回憶後，兩個人之間的距離急速拉近。終於，有了戀愛的感覺——（不，這是當時我的感覺。但我希望她也這麼想）

然而，從這時候開始，似乎出了點狀況。

他經營的水草店新僱用了一名女店員。一打聽她的名字，他回答說是『森川鈴音』。那個森川鈴音？就是礦泉水和個人電腦廣告裡的那個女星嗎？而且，他在約會快結束時，突然興奮起來，喋喋不休地聊了很多事。那名女星，如今正在他店裡打工的森川鈴音，竟然就是他剛才回憶中的青梅竹馬。他似乎剛剛才發現這件事，表現得很興奮。而且，顯得特別高興。

然後，就是今天。

坐在櫃檯裡、用原子筆頂著鼻尖思考的美咲小姐，表情十分凝重。換個立場，我很容易猜到她的心情。如果她從小一起玩的男性朋友突然出現在她面前，而且，那個男人是三A級的優質男孩，我的心情也無法保持平靜。正因為我們和這種命運的邂逅無緣，才會委託電腦幫我們挑選，然後，把二進法的神明為我們挑選出的對象視為未來的伴侶，認真、緩慢地發展這段關係。我們才剛從起點出發而已。

『聽我說，』美咲小姐抬起頭說：

『今天，等一下，我想去看看你的店。』

『我的店？』

對。她點點頭，很快把視線移開，看著排列在牆壁架子上的遮光瓶。

『你已經看到我工作的地方了，我也想要看看你的店。』

原來是這樣。我們都知道，這根本不是真正的理由。雖然知道，但誰都不願提起。

美咲小姐原來是這麼有行動力的人，我對此感到有點驚訝。該怎麼說，我原本以為她是更文靜、更被動的女孩子（這應該是她的本質）。但她今天鼓足了勇氣，這也使她顯得更有魅力。

我希望自己可以更愛美咲小姐，愛到足以讓我認為她就是我踏破鐵鞋在尋找的，生命中的白雪公主。我或許是晚熟得無可救藥的浪漫主義者（不，正因為是無可救藥的浪漫主義者，才會晚熟），我有做夢的自由，為現實夢想努力，也是我的自由，不必理會那些勢利的非浪漫主義者的說三道四。

即使是枯燥無味的配對系統挑選出來的組合，對我來說，和她的相遇，就是命中注定的邂逅。雖然命運這個字眼，讓人覺得是超越人類意志的偉大力量，但對我們兩個人來說，命運就是燒進矽晶片的配線模式。

面對命運引導我結識的女人，我希望自己可以誠實，也有一種責任感。不是別人，而是我被挑選成為她的伴侶。所以，絕對不能猶豫徬徨。雖然我已經相當動搖了，但這只是一種意外，是一種不可抗力。總之，我——

『這家店嗎？』

在我胡思亂想之際，我們已經到了。有點像是在跳躍重播。

『對，這就是我的店，「特拉雪」。』

『好可愛，好漂亮！』

『真高興。妳是第一個這麼說的人。』

『是嗎？』

『對，大家都說，怎麼這麼小。』

『但是，和我們店相比的話……』

『啊，那倒是。』

我用眼神問她：要進去嗎？她用力點點頭，也用眼神回答：麻煩你。在那一剎那之間，我們之間產生了微小的共鳴。因為，我們都對事情的發展感到不安，或者，這才是我們產生共鳴的原因。

打開門後，我立刻閃到一旁，為美咲小姐讓路。她慢慢地，小心謹慎地走進店裡。

我跟在她身後，她在剛進店門後那個一百八十公分的景觀水族箱前停了下來，用雙手捂住嘴巴。

『遠山先生，這就是你說的水草嗎？』

對。我點點頭。

『和我想像的完全不一樣。沒想到這麼漂亮……』
『大家都這麼說。不過，百聞不如一見。』
『對，沒有親眼看到，真的無法體會。』
她站在水族箱前一動也不動，凝視著充滿綠意的水世界。
『緩緩擺動的光線真漂亮……』
她嘆息著說。
『那種節奏。』
『嗯，水在擺動時，有獨特的節奏。』
『是啊，如果在湖底抬頭看水面，應該也有這種感覺吧。』
『對，也許吧。躺在水草的地毯上——』
聽到『呀呼』的聲音，抬頭往裡一看，發現花梨正在櫃檯裡向我們招手。
『我正想泡茶。』她說。
我覺得有點尷尬，故意很用力地點點頭。
『啊，好啊，拜託妳。好像是１７７吧。』
花梨走到我們身旁，露出優雅的笑容，用極其溫柔的語氣糾正了我。
『不是的。我之前不是曾經告訴你，是１１７嗎？』
喔，我忘了。
『怎麼樣？』花梨問我。
『店長，你旁邊的這位女生是？』

她從來沒有叫過我店長。

『喔，嗯，』我調整了姿勢，把手放在美咲小姐的背後。她早就靜靜地等在那裡。

『這位是柴田美咲小姐。』我說。

『然後，她是花梨，瀧川花梨。』

為什麼對我直呼直名？花梨用眼神抗議，仍然向美咲小姐伸出手。

『初次見面。』笑容很燦爛。

『謝謝妳送我的保加利亞玫瑰。』

不，這種小事。美咲小姐在嘴裡輕聲嘀咕時，花梨已經拉著她的手，輕輕握著（但『妳好，智史的朋友──』那一幕沒有上演）。

當她們兩個人站在一起時，讓我再度驚訝於兩人之間的差異。尤其是身高的差異，最具有震撼性。美咲小姐只到花梨嘴巴的位置。兩個人的手掌大小也大不相同。光看美咲小姐怯生生的表情，會誤以為她遭到花梨的攻擊。

美咲小姐全身上下都是柔和的曲線；花梨則給人一種很銳角式的印象。感覺像是新藝術⑬和裝飾藝術⑭之間的競賽。

『等我一下，我馬上倒茶。』

看著花梨走回櫃檯的背影，美咲小姐鬆了一口氣。

『好緊張，平時在電視上看到的森川鈴音竟然就出現在眼前。』

我不認識電視上的花梨，不太能夠理解這種感覺。

『她好漂亮。好像洋娃娃一樣，不像是活生生的人。』

『哪有這麼大的洋娃娃。』
『喔，是啊。從電視上根本看不出她有這麼高。』
『而且，從電視廣告也看不出她像男生般的性格。』
『喔，是啊。她就是那個花梨小姐。』
『就是這麼回事。』
呃。花梨在櫃檯叫我們。
『你們來這裡嘛，那裡沒辦法放杯子。』
我們互看了一眼，點點頭，朝店裡走去。
『坐在這裡。』花梨催促道。那裡放了兩張高腳椅。
我和美咲小姐並肩坐在櫃檯前，面對著花梨。
『來，請喝吧。』花梨遞上杯子。
謝謝。美咲小姐道謝後，把杯子拿到嘴邊。喝了一口，抬起頭。
『真好喝！』
『很好喝吧？』花梨高興地探出身體。
『是用錫蘭紅茶和玫瑰果混合的。』
『好像還加了芙蓉花（hibiscus）。』

⓭art nouveau，指二十世紀初期興起的藝術風格。
⓮art deco，十九世紀二十年代至三十年代流行的藝術風格，以簡單的直線和大膽裝飾為特徵。

『是嗎？好厲害，不愧是專家。』

『沒有啦，只是因為工作的關係。』

『聽說妳在精油店工作？好棒。』

『沒有啦。』

『我好羨慕。』

『是嗎？』

『真的，沒騙妳。因為，我的理想就是被宜人的芳香，和可愛的玻璃瓶包圍。』

她們好像一見如故。女人都是這樣的嗎？她們不停聊著精油的話題，感覺好自然。美咲小姐也很放鬆。難道我預測錯誤？原本還以為會有氣氛緊張的相互試探、令人費解的算計，心裡不禁為此捏一把冷汗，但顯然只是杞人憂天。

『花梨小姐，妳和遠山先生在國中時，一直都在一起嗎？』

美咲小姐神情輕鬆地問花梨。

『對啊。』

『遠山先生是什麼樣的男生？』

『什麼樣——』

花梨注視著我的臉，然後，突然笑了起來。

『沒什麼樣，就這個樣子啊。他完全沒變，真令人嘖嘖稱奇。』

『遠山先生自己也這麼說。』

『很有自知之明嘛，了不起。』

她的這句話已經露出了馬腳，她自己卻沒有發現。

『髮型也沒變。』花梨繼續說道。

『他的頭髮很不服帖，鬈鬈的，分線分得很奇怪。』

『我哪裡奇怪了？』

她沒有回答，看著美咲小姐的臉，偏著頭問：對吧？美咲小姐猶豫了一下，點頭說：呃，對。

『你看吧。』花梨對我說。

『好啦，我知道啦。少數服從多數。』

『太不可思議了。』

看著她們竊笑的樣子，我突然有一種不可思議的感覺，周圍洋溢著奇妙的親密空氣。

聽到美咲小姐的話，我驚訝地抬起頭。小小的共時性。

『因為，』她繼續說：

『我第一次看到遠山先生這麼輕鬆自如地交談，有點粗暴的口吻，讓我覺得很新鮮。』

『是嗎？』

『智史很不容易和別人混熟，可能還在門口附近徘徊吧。』

『國中的時候也一樣嗎？』

『對啊。我對他的第一印象很差，我還以為他討厭我咧。』

『我哪有？妳說得太過火了。』

『怎麼沒有？你一副「這個女人怎麼回事」的表情。』

『不，那是因為——』

『你給人的感覺陰沉。』

『我猜，遠山先生應該不是那種開朗少年。』

『個子很高。』

『是嗎？』

『對，整個學年只有他和幾個男生比我高。』

高高瘦瘦的，像根豆芽菜。花梨繼續說。

『老是得中耳炎。』

『還喜歡水草，對吧？』

美咲小姐問。

『對，只要一有時間，就盯著水面看。不管是排水溝，或是水窪，只要有水，他就傻在那裡觀察，就差一點把臉貼上去了。不知道內情的人，還以為他腦筋有問題咧。』

花梨皺著眉頭，嘆了口氣。

『我和佑司經常說，智史真是個怪胎。』

我差點噴飯。（當然，這只是誇張的表現手法）

『別人都可以說，』我用手指著花梨的鼻尖，『只有你們沒資格說，絕對沒有。』

『沒資格？什麼意思？』

『咦？妳不知道嗎？』

『什麼？』

『佑司是奇異果，妳是企鵝。』
『什麼意思？』
『沒什麼。』
美咲小姐在一旁偷笑。
『我好像看到你們在國中時的樣子。』
這句話突然踩了煞車。原本應該配合她們的步調，但我卻一個人飛跑起來。我看了看花梨，她也尷尬地笑著，緊抿著嘴唇。
『下次，』美咲小姐說：
『請妳誇獎一下十四歲的遠山先生。』
我突然一陣心痛。為美咲小姐的坦誠感到心痛。她努力扮演良好伴侶的角色。我的伴侶。即使是這樣的我。
『嗯。』花梨說。她輕輕咳了一下，很不自在地說：
『應該要稱讚一下智史的，這是我的使命。』
然後，花梨用嚴肅的表情看著我。過了幾秒鐘。又過了幾秒鐘。
『呃——』她終於開了口。
『嗯，總而言之，他很不錯。』
『妳想不出該說什麼吧。』
聽我這麼說，花梨靈活地挑了挑左眉。
『不是，稱讚別人很難。總覺得——』

『很不好意思嗎？』

美咲小姐問。她滿臉驚訝地看著花梨。微微地——花梨的臉頰微微地染上了紅暈。

『不是這樣的。只是，不知道要怎麼說。』

美咲小姐神情自若地點點頭。花梨似乎被比她小三歲、體型嬌小的美咲小姐打敗了。

『我知道了。』花梨將兩手的手心朝向我們。

『我來說，具體地說。』

花梨舔了舔上唇，把食指豎了起來。

『十四歲的智史跑得超快的。』

『跑步？』

『對，他跑得很快。』

『我不知道這件事。』

你沒告訴她嗎？花梨用眼神詢問我。我用眼神告訴她：還沒。

『他像飛一樣跑過長滿青草的河堤。』

花梨說。

『咻、咻，一下子就跑了過去，好像打水漂兒的石頭。』

花梨輕輕晃了晃頭，露出明星式的笑容。

『美咲小姐，如果他堅持到現在，就可以在妳面前表現一下了。』

『我現在仍然有跑啊。』

別騙了。花梨用眼神對我說。然後，脫口而出地說：『別騙了。』

『我從來沒有看過你練習。』
『嗯，現在是休假期。』
我說。
『我主要參加秋天的紀錄賽，所以，要到梅雨季節結束後，才會開始練習。』
花梨無言地看著我。
『到時候妳們來看吧。有兩個美女幫我加油，我一定可以跑出好成績。』
『我會去。』美咲小姐滿腔熱忱地說。
花梨也說『好啊』，但她聲音的溫度卻很低。
『我們穿上白色長襪，拿著毛毛球，一起去為你加油。』
謝謝。我說著，向她欠了欠身。
『謝謝妳們為我壯膽。』
花梨在耳朵兩側甩著虛擬的毛毛球，『呀呀呀』地為我加油，但顯得有氣無力的。可能覺得這樣不太好玩，突然一臉正色地低下頭。
『嗯，該怎麼說。』
她用更低沉的語氣說。
『反正，那時候的智史，是個不錯的男生。』
她抬起頭，對美咲小姐展露微笑。
『除了跑步以外，其他的都在標準水準之下，當然，也包括他的不夠機靈。』
這時，她發現三個杯子都喝空了，便轉身去拿茶壺，背對著我們繼續說：

『智史最大的優點，就是他擁有自我。雖然那時他只有十四歲。』
美咲小姐在我旁邊輕輕點頭。
『他完全不怕孤立，完全不想跟著別人的腳步走。他只相信自己，毫不動搖。』
花梨拿著加了熱水的茶壺走了過來。一邊說：可能有點淡，一邊把茶倒進杯子。
『所以，』她繼續說：
『他是那種完全放鬆的人，極其自然。他幾乎是不自覺地可以保持放鬆狀態。』
花梨垂下視線，把杯子放到嘴邊，喝了一口，『哈』地嘆了一口氣。
『我好羨慕他。』
她自言自語般地說。
『我根本學不來。那一陣子，我因為過度在意自己而自我偽裝，幾乎有點自我中毒了。』
所以，她一口氣說了下去。
『我很欣賞他，我的視線無法從他身上移開。因為，我想和他在一起，希望被他同化。』
說完，花梨迅速躲到自己所說的話後面，露出茫然若失的表情，似乎完全沒有注意到自己的失言。
一陣尷尬的沉默。
在那種場合下，或許有適合我說的話，然而，即使給我一百年的時間，我也找不到這些話。
欣賞？花梨竟然欣賞我？難以相信。怎麼可能有這種事？她才是我欣賞的對象，她自信滿滿，毫不動搖。沒有人能夠在十四歲的時候像她那麼帥。
回頭一看，發現美咲小姐受到了更大的衝擊。

這家店是美咲小姐假想的戰場，她就像假想的女兵一樣，繞過假想的陷阱步步前進。然而，她仍然能夠在維持自己尊嚴的情況下，充分控制自我。即使我們衝過了頭，她也及時（甚至面帶笑容）為我們修正方向。

然而，此時此刻，她失去了前進的方向。她左顧右盼，都找不到退路。

美咲小姐想要擠出一個笑容。因為，她認為這是最符合目前狀況的表情。然而，她笑不出來。她僵硬的表情令人心痛。

『不過，』花梨說。

『這些都是十五年前的陳年往事了。』

她撥了撥頭髮，對美咲小姐微笑著。

『所以，妳不用擔心。』

或許這不算是貓哭耗子，但她的話自相矛盾。我不知道她是不是有意的，不過，這很不像花梨的作風。

『時間慢慢流逝。一秒一秒地過去。無論對我、對智史都一樣。』

十五年吔。花梨重複道。

『雖然我們的友情維持到今天，但僅此而已。』

對不對？她尋求我的同意，我下意識地點點頭。我不想在這裡細細研究自己的心態。

『這些往事不值得重提，我不小心說漏嘴了。』花梨說。

她輪流看了看我們兩人，露出尷尬的笑容。看到我們一言不發，花梨又繼續說了下去。

『況且，我早晚會離開這裡，我本來就打算要去很遠的地方。』

啊？我忍不住叫了起來。

『妳不是說，會暫時住一段時間嗎？』

『對，所以，我並不是馬上要離開。但是，早晚會離開的。』

『很遠的地方，妳打算去哪裡？』

美咲小姐問。

『又是地球的另一端嗎？』

我有點不安地問。

『怎麼可能。我只是回去從小生長的地方。』

『那個城市？』

『對，真正的回歸原點。』

聽到這個回答，我稍稍鬆了一口氣。

『美咲小姐，就是這麼回事。』

花梨說著，將身體轉向美咲小姐，微微探出身體。

『智史就拜託妳了。』

美咲小姐一臉困惑的表情，看看花梨，又看看我。

『我只關心智史有沒有幸福，畢竟，我們是多年的老朋友。』

『是——』

『我一方面也是來親眼確認一下。妳也知道，他這個人不擅長交際。』

也算是我多管閒事啦。她說。

『不過，既然是朋友，當然會在意啊。』

我把美咲小姐送到車站。

途中，我們聊一些無關痛癢的話。基本上，我們還不習慣坦誠。緩敘法或是委婉的表達方式，才是我們的共同語言。必須擱置一段時間後，我們才可能深談今天下午發生的事。

我送她到剪票口外，正想轉身回店裡，沒想到和夏目君撞個正著。

他剛去車站對面的ＤＩＹ商店買完東西。

『剛才的女孩子，就是婚友社介紹的嗎？』

夏目君問。他帶著小型皮革背包，騎著一輛深紅色的越野腳踏車。那是他最近剛買的義大利高科技超輕腳踏車。老實說，我也很想買一輛。不過，不知道要賣多少水草，才能換這麼一輛？光是思考這個問題，就會昏過去了。

『嗯，對啊。』我回答。

『她叫美咲。』

『我只看到背影，感覺很可愛。』

『你也這麼覺得？』

『對。』

『這從泛論的角度？』

嗯。夏目君難得陷入沉思。

『怎麼說，不——』

『你不需要煩惱啦。』

『這我知道。』

今天，似乎每個人都有點失常。

對了，今晚是滿月之夜。

銀色的月亮從櫸樹樹葉的縫隙中探出頭來。今晚的月亮特別圓，瞪大眼睛，似乎可以看到沒有水的月海上，星條旗正隨風飄揚。

花梨興高采烈地走在我身旁。我們剛吃完越南料理，正準備回家。

『春捲好好吃。』

她說。

『妳真的很愛吃春捲。』

『對啊，太好吃了。不知道還能吃幾次。』

『這取決於妳什麼時候離開。』

對。說著，她垂下視線。

『這倒是。』

『妳真的要走？』我問。

『對，真的。這是旅行的終點。』

『回歸原點之旅。』
沒錯。花梨點點頭。
『老實說，我真的很傷心。』我說。
『我還以為妳會一直留在這裡。』
花梨樂不可支地笑了。
『離開了十五年也沒問題，這次更沒問題了。』
『沒問題？』
『我們的友情。』
喔，對啊。
花梨很自然地挽著我的手。我的左側頓時有一種溫柔的感覺。
『你說得沒錯。』
花梨說。
『什麼？』
『嬌小、溫柔，又可愛。』
『喔，妳是說美咲小姐。』
『而且，很堅強。』
『嗯。』
『我放心了。』
『是嗎？』

『她很能幹，我比她怯懦多了。』
『沒這回事。』
她搖搖頭，撥了撥長髮。
『今天的事太突然了，我沒有心理準備。』
『的確很突然。』
『簡直就像美國反恐特警小組的突襲，讓我方寸大亂。』
『所以，妳當時很慌張嗎？』
『對，可以這麼說。』
『為什麼？』
『誰知道。』花梨裝糊塗。
『總之，我慌了手腳。所以，才會說一些有的沒的——』
『有的沒的——』
『不過，也不是完全無中生有，但可能被我誇大了百分之五十吧。』
『原來如此，』我說。
『我還在納悶，到底是哪裡的誰有這麼帥。』
她很開心，喉嚨發出咕咕的聲音。我的手臂可以感受到她的身體在發抖。
『主觀評價差不多就是這麼回事。』
『妳說妳欣賞我。』
『那當然。』

她又加強了語氣。
『否則，怎麼可能和你接吻？』
『這很難說。』我偏著頭。
『或許是基於同情咧。』
『反正，隨便你怎麼想。』
『我對這種事很外行。』
『或許，因此傷了很多女孩子的心喔。從某種意義來說，遲鈍也是一種罪。』
喔。
『總之，這些都是十五年前的往事。是毛還沒長齊的小毛頭時代的小八卦。』
『是嗎？』
她用挽著我的手肘頂我的腰。
『我的意思是，我們現在已經長大了。』
『原來是這個意思。』
我感受著身旁的她的體溫，仰頭看著春夜的天空。滿月配合我們的步調，在樹梢上緩緩移動。
『妳打算去哪裡？』
不知道吔。花梨好像事不關己般有氣無力地回答。
『到底去哪裡好呢？』
『妳沒決定嗎？』
『對，只想休個長假。之後的事，以後再思考。』

『妳是不是哪裡不舒服？』

我可以感受到她微微的不安。

『你為什麼這麼覺得？』

她用平板的聲音反問我。於是，我領悟到，她的確背負著某些問題。

『因為我看妳都沒有睡，又在吃藥。』

我據實以告。因為我相信，這是了解真相的方法。

花梨一言不發。只是默默地看著自己的指尖走路。

我發現，自己無路可退了。因為，我告訴她，已經知道了她的情況。接下來，只能一張一張地翻開自己手上的底牌。

『我連續好幾天，觀察了妳在樓下的情況。』

我說。

『即使三更半夜，妳也沒有睡。我查了一下電腦，資料更新的時間幾乎都快黎明了。』

她輕輕點點頭。那不是肯定，而是表示『我在聽』。

然後，花梨偏著頭。那不是否定，而是表示她也不清楚。

『所以，妳辭去模特兒工作，開始回歸原點之旅，是不是有什麼原因？』

花梨停了下來，鬆開手，用雙手撥起頭髮，仰望銀色的月亮。

『你明明很遲鈍，』花梨說。

『為什麼偏偏在這種時候，腦袋特別靈光？』

她用手指擦著眼眶，然後看著我。

『我並不是完全睡不著。』

她說。

『我會盡量讓自己睡。』

她的語氣很鎮定。

『但還是很容易累，所以，會經常吃一些營養劑，維持體力。』

她說得沒錯，我的直覺難得這麼靈。或許是滿月產生的作用。所以，我立刻發現，花梨並沒有說實話。

『模特兒和女明星的工作很辛苦。』

你想想看，花梨說。

『這個國家，有多少人認識我？』

夏目君說，十幾歲到三十幾歲的男人中，有百分之八十都認識她。按這個比例計算，簡直是不計其數。而且，所有認識她的人，她幾乎都不認識。

『壓力很大吔。而且，大家都說，森川鈴音最近是不是發胖了？只要我三天沒做運動，就有一千萬人會察覺。我真是快喜極而泣了。』

嗯。我點頭。

『總之，無論大事小事，所有事都這樣。所以呢，我柔弱的心根本無法承受。』

原來如此。說得像真的一樣。這時，花梨重重地嘆了一口氣。這是最佳女配角真實的嘆息。但我相信的是，她不想讓我看到、強忍住的淚水。她的真相就在那裡。

是喔。我點點頭。

她一副『什麼嘛？』的表情看著我。我用『沒什麼』的眼神回望著她。

『好吧，算了。』我說。

『什麼意思？』

『就是好吧，算了的意思。』

花梨注視著我的臉。我鎮定地迎接她的視線。

『你有話就說嘛。』

『我無話可說。』

我親切地回答。

『暫時沒有。』

哼。她用鼻孔出氣，然後，粗暴地重新挽住我的手臂。

『回去吧。』

『好啊。』

如果她不想說，那就算了。但是，我不會對她棄而不顧。我相信，總有一天，她會對我說實話。

所以，現在只是暫且告一段落。

第二天，當後面只有我們兩個人時，夏目君突然提起一件奇怪的事。

『店長，關於花梨小姐的事，』

我們正在把空氣灌進裝了水草的塑膠袋裡。

『嗯，什麼事？』
『她在吃藥。』
『你也發現了？』
對。他點點頭。
『關於這種藥——』
說到這裡，夏目君探頭看了看正在櫃檯的花梨。他豎起耳朵，聽到她正在打字的聲音，便壓低嗓門說：
『我聽到一些不太好的傳聞。』
啊？我叫了起來，立刻用手捂住嘴巴。聞到一股水草的腥味。
『你知道是什麼藥？』這次，我輕聲地問。
『對，我昨天剛好看到花梨小姐拿在手上，覺得放心不下，晚上回家後查了一下，發現那好像是一種興奮劑。』
『興奮劑？』
『對。我去曼谷時，曾經受邀參加當地工作人員的派對，我在那裡看過。由於我記不太清楚了，所以去查了一下，果然沒錯。』
『但是，花梨為什麼——』
『不過，這本來是一種藥，當初，是為了治療嗜睡病所研發的。所以，花梨小姐可能是基於本來的目的才服用。』
『嗜睡症？』

『就是一種會突然睡著的病。』

『睡著——』

我似乎找到了交集。同學們的傳言，以及花梨下課後活力充沛的樣子。她的活力，很可能來自於藥物。但既然這樣，她晚上為什麼不睡覺？晚上躺在床上睡覺，難道會有什麼問題嗎？還是說，她有特殊的難言之隱？

『夏目君，』我說。

『是。』

『這件事，先不要告訴別人。』

『好，我本來就是這麼打算的。』

『我想，花梨早晚會告訴我的，在此之前——』

『我了解。』

夏目君說著，靜靜地點點頭。

9

櫃檯上的電話響了。夏目君接了電話。他點了二、三次頭，抬頭叫我。

『店長，電話。是都內⑮的醫院打來的。』

我立刻浮現出父親的臉，內心掠過不安的疼痛。這是家有高齡父母的兒女很自然的反應。但我表面上仍然裝得很鎮定，從夏目君手上接過電話。

喂。當我說話時，對方又再度報了醫院名和所在地，接著問：『請問是遠山先生嗎？』

『是，我就是。』

『很冒昧地請教您，請問您認識一位五十嵐先生嗎？』

知道這通電話和父親無關，我終於鬆了一口氣。然後，將注意力集中在五十嵐這個名字上。

『是五十嵐佑司先生。』

『喔。』

對方只說是五十嵐，所以我才沒有注意到。沒錯，佑司姓五十嵐。

『我認識，他是我朋友。』我回答。

『太好了。』對方說。

『事情是這樣的，五十嵐先生目前正住在本院，他似乎沒有家人，我們正在煩惱，不知道該和誰聯絡。』

『住院？』

內心湧起新的不安。

『是。』

對方猶豫了一下，然後，用很公事化的語氣說：

『恕我實話實說，五十嵐先生目前昏迷不醒。前天，他被救護車送來這裡，雖然手術成功了——』

⑮ 指東京都內。

昏迷不醒——

十五年前的情景突然鮮明地甦醒了。佑司被絞肉踹到肚子後倒在地上。即使我叫他，他一動也不動。

對方在電話中不停地說明目前的狀況。我的腦海中充滿過去的光景，只是下意識地應答著。

『是否可以勞駕您過來一趟？』

這句話把我拉回了現實。

『什麼？』

『或者，是否可以麻煩您和五十嵐先生的家人聯絡？因為要討論病人以後的事，所以，請您務必幫這個忙。』

我考慮了一下，回答說：『我知道了，我會先過去看看。』然後，輕輕放下電話。

在櫃檯裡打電腦的花梨抬起頭，用不安的眼神看著我。站在一旁的夏目君也默不作聲地等我發言。

『我要去一趟。』我說。

『佑司昏迷不醒，正躺在醫院裡。』

不知道花梨是否已經猜到了，她並沒有驚叫，一臉蒼白地看著我，緩緩點了一下頭。

『好。』她說。

『我也一起去。』

我曾經想過各種重逢的畫面，卻唯獨沒有想過會和花梨一起去探望昏迷不醒的佑司。除非是極度的悲觀主義者，否則，誰會有這種想法。因為，我們還年輕。雖然即將邁入三十大關，但至少現在，還擠在二十多歲的集團裡。伸長脖子，可以看到人牆的另一端，那些剛擠入這個集團的小毛頭。和那些粉紅臉蛋的年輕人相比，我們雖然有點滄桑，但如果相信統計數字的話，我們還沒有走到人生的折返點。我一直以為，我們距離攸關性命的疾病還很遙遠。

前往醫院的電車中，花梨和我幾乎一言不發。我們的心，早就飛到了躺在病床上的佑司身旁，我們的軀體只是在後面追趕的容器。我還無法適應眼前的狀況。事情太突然了，我還沒有想到，這種時候應該想些什麼。

醫院比想像中小了很多。既老舊，又寒酸。乳白色的牆壁上，爬了好幾道龜裂、描上了灰色的修補劑。

向櫃檯打聽後，我們被帶到一名醫生那裡。三十多歲的男醫生看到花梨時，露出了訝異的表情，但乾咳了一下後，即刻恢復了冷靜醫生的表情，向我們說明了情況。

病人走在路上時，腦血管突然破裂，被送進了醫院。手術本身雖然成功了，但他仍然沒有清醒。至於今後的發展，有從最好到最壞的幾種可能，目前還無法斷定。我們已經盡了最大的努力，但仍然可能力有未逮。接下來，就要視病人本身的生命力。諸如此類的。

『可以會面嗎？』聽到我們的問題，醫生回答，目前無法進入病房，但可以在病房外探視。他帶我們到位在三樓的病房。相隔十五年，我們終於重逢了。

病榻上的佑司和記憶中的佑司沒有太大的差別。雖然他渾身多了電線、塑膠管之類網路龐克（cyberpunk）的裝飾，但躺在那裡的，是如假包換的佑司。他的臉依然那麼幼稚，彷彿他使用了只有他知道的秘密捷徑，只花了三天，就來到這裡。當年，脫下眼鏡，用力揉著眼睛的那張臉，完全沒有被時間侵蝕，如今，正呈現在我們眼前。

站在這裡，看著他臉上的表情，完全無法想像他目前正處於病危狀態。好像只是睡著了，享受著美好的夢境。

『佑司。』花梨在我身旁輕聲呼喚。

『加油。』

然後，她雙手交握，放在額頭上，用力閉上眼睛。她在向誰祈禱？只要看這個世界的幸福（或是不幸）有多麼偏頗，就知道根本不存在公平無私的上帝。但或許有很偏心、性情不定的神明，如果真的有，可以向祂祈禱。偏不偏心都無所謂啦，希望祂可以傾聽花梨的祈禱。

佑司，佑司。花梨聲聲呼喚著，輕輕地，彷彿在他耳邊呢喃。

『請您看一下這個。』醫生和我咬著耳朵。他拿給我一張摺成兩半的，已經皺成一團的明信片。

『這是在五十嵐先生的上衣內袋裡找到的。』

打開一看，正面寫著我的名字和地址。翻過來一看，用手寫的美工體寫著『五十嵐佑司個展』，下面還有一個副標題『被捨棄者』。接著，是展覽館的地址和手畫的地圖。最後一行是舉行日期。是三個月前。

為什麼佑司沒有投寄？既然他知道我的地址，為什麼沒有和我聯絡？

我又翻過來看正面，在寄件人的地方，寫著五十嵐佑司和他的地址。

『我們根據這個地址查到了電話，但他好像是一個人住，沒有人接電話。』

醫生說。地址在東京都內。我小聲地對花梨說。

『花梨，聽我說，』

她看著我，用力咬著嘴唇，眼眶紅紅的，淚水在眼眶裡打轉。

『要不要去佑司的公寓看看？』

說著，我把明信片遞給花梨。她接過後，用嚴肅的神情看著明信片上的字。

『佑司，他有堅持畫畫。』

花梨抬起頭說：

『對，他遵守了和我們的約定。』

走吧。花梨說：

『我們去佑司的公寓。』

佑司的公寓位在距離醫院三十分鐘的地方。聽取有關住院手續和住院費的說明花費了不少時間，到達公寓時，太陽已經快下山了。

『好舊的公寓。』

『原來，佑司住在這種地方。』

地址上寫著２０２室，我們走上樓梯。樓梯欄杆上的漆已經剝落，到處都是鏽跡斑斑。塑膠板的屋頂已經硬化，褪色得已經看不出原來是什麼顏色了。二樓有三個房間，２０２室就在中間。房間的門口旁，放了一個小台洗衣機，一隻貓蜷縮在上面，看到我們靠近，貓轉身逃走了。門旁貼了一個白色小牌子，上面寫著『五十嵐』。

『在這裡。原來，佑司就住在這裡。』

『似乎沒錯。』

雖然醫院的人說，他好像一個人住，但我們仍然敲了敲門。

『佑司的父親不知道怎麼樣了？沒有住在一起嗎？』

花梨一邊豎耳細聽屋裡的反應，一邊說。

『他不是說他父親病倒了嗎？』

『對，好像也是腦血管的疾病。』

『這麼說，是遺傳性的疾病？』

『不知道吔。』

果然不出所料，裡面完全沒有反應。又敲了一次，但這次已經是沒有任何期待的、無意識的行為。

『好了，到目前為止，都在意料之中，接下來呢？』

『不知道能不能和他父親取得聯繫？』

『如果可以進去，應該可以找到方法。』

『看來，這是唯一的方法。』

事實上，這也是我們來這裡的目的。要盡量找到能夠守護佑司、鼓勵佑司的人，哪怕一個人也好。他獨自孤獨地躺在那種地方，讓人看了於心不忍。

『不知道這幢公寓是由房屋仲介，還是房東管理的？』

我說。

『他們應該有鑰匙。』

『他們會借給我們嗎？』
『目前是特殊情況，應該沒問題。』
『要怎麼查？』
通常，這種公寓隨時都在招租，附近應該有看板。我握著樓梯的欄杆往下看，果然看到一塊看板。
『那上面可能有寫。』
說著，我走下樓梯。花梨也緊跟在後。走到樓下，看著綁在圍籬上的看板。
『果然沒錯。上面有房屋仲介的地址和電話。』
『看這個地址，應該在車站前，不會太遠吔。』
我們準備沿來路走回去。剛走了十公尺，一個女人和我們擦身而過。女人低著頭，快步走著，長髮在腦後綁著髮辮，身上穿的衣服應該算是民族風吧，層層疊疊地穿了好幾件像舊衣般的暗色衣服，腰上繫著一條編織的皮帶。我好奇地回頭看了她一眼，發現她走進我們才離開的那幢公寓，隨即傳來咚咚咚上樓梯的聲音。
『花梨，剛才走過去那個女人，是佑司的鄰居。』
花梨也回頭，用眼睛追隨她的行蹤。
『要不要去問她看看？』
『嗯，這或許是個辦法。』
我們快步走回公寓，衝上樓梯。她正用鑰匙打開自己的房門。她住在２０３室。
『請問，』我們叫住了她。

她看著我們，細長的眼睛像貓一樣。

『什麼事？』

她問道。她的聲音雖然低沉，但很響亮。

『我們是住在202室的五十嵐佑司的朋友。』

她的表情突然變了。

『他現在人在哪裡？』

她緊張地問。

『他住院了。』

『住院？』

我點點頭。

『我們想和他的家人聯絡。不知道妳知不知道？』

她輕輕搖搖頭。

『沒有，佑司沒有家人。』

『我叫桃香。』她說。桃子的芳香，桃香。我們也自報姓名。她說，我知道你們的名字。

『花梨小姐，妳真的很像森川鈴音。』

說著，她笑了起來。好無力的笑。花梨默默地點點頭。

我們不費吹灰之力，就進了佑司的家。鑰匙就放在洗衣機下。

『因為，我有時候會去他房間，』她解釋道。

『所以，他把鑰匙放在那裡。』

房間的擺設很簡單。只有一個房間，附衛浴設備。簡單的鋼管床和組合櫃，還有一張舊木桌。上面放著玻璃筆和墨水瓶，以及幾張繪圖紙。拆掉門的壁櫥裡，掛著幾件襯衫和長褲。

我和她分別坐在桌子兩側。花梨坐在我旁邊。

『他住院了……』

我點點頭，把醫院的名字告訴了她。然後，斟字酌句地把佑司目前的狀況告訴了她。聽到『昏迷不醒』時，她的身體僵硬，屏住了呼吸，用手遮住嘴巴，拚命眨著眼睛。

『所以我就說嘛，』她忿忿地說。

『他的身體早晚會出問題。』

我們認識差不多有兩年了。

她用這句話開了頭。

『他好像以前就住在這裡。』

桃香低頭看著桌子，手指摸著墨水瓶蓋。

『我在車站大樓的一家小型進口雜貨店上班。就是那種賣手工藝品的刺繡、飾品或是歐洲民俗風格雜貨的店。』

我二十五歲。她說。

『第一次看到佑司時，我覺得他絕對比我小。他個子很矮，很可愛。但人卻很頑固，好像老頭子一樣。』

據她所說，佑司並沒有固定職業，靠打工維生。

『他總是說，畫畫就是我的工作。只要有時間，他就畫不停。每天畫，每天畫，沒有一天不畫的。』

她抬頭看著我。

『他說，這是和朋友的約定。我想，應該是和你有約吧。等一下我會拿給你看，他的畫量多得驚人。現在放在壁櫥裡，全都是畫垃圾。他是不是很奇怪？我問他為什麼畫垃圾？他說他喜歡垃圾，但自己也不知道為什麼。連續好幾個小時，都把臉貼在紙上畫。最後，頭痛得要命——他就吃藥。可能那也有關係。』

說著，她停了下來，瞇起眼睛。

『他的畫，一張也沒賣出去過。雖然他曾經去很多地方推銷過……』

基本上，他的運氣很差。她說。

『即使在我這個外行人的眼中，也覺得他畫得很不錯。我也曾經把他的畫放在我們店裡寄賣，但沒有人買。問題可能出在垃圾身上吧？誰願意在家裡的牆壁上放垃圾？』

我問桃香關於佑司父親的情況。

『我有聽他提過。』她說。

『在他十八歲時，他父親就病故了。和你剛才告訴我有關他的症狀很像。這對父子連這種地方都很像。』

我看了看花梨，她也看著我。我點點頭，她無力地搖頭。

『之後，』桃香繼續說。

『他始終一個人。那隻和他像兄弟一樣的狗──好像叫特拉雪吧？也在那時候死了。高中畢業後，他馬上去找了工作，離開親戚家裡，就一直一個人住。每天都在畫，畫這些絕對賣不出去的畫。』

她咬著嘴唇，皺著鼻子。

『聽我這麼說，好像他的人生很慘。但其實看到他時，卻完全不會有這樣的感覺。他整個人都在發光。人有夢想，真的很偉大。如果可以，真想讓他一輩子活在夢想中。』

看到我們沒有說話，她探出身體，繼續說：

『有一天，他興高采烈地告訴我，妳看，夢想果然可以實現。他手上拿的是一本水族雜誌。你應該知道吧？』

我用力點點頭。

『我知道。』

『對。上面介紹了你的店。水族雜誌上不都有介紹水草店的專欄嗎？他好像隨時都在留意，他相信，你總有一天會開店。他興奮的樣子簡直難以用言語形容，我第一次看到他那麼高興。所以，我也陪他一起喝酒慶祝。他真的很高興……』

所以，她說。

『你做了一件大好事。因為，從來沒有人可以讓他那麼高興。』

我不知道該說什麼，只好笑了笑，然後，輕輕聳聳肩。雖然這個沒什麼意義，但桃香似乎心領神會了。

『但是，』我說。

『為什麼佑司那時候沒有和我聯絡？』

桃香輕輕點了兩次頭。

『我也這麼說，我叫他去找你。這時候，他才告訴我，其實，他可能有機會舉辦個展。所以，他希望邀請你去參加他的個展，來一場亮麗的重逢。』

她用像黑珍珠般閃亮的雙眼看著我。

『你知道是誰來找他談這件事的？』

我完全猜不到，看了看一旁的花梨。她也偏著頭，一副『我也不知道』的表情。

『當然，你們不可能猜到。』

桃香停頓了一下，沒好氣地說：

『是佑司的媽媽。』

啊。我忍不住叫了起來。

『當年拋下他後，從此杳無音訊的那個人。』

桃香顯然很討厭佑司的母親。

『我不知道他們是怎麼又碰面的，反正，就已經談到了這些事。據說，他媽媽現在的男朋友很欣賞佑司的畫，所以，幫了很多忙，要在一家頗有名氣的畫廊展示他的畫，好好推銷一下。』

『好厲害。』

聽我這麼說，桃香滿臉怒氣地點點頭。

『他簡直樂壞了。你應該可以了解吧？多年的努力，終於得到回報時，當然會讓人感到高興。況且，也讓他覺得獲得了認同。原來，他媽媽並沒有遺棄他，一直默默守護著他，在關鍵時刻向他伸出援手。對一個人來說，這種想法不也很重要嗎？』
我點頭表示同意，她的聲音才稍微平靜下來。
『他當時很幸福。我記得很清楚。他就在這張桌子上寫邀請函給你，請你來參加他的個展。他不停地問我，「五十嵐佑司個展」後面，到底要怎麼寫？「垃圾」這兩個字太突兀了，結果，花了好長的時間，才決定「被捨棄者」這幾個字。而且，到底要寫「被捨棄者」，還是「被捨棄物」，又猶豫了半天。⓰我雖然嘴上沒說，但我一直在心裡告訴自己，「被捨棄者」不就是指佑司嗎？你們說呢？』
桃香似乎習慣在說話時，徵求別人的同意。但她並不在意對方的反應。我正在思考怎麼回答她，她已經繼續說下去了。
『他可能被幸福沖昏了頭。』
桃香說。
『他向我求婚。我回答說，好啊。我不知道他是不是真心的。但有什麼關係呢？我不想對沉浸在幸福中的人潑冷水。況且，事到如今，他早就忘光光了。』
她似笑非笑地笑了起來。
『過了一陣子，我才發現他不太對勁。』
『不對勁？』
對。她點點頭。

⓰日語中，『者』和『物』的發音相同，前者多指人，後者多指物。

『畫展的事泡湯了。』

當我知道這件事時，已經為時太晚了。她說著，用嚴厲的眼神看著自己的手指。『即使我問他為什麼？他也說不清楚。更讓人驚訝的是，他拿了一大筆錢給他媽媽。我剛才不是說，他媽媽有一個男朋友嗎？那個人說，需要準備資金。那是一大筆錢。他為此向那種可怕的地方借了錢。他原本就沒有積蓄，也沒有固定職業，銀行根本不可能借錢給他。那個人一毛不剩地拿走了。那筆錢，足夠讓我吃一年。所以，我對他說，這是詐欺。他說不是。我堅持「絕對是詐欺」，他也始終堅持不是。我這個人，像蛇一樣糾纏不清，對他說了大概有一百次吧，結果，他終於認輸地說，即使是詐欺，他也無所謂。因為，只要能夠幫助他媽媽，只要那筆錢能夠讓他媽媽和那個男人幸福，他就不會在乎。我根本沒辦法理解他的話，完全聽不懂他在說什麼。他說，他是在心甘情願的情況下把錢拿給他媽媽，所以不算是詐欺。我無法接受。所以，我決定去找他媽媽，把錢要回來。但已經太晚了，那兩個人已經捲款逃跑了。』

她一口氣說完後，停頓了一下。

她露出『怎麼樣？』的表情看著我們，我也用『嗯，妳做得對』的表情向她點點頭。佑司的爛好人性格是他的致命傷。他簡直就像是掛牌的肥羊。

『從此之後，他就沒有再畫了。』

桃香的聲音中露出一絲疲憊。

『只是像這樣把畫紙鋪在桌上，也無心去找你了。至少，那段時間是這樣。而且，他真的忙得天昏地暗。為了還錢，他不眠不休地打工。我一直告訴他，這樣下去，身體絕對會出問題的，但他就是不聽。基本上，他是個老頑固，再加上可能有點自暴自棄吧。這幾天，都沒有看到他，我正在擔心呢，心裡一直有不祥的預感。我早就料到會有這麼一天……』

桃香說，現在想去醫院看看。

『今天剛好是我輪休，明天又要上班到很晚了。』

我們點點頭，站了起來。

『啊，出門前，先看看他的畫。』

說著，她從掛在壁櫥裡的襯衫後方，拉出一個大紙板箱。

『這只是一小部分而已，有好幾個這樣的箱子。』

一打開箱子，立刻散發出一股墨水味道。那些都是畫在繪畫紙上的『被捨棄者』。雖然都是第一次看到，但每一張都讓我覺得好懷念。同樣的畫法，同樣的對象。細膩，又有些許的扭曲，和當年完全沒有改變。他的眼鏡應該不是當年那一副了，所以，這些扭曲可能是佑司的眼睛造成的。斷了弦的吉他、只剩下骨架的機車、折翼的模型飛機。雖然明知道不該從畫中解讀什麼暗示，但在了解佑司至今為止的人生後，情不自禁地試圖從中尋找彼此的交集。不知道花梨是否也有相同的感覺，她正一副探尋的表情，凝視著那些畫。

『我們走吧。』

桃香一聲令下，我們把手上的畫放回了箱子。

走到門外，發現太陽已經完全下山了。三個人搭同一部電車，在同一個車站下車。然後，我們分道揚鑣，搭上不同的車。我和花梨回去店裡，桃香去佑司沉睡的醫院。

『那，這就拜託妳了。』

花梨說。她把醫院需要的資料交給桃香。

『我明天會再去看他。』

好。桃香點點頭。

『有你們在，我覺得輕鬆多了。』

『他一定會醒的。』

我說。

『我們一起為他加油。』

『對啊。』

然後，桃香轉身走進車站大廳的人群中。

『原來佑司的父親很早就過世了。』

花梨看著車窗外紛紛退後的街燈說。

『可能是在病倒離開那個城市的一年後吧。』

『看來，之後一直都沒有好……』

佑司父親的聲音在我耳邊響起。低沉而響亮的聲音，總是用平靜的語氣對我們說話。他說的話，我有一大半都聽不懂，但聽他說話很有趣。他說話時，總是撥著一頭濃密的黑髮，在眼鏡後方露出溫柔的眼神看著我們。星星的名字、一千年以前的人寫下的戀愛故事、沉睡在海底的城市。佑司的父親是個知識淵博的人，精通所有的事。

『不知道他有沒有完成小說？』

『你是說「內在過程」之後嗎？』
『對，就是那個。』
不知道吔。花梨說。
『不過，據我所知，他從來沒有在稿紙上寫過字。』
這就叫做天大的諷刺吧。從來沒有寫過什麼的小說家父親，以及畫了可以論斤秤重的畫，卻無法獲得『畫家』稱號的兒子。
『我能夠理解他母親的心情。』
『佑司的母親？』
對。她點頭。
『每個人都想要追求幸福。』
『但如果是建立在別人的痛苦上——』
幸福不都是這樣嗎？她好像自問般地輕聲說道。我沒有回答，默默地和她一起，欣賞著夜晚的景色。
因為幸福太少了。我在心中說。所以，大家才會搶破頭。如果上帝能夠大方一點，撒下很多很多的幸福，花梨就不會這麼輕聲自問了。剩餘的幸福。用之不盡的幸福。難道擁有這種夢想的人，真的只能是高枕無憂的樂觀主義者嗎？
『原來，』花梨再度開口說話時，已經過了好幾個站。
『佑司知道你的店。』
『對，所以才會寫那份邀請函。』

『沒有寄出的邀請函。』

『我真希望能夠在目前的狀態前，和他見一面。』

他太見外了。我說。

『只要說一聲，我也可以幫他一把。』

『他太頑固了，只會一個人默默承受痛苦。』

『他好像沒認出妳。』

我想起桃香看到花梨時，說『妳和森川鈴音很像』的那句話。如果佑司看了電視上的森川鈴音，發現她就是花梨，一定會告訴桃香。

『對，所以他也沒有寄邀請函給我。』

然後，她看著我的眼睛，露出調皮的表情。

『為什麼我周圍的男人都這麼遲鈍？你、你父親和佑司都一樣。』

『因為，妳變得太漂亮了。』

聽我這麼說，花梨露出極其奇妙的表情。雖然眼睛在生氣，但緊閉的嘴唇卻露出笑意。

『又來了，』她說。

『我就是這麼被你騙了。』

『騙？我哪有騙妳。因為我覺得妳漂亮，才這麼說的。』

她抬起下巴，用強勢的視線看著我。我從容地接受她的視線。

『好吧，算了。』她說。

『什麼意思？』

『就是好吧，算了的意思啊。』

是喔。

回到店裡，發現父親在那裡。

『我想來找你們一起吃晚飯。結果，夏目君把情況告訴我了。』

我在店裡尋找夏目君的身影，父親搖搖頭。

『他已經下班了，我說我會留下來看店，叫他先回去。』

我點頭移回視線，父親問我：『然後呢？』

『佑司的情況怎麼樣？』

我把在醫院了解到的情況一股腦地倒給父親。父親聽完後，用雙手摸著臉頰，輕輕嘆了口氣。

『是喔……』他嘀咕了一句，便陷入了沉思。

『桂緣先生的店應該還有開，我們去那裡吃春捲吧。』

聽我這麼說，父親點頭說『好啊』。我看了看花梨，她也說『可以啊』。

『那我們走吧。』

說完，我關了店裡的燈。

餐廳還在營養。我們在指定座位上坐定後點了生春捲、雞飯和湯。

『明天，我也去看看。』

放下菜單，父親說。

『我也要去看他。』
『那好，我後天再去吧。』
『只要大家為他加油，他一定可以醒的。』
父親故意用樂觀的語氣說。我也隨父親起舞，把桃香的事告訴他，試圖炒熱氣氛。
『喔，沒想到佑司有女朋友。』
『她說，佑司向她求婚了。』
『求婚！』
父親誇張地故作驚訝。
『太好了，你要加油囉。』
我是自找麻煩。花梨在一旁偷笑。
『桃香小姐是怎樣的女孩子？』
美女啊。我回答。
『只要問你有關女孩子的事，你都回答是「美女」。』
『是嗎？』
花梨饒有興趣地問父親。
『對，以前就這樣。讀書時，每次換座位，我問智史「這次旁邊是怎樣的女孩子？」，他總是說——』
『美女啊。』
花梨學我的語氣說。父親點頭如搗蒜，搖著食指。

『這麼說，既然被智史稱讚是美女，也不能照單全收囉。』

說著，她斜眼看著我。父親露出肯定的笑容。

『我有話要說，』我為自己辯護。

『我從來沒說過謊。或許我的審美觀有點問題，但只要我說是美女，別的男人應該也會同意。』

『是嗎？』

『當然。雖然我不知道上帝是怎麼安排的，但我周遭的女人都是美女。所以，我只是照實回答。』

哼。我用鼻孔出氣後，靠在椅背上。父親看著我，嘆著氣說：

『真是個可憐的孩子。』

什麼意思嘛？我們兩個人看著他，父親難過地搖頭說：

『我兒子有懂得鑑賞的舌頭，周圍也有許多優質的果實。但他卻不知道怎麼品嘗。』

花梨聽了，樂不可支。連聲說著『有道理，有道理』。這兩個人一搭一唱時，我總是淪落為小丑。我故意表現出憤慨的樣子，但其實並沒有真的生氣。我喜歡看到花梨和父親和樂融融的樣子。我只能扮演好被分配到的角色。

料理端上後，我們集中火力攻擊餐點。今天走了好多路，時間也晚了，早就餓得前胸貼後背了。

『我突然想起來了，』父親停下筷子說。

『我們離開那個城市時，你媽不是還留在那裡嗎？』

『對，我準備啟程時，她身體剛好出了問題。』

『結果，我一星期後去接你媽。』

『是啊。』

『當時，當我打開門，走進家裡時，第一個上前迎接我的就是佑司。』

父親把夾著的生春捲停在半空，搜尋著記憶。

『他很勤快地照顧美和子，就連你這個親生兒子，恐怕也做不到吧。那孩子真的很喜歡美和子。』

我也聽母親提過這件事。在我離開，父親去接母親的那一星期內，佑司幾乎每天去探望母親。母親的生活起居幾乎都是鄰居的阿姨在照顧，佑司只是陪在母親旁邊，陪她聊天，讀書給她聽，或是一起看電視的談話節目，一起吃點心，度過輕鬆的時光。

『拜託一下你媽吧。』

父親說。

『美和子很喜歡佑司，她一定會想辦法。』

『喔，對啊。』

我畢竟是父親的孩子。他說的話緩和了我的不安。身旁有可以依靠的大人，讓我覺得身上的擔子輕了好多。

『趕快吃吧，桂緣已經在打呵欠了。』

對了，以前我們去咖啡店吃水果百匯時，父親也常這樣催促我們。趕快吃吧，天色暗了，蝙蝠快飛出來了（花梨最討厭蝙蝠）。想起這些往事，會有那麼一瞬間，覺得一切彷彿回到了從前。然而，母親已經不在，佑司的父親也離開了。還有特拉雪。十五歲的歲月真的已經流逝了。

我們輪流去看佑司。每天都有人對他說：『加油，趕快醒來吧。』桃香也利用工作的空檔，去探視了兩次。

花梨去醫院探視，讓佑司成為那家醫院的『特別病人』。但他受到的待遇並沒有改變，只是整家醫院的上上下下，都認識他了。那個每天來探視的女人就是森川鈴音。既然如此，她探視的那個男人到底是誰？男朋友嗎？那另外一個更有民族風的美女呢？佑司成為閒得無聊的住院病人的八卦話題。

不久，終於有人當面問父親，得知了我們的關係。我問父親：你怎麼回答的。他說：『我說他是名畫家。』

『有什麼關係？反正早晚會變成事實的。』

那兩個美女，理所當然地變成了他的專屬模特兒。

我去探視佑司時，經常對著他熟睡的臉龐說話。都是在說那些陳年往事。我們曾經一起在葫蘆池抓魚，在『客廳』裡下棋（長大以後才知道，我們移動棋子的方法完全錯誤）；三個人和一隻狗看著難以置信的大太陽西沉；以及在堤防上玩相撲。當然，花梨是永遠的冠軍，我們從來沒贏過她。佑司，以前好快樂。我們是天下無敵的三人組。

我們三個人難得重聚，請你趕快醒過來。我們再像以前那樣，愉快地歡笑吧。花梨也在等你清醒。她變得好漂亮。你自己睜開眼看看她。你一定會大吃一驚的。真的，我甚至沒發現她就是花梨，為了這件事，現在整天被她唸。

她是最棒的。不愧是我們欣賞的偶像。趕快醒來吧，我們再一起躲進水泥管裡，聊聊各自的夢想。

然而，佑司沒有回答我的呼喚。他在沉睡中徘徊，連睫毛也沒有動一下。傍晚時分，我向他那張蒼白的臉道別，拖著沉重的步伐離開醫院。

日復一日，下個週末又到了。

10

我聽到一聲巨響。是樓下傳來的。一看時鐘，已經是凌晨兩點多了。我揉了揉眼睛，下床穿了拖鞋，走出房間。走到樓下，站在店裡。果然不出所料，花梨還沒有睡。看到我站在那裡，她微微示歉。

『對不起。』她說。

『茶壺不小心掉了。吵到你了吧。』

我抓了抓頭髮，搖搖頭。

『妳又沒睡嗎？』

聽到這句話，花梨露出像挨罵的小孩般的表情。仔細一看，她的眼中含著淚水。我不由感到一陣心痛。

『妳在哭嗎？』

花梨用力抿著嘴，微微搖頭。她撥起頭髮，把手放在額頭上。

『要不要喝茶？』她問，然後，努力吞下了眼淚。

『好啊。是不是117？』

『是203，我買了新的。』

『是喔。』

她檢查著手上的茶壺，確認有沒有摔壞。

『還好，雖然灑了很多，但應該還可以倒兩杯。』

她把203倒進杯子，將其中一杯遞給我。我們並排坐在狹窄的樓梯上。兩個人都默然不語，重複著喝茶的動作。只聽到幫浦往水族箱裡送空氣的啵嚕啵嚕聲。我聞到好像下雨後的水的味道、花草的香味，以及花梨身上像牛奶般甜甜的味道。櫃檯裡微弱的燈光，照亮了我胸前那隻瘦弱的狗，以及『save our soul』的呼叫。

『真好喝，這種——203也很好喝。』

『對吧？』

我們的談話沒有了下文。我決定不要心急，靜靜等待。距離黎明還有很久。況且，看了那雙含淚的雙眼，即使回到床上，也仍然無法入睡。

『我，』她終於開了口，把喝空的杯子放在腳下。

『差不多該走了。』

我察覺到了。但親耳聽到她說出口時，還是突然心神不寧起來。那種感覺，好像明知道該做些什麼，卻又不知道到底該做什麼。

『妳不是說，會住一陣子嗎？』

我只擠出這句像小孩子鬧彆扭般的話。

『對。但計畫有點改變。』

『為什麼？』

『因為個人生涯規劃。辭職信上是不是該這麼寫？』

她故意岔開話題，讓我有點心焦。我想知道真相。如果不知道真相，根本無從著手。

『光是這句話，我不能讓妳辭職，我要知道明確的理由。』

『真的是個人因素。請你見諒。』

『何況佑司現在又這樣。』

我雖知道這個理由有點卑鄙，但現在已經管不了這麼多了。

『妳要丟下他不管嗎？』

花梨沒有回答，凝視著昏暗的水族箱，似乎在思考什麼。

『至少，』我又接著說。

『在佑司醒來之前——』

不行。花梨打斷了我的話。

『那就來不及了。』

『來不及？』

花梨默默地握住了我放在膝蓋上的手。她的手好冰冷，手指好纖細，微微發著抖。

『拜託你，』

她說。

『就讓我走，不要再問了。』

但我還是不能不問。內心的不安催促著我。

『妳不是生病了嗎？』
我不是發問，而是用斷定的語氣說。
『我雖然不清楚是什麼病，但妳身體有問題，為此感到苦惱，不是嗎？』
花梨低下頭，輕輕搖頭。不知道囁嚅了一句什麼，但我沒聽到。
『我想幫妳。如果有我幫得上忙的地方，給我一個機會。』
說完，我屏氣靜待她的回答。花梨慢慢抬起頭，看著我們緊握的雙手。
那時候，她又低聲地說：
『智史，那時候你也陪伴我……』
『那時候？』
『就是我晚上去芒草原的那陣子。你總是在一旁陪我。』
『喔，是那時候——』
『我很高興，真的很高興。或許你不知道，但我真的很高興。』
現在也是。說著，花梨把頭靠在我的肩上。甜甜的牛奶香像霧一樣籠罩了我。
『我好高興，你讓我有一種被呵護的感覺。』
所以，這樣就夠了。花梨說著，更用力握住我的手。
『我的確有苦惱，但任何人都沒辦法插手。』
『那……』
『別這麼嚴肅，沒你想的那麼嚴重。只是因為要離開這裡，令我感到難過。』
『既然這樣——』

她搖搖頭，我的肩膀可以感受到。

『我也不想去。但總是要去的，只是時間早晚的問題。』

『什麼時候？』

『電腦的程式系統快完成了，所以，我想應該是明天晚上。』

『這麼快？』

『對，但越快越好。』

『因為妳身體的關係嗎？』

花梨想了一下。

『對，也是為了大家。』

談話到此結束。我無話可說了。至少，對一個明事理的成年男人來說，已經沒什麼好說的了。如果我是吵鬧的孩子，可以強迫別人接受我的要求，那我有一百句話可說。但那是不負責任的行為，也不夠誠實，更會有人受到傷害。造成他人傷害的人本身，也會受到傷害。只有孩提時代，才能憑感情行事，但這個時代早就結束了。所以，我什麼都沒問，也沒有說半句挽留的話。

終於，花梨說『我要稍微睡一下，晚安。』我點點頭，起身走回自己的房間。不是為了去睡覺，而是避免自己對她說出愚蠢的話。

11

早晨，當我下去店裡，花梨已經坐在電腦前。

『妳不要太累了。』

聽到我的聲音，花梨神情開朗地回答說：

『完全沒問題，快弄好了。』

『好，但是……』

『對了，今天你要去見美咲小姐吧？』

『對，我們有約。』

『那，可不可以再帶她來店裡？也把你父親找來，大家一起吃頓飯吧。』

其實，這等於是花梨的歡送會。如果這是她的心願，我無所謂。

『沒問題啊。』

『那好，我這裡結束後，會去佑司的醫院一趟，下午會回來，晚一點吃午餐怎麼樣？要再去桂緣先生的店吃春捲嗎？』

『不如去萊納斯那裡吧，那裡的午餐很好吃。』

『是喔？我只吃過那裡的蛋糕，還沒吃過午餐呢。』

『那一家真的很好吃。我會聯絡我爸。』

『好，那就拜託囉。』

今天一整天，她都會維持這種極事務性、沒有傷感的態度吧。雖然我不知道能撐多久，但我決定全力配合。對目前的我來說，已經能夠應付父親和美咲小姐見面了。我的心已經裝上了濾網，思考已經像老鼠一樣遲鈍，根本想不到有任何可以讓我避開陷阱，拿到乳酪的方法，我滿腦子只有一件事，就是花梨明天即將離開。

我正在隨便吃點早餐時，夏目君來上班了。他今天穿著一套富有光澤的灰色西裝。『早安』，他像往常一樣打招呼，拿了掛在櫃檯鉤子上的圍裙。

『夏目君，』花梨叫住了他。

『是，有何吩咐？』

『電腦系統差不多快完成了，之後，可不可以交給你負責？』

他露出訝異的神情，花梨向他解釋。

『我明天就會離開這裡。』

『怎麼這麼匆忙？』

『嗯，情況有點變化。對不起，照理說，最好能夠在開始運作後，做一下維修工作的。』

『這倒沒問題。不過，真捨不得妳走。』

『嗯，我也是。每天看到像你這樣的帥哥，心情都會變好。』

夏目君露出優雅的笑容。相信這種話他已經聽了一千遍，每次都反覆練習了這種笑容吧。

『能夠每天看到花梨小姐這麼漂亮的女孩子，也是我的一大快樂。』

謝謝。花梨笑道。那是她從來不曾向我展露的高雅微笑。

到了營業時間，一如往常的星期天開始了。第一個進門的客人又是奧田君。他觀察水族箱時，仍不時偷瞄花梨，在店裡耗了十五分鐘後，又兩手空空地離開了。不一會兒，宅急便送來了訂購的水草，我和夏目君開始搬運。之後，便著手包裝水草。一眨眼的工夫，時間就一分一秒地過去了，很快到了約會的時間。我把店交給他們兩人，前往和美咲小姐約定的地點。

相同的車站，相同的車站大廳。美咲小姐站在那裡，穿著我從來不曾看過的印花T恤和牛仔褲。

『午安。』美咲小姐略顯害羞地向我打招呼。

『午安，』我也向她打招呼，然後，向她伸出雙手，意思是『今天這身打扮？』

『嗯，我想換一下心情。』她看著自己的胸前。

『很奇怪嗎？』

『不，很適合妳，感覺是個很活潑的女孩子。』

『是嗎？這是可以帶來好運的鈴蘭花。』

『真的是鈴蘭，很可愛。』

她害羞地嘿嘿笑著。我第一次看到她用這種方式笑，有一種不可思議的感覺。我們竟然像老朋友一樣輕鬆交談，這也令人感到不可思議。

『今天要去哪裡？』

美咲小姐問我。我覺得她好像和以前的感覺不太一樣，這才發現她頭髮剪短了一些。

『花梨只做到今天，所以，決定大家一起吃個午餐，當作是歡送會。』

啊？她露出驚訝的表情。然後問：『今天？』

『對，她只做到今天。』

『為什麼？我還以為她還會住一陣子。』

不知道。我回答說。

『她昨天突然說的，但是——』

『但是？』

『我覺得，應該和她的身體有關係。她的身體好像有什麼問題。』

是嗎？說著，她低下頭。她穿著沒有領子的衣服，我這才發現，她脖子後方，有三個縱向的痣。

咚咚咚。我在心裡低吟，這是『ＳＯＳ』的『Ｓ』。或者，是柴田美咲的『Ｓ』[17]。

『所以呢？』過了一會兒，美咲小姐抬頭問我。

『什麼所以？』

『之後呢？』

『我沒問，她之前不是說，「要回到生長的地方」嗎？』

對。美咲小姐點點頭，又問：『遠山先生，那你呢？』

『我？』

『對，你就這樣讓她走嗎？』

這個完全出乎意料的問題令我不知所措。美咲小姐並沒有特別緊張的樣子，神情自若地等我回答。

『不知道，』我姑且這麼回答：

『這是她決定的事。』

聽了我的回答，她只『喔』了一聲，語氣像是國小女生。但感覺很自然，很可愛。

『離午餐還有一段時間吧？』

她突然大聲問我。

『對，我們約的時間比較晚。』

既然這樣，美咲小姐雙手合十。

『可不可以帶我去上次那個自然公園？我還想去。』

『有池塘的那裡？』

『對，有杉木皮小徑的那個公園。』

自然公園剛好在我們約會地點和我家的中間。雖然距離車站有一段距離，但每隔三十分鐘就有一班巴士可以到達。公園門口，也有直接到我家的巴士。

『那，現在花梨小姐去醫院嗎？』

『嗯，她比我晚出門，現在應該差不多到了。』

『但以這種方式重逢，心裡很不好受吧。』

我默默點頭。我們走在池塘外圍的遊步道上。四周空空盪盪，只有鴨子們舒服地嘎嘎練嗓子。

『我祈禱他早日康復。』

美咲小姐說。

『然後，希望你們三人組，我嚮往的三人組重出江湖。』

『嚮往？妳嚮往那種怪胎三人組？』

⓱柴田在日文中讀Shibata。

『對，我覺得你們很帥。』

喔。我應了一聲。她又嘿嘿笑了起來。這應該是她本來笑的方式。我覺得，似乎終於看到了真正的她。

道路延伸到森林深處，腳下的木屑帶著濕氣，香味更加濃烈。她用力吸著鼻子，說『好香』。

『絲柏。』

『你還記得？』

聽我說出這個名字，她一臉興奮地看著我。

『對，令人印象很深刻。』

『我也記得喔。』

她豎起食指。

『卵葉水丁香？還有微果草和綠葉眼子菜。』

『妳真厲害，竟然都記得。』

她露出慣有的笑容，吐了吐舌頭。

『我回家後，買了本水草圖鑑復習了一下。』

『喔……』

我有一種無名的心痛。不知道為什麼，她的動作、話語，都令我感到胸口隱隱作痛。

『我問你，』她說。

嗯？我們四目相視，她用真摯的眼神看著我。

『你還記得我上次說，絲柏的學名代表什麼意思嗎？』

『記得啊，好像是「永生」的意思。』
對。她點點頭，撿起腳下的杉樹皮，拿到鼻子前聞了聞。然後，又放在我的臉前，我也聞了聞。
『嗯，果然讓人心情平靜。』
她意有所指地搖了搖杉木皮，隨即放進牛仔褲後方的口袋裡。
『好了，這次輪到我問你。』
說著，她咳、咳地清了清嗓子。
『遠山先生，你希望永生嗎？』
喔，對了，上次我這樣問過她。她當時是怎麼回答的？
『我……』
說著，我又想了一下。因為，我認為應該認真回答。
『我並不想永生。』
我沉默了好長一段時間後回答。
『我想，我的心無法承受永久、永遠，或是無限那麼長的時間。所以——』
這次，輪到她認真思考起來。她微微皺了皺眉，直視著道路前方昏暗的空間。
『對——』
好久，她才低聲囁嚅。
『遠山先生，你說的對。我的心，應該也無法承受永遠。』
然後，她的表情比之前更嚴肅，用力呼吸後，說：
『這個——』

潤。

『嗯。』

『就是我的回答。』

突然，我想起了美咲小姐當時的回答。『我會花一輩子思考』，還有，『當我找到答案時，你可不可以再問我一次？』她是這麼回答的。我轉頭看著她的眼睛，試圖確認。她慌忙移開的眼睛有點濕潤。

『聽我說，』她說：

『有一件事，我必須向你道歉。』

『喔，什麼事？』

我的喉嚨哽咽，好像呢喃般地說。

『我，』說到這裡，她又停頓下來，低著頭，露出白色的脖頸。她正在思考該如何表達。我凝視著她脖頸上的三顆痣。從今往後，我就會用這種方式，慢慢了解有關她的一切。她嘿嘿的笑聲，還有白色脖頸上的三個點。還有——

『我，』她又開了口。

『打算和姑姑一起去法國。』

她說話時的呼吸好像特別沉重。好痛苦，好令人心痛。

『那家店，經營得不太順利。所以，我們決定去法國，自我充電後，再重新出發——』

『什麼時候決定的？』

『就這幾天。不，我姑姑之前就和我談了……』

謊言露出了破綻。但我假裝沒有發現，輕輕地點著頭。

『所以，』她說。

『我們的交往——』

她再也說不下去了。這是她充分的體貼。不是我，而是由她提出分手。嗯。我回答。除了『嗯』，我已經無話可說。

『雖然相處的時間很短暫，但很感謝你。』

她輕聲細語地說。

『真的——真的很快樂。我從來沒有這樣和男生約會過。』

嗯。

『我好像——墜入情網了。』

嘿嘿。她笑著，吸著鼻子。

『所以——我很滿足。如果是現在，我們還能這樣笑著分手。』

真的。她用幾乎聽不到的聲音說，然後，不再說話。

我也很快樂——好不容易，我才擠出這句話。

我們默默無言地走在飄散著杉木香味的樹林中。出口還很遠。投射到地面的光線很微弱，空氣中帶著濕氣，陰陰涼涼的。

終於，她低著頭，停了下來。

『對不起。』

美咲小姐說。

『可不可以請你先捂住耳朵？』

『啊？』

『我想擤鼻涕。不好意思讓你聽到。』

『啊，喔，我知道了。』

我用雙手捂住耳朵，她轉過身體。

我仍然聽到了她的哭泣。如果這裡的光線不是這麼昏暗，她一定會要求一個人靜一靜吧。但正因為她做不到，所以，只能壓低聲音，獨自啜泣。

我的胸口劇烈疼痛。我知道現在應該上前緊緊擁抱她。因為，我們已經是一對戀人。錯過三班電車的戀愛——不，或許更多。因為，她已經對我『嘿嘿』笑，我也已經知道她脖子上有三顆痣了。總之，我們已經對彼此有了更深入的了解。所以，應該可以抱著她，輕輕告訴她『這個世界上，我最愛的是妳』。然而，美咲小姐知道這是謊言，我也已經發現了自己的真心。當然，我也可以假裝無所謂。這個世界上，和自己第二順位的人結合的情侶，應該多得像天上的星星吧（這當然也是誇張的表現手法）。

歸根究柢，我們之所以做不到，是因為『這就是我們』。這就是美咲小姐。這就是美咲小姐和我。如果美咲小姐不是現在的美咲小姐，我也不是我，即使我們是彼此『第二順位的愛』，或許也可以相互依偎。然而，我們只能活得像自己。這就是現實。

壓抑的啜泣聲持續了一段時間，才聽到很大聲的擤鼻涕聲。然後，又是一陣窸窸窣窣的聲音，她才終於轉過頭。

她不好意思地抬起頭，眼眶有點紅紅的。但已經沒有了眼淚，臉上的妝也完好無缺。

『你有沒有聽到什麼聲音？』

美咲小姐問。

『沒有啊。』我回答。

『那就太好了。』

她的語尾微微上揚。

『走吧？我肚子餓了。』

『好啊。』

即使在這一幕後，她仍然堅持陪我到最後。這份勇氣令我產生了不小的感動。

去『FOREST』之前，我們先去店裡看了一下。店門口掛著『準備中』的牌子。花梨已經回來了嗎？也就是說，美咲小姐之所以會跟我回來，是想最後再見一次花梨，再和她交談一下。我還沒有告訴她，父親也會和大家一起共進午餐。父親也不知道美咲小姐會來。應該說，他根本不知道有美咲小姐的存在。我一直沒機會說。要怎麼介紹？巴士上，我一直在煩惱這個問題。

『這位是柴田美咲小姐。嗯，她從兩個月前開始和我交往，但我們已經分手了。原因在我身上，因為我在動搖，所以，我們分手了。』

我當然不可能這麼說。況且，花梨和夏目君也在場。想要他——我的父親在這種情況下不捅樓子，比要求嬰兒學會餐桌禮儀更難。我很不想讓美咲小姐尷尬，但憑我的腦袋，怎麼可能想得出順利化解的妙計。

『他們好像已經先去了吔。』

『對，那我們也走吧。』

『好啊。』

於是，我們再度邁開腳步，但我的步伐好沉重。

『我，』走在我旁邊的美咲小姐突然開了口。

『啊？』

『我很想成為像花梨小姐那麼帥氣的人。』

我拚命搖頭。

『不行，妳絕對不能像花梨那樣。美咲小姐，妳很有魅力，誰都不可能比妳更有妳的風格。』

所以，我說到一半，我們的視線相遇。她一臉驚訝，我趕緊收回還沒說完的話。

『我好驚訝。』

美咲小姐說。

『遠山先生也會說這種話嗎？』

『什麼意思？』

聽到我的問話，她竊竊地笑了起來。我有點不安。

『因為，你竟然會當面對女孩子說，妳很有魅力。』

喔，原來是這件事。花梨也常這麼說我。

『嗯，我這個人，向來直話直說。』

『但這是我第一次聽到。』

『我想，應該是我已經習慣和妳在一起了。人在緊張的時候，往往無法表現出平常的習慣。』

不知道吔。美咲小姐說著，又竊竊地笑了起來。她搖著串珠的皮包，微笑著仰頭看天空。

『我還是很羨慕花梨小姐。如果我能有她那麼高挑的身材，不是就可以穿很多漂亮衣服嗎？』

而且，她揚起頭看著我。

『老是抬頭的人生很吃力。』

『原來如此，這倒也是。』

『我的身高不是才一百五十公分多一點嗎？如果我再高二十公分，我的人生就不一樣了。』

『視野會好一點吧。』

『遠山先生，你從小就很高嗎？』

『對。小學畢業前，我是全學年第二高的，上了國中之後，也都在前五名之內。但之後就沒再長了，所以，現在也不算很高。』

已經夠讓人羨慕了。她說。我對將視線看著遠方的她說：

『我們店裡的夏目君比我高六、七公分。每天都要仰頭看他。如果全世界的人都像他那麼高，我就要考慮一下了。』

聽到我這句話，美咲小姐露出疑惑的表情。

『怎麼了？』

啊？她將視線焦點集中在我身上，搖了搖頭。

『不，沒什麼。』

『沒什麼？』

『對，沒事。』

『是喔。』

雖然有點在意，但我的腦容量已經不允許我考慮更多的事。於是，我決定不繼續想下去。

終於，『FOREST』出現在前方。我們終於到了。

大門延伸到餐廳的通道兩旁，圍繞著五色繽紛的鮮花。

『好美！』

美咲小姐立刻深受吸引。她將雙手抱在胸前，壓抑著內心的興奮。

『有好多玫瑰，還有雛菊和萬壽菊。連德國菖蒲也有。』

『妳知道得真詳細。』

即使聽到我的話，她也只是心不在焉地『嗯』了一聲。她可能很喜歡花吧。這也是在五次約會中，無法得知的她的另一面。

『這裡還有芙蓉花。』

她一邊走，一邊瞇著眼，仰頭看著庭院的樹木。

『好香。真想變成蜜蜂，在花上睡個午覺。』

她應該很適合這樣的裝扮。但如果是花梨，無論從哪個角度看，都像是女王蜂。

池畔的水芹菜開著白色的小花。她發現後，看我一眼，笑了笑說：水芹菜吔。

我們搖響鈴聲，走進店裡。萊納斯像往常一樣上前迎接。

『歡迎光臨，其他人已經來了。』

『花梨也來了？』

『不，花梨小姐還沒到。』

然後，他面對美咲小姐說：『初次見面。』

『請享受我們的餐點。』

美咲小姐向他欠身打招呼，萊納斯微笑地指著店內，說：

『請進，我帶您們到露台的指定席。』

在萊納斯的引導下，我和美咲小姐穿過店內，來到陽光下的露台。水池的波紋反射的光線好刺眼。

我帶著美咲小姐，走向裡面的座位。父親和夏目君已經坐在那裡了，萊納斯說得沒錯，花梨還沒到。我們即將走到餐桌前了，我到底該說什麼。

他們發現了我們的動靜，回頭看著。

『喔，你來了。我們已經先喝了。』

父親說著，舉了舉手上的葡萄酒杯。然後，可能注意到我身後的美咲小姐，露出『咦？』的納悶表情。一旁的夏目君漠無表情地看著我們。我在距離餐桌還有一小段距離的地方停下腳步，看著身後的美咲小姐。她那雙大眼睛瞪得更大了，似乎感到極度震驚。難道是因為看到和我一模一樣的老人家感到驚訝嗎？我只告訴她是店裡的同事要聚一聚，難道她以為我們店裡有那麼老的店員而感到吃驚？總之，我認為應該先介紹，便對正屏氣凝神的美咲小姐說：

『呃——』

『夏目？』

這次，輪到我瞪大了我原本不算大的眼睛。咦？怎麼回事？

『你不是夏目嗎？』

她又重複了一遍，果然沒錯，她的確是說『夏目』。

『對啊。』

夏目君的聲音和表情一樣沒有感情，問：

『妳是柴田？』

說著，他站了起來。夏目君的動作失去了一貫的優雅。我這才發現，他既驚訝，又不安。而且，已經達到了極限。他漠無表情已經達到的完美境界證明了這一點。

他起身後，朝我們走了一步。他緩緩地走來，好像在害怕什麼，又似乎有點猶豫。我和父親輪流看著夏目君和美咲小姐。她十分緊張，似乎感到害怕。

『妳別走。』夏目君說。他的聲音已經恢復了感情。他的呼喚令人感到心酸。夏目君伸出手，又向前跨了一步。就在那一剎那，美咲小姐突然轉身，跑了出去。她穿過店裡，一下子就不見了人影。我正看著她的背影，夏目君快速地從我身旁跑了過去。我還沒搞清楚是怎麼回事，父親又快速地穿過我身旁。為什麼連父親都追出去？眼前的情況到底是怎麼回事？

有一點十分明確，就是美咲小姐和夏目君是舊識。而且，雙方似乎關係匪淺。她看到夏目君時，似乎有點畏懼。他們之間到底曾經發生過什麼？是這兩個月的事？還是更久以前？和我父親又有什麼關係？一切都是謎團。

無奈之下，我只能獨自坐下等他們回來。桌上剛好已經開了一瓶葡萄酒，我就倒來潤喉。

萊納斯走過來問我：『到底發生了什麼事？』我只能回答：『我也不知道。』

『他們三個人都像飛一樣衝了出去。』他告訴我。

『看來，他們暫時還不會回來。』
『應該是吧。』
要點餐嗎？他問我。我回答說，等花梨來了再說。

十分鐘後，花梨才出現。在此期間，並沒有其他人回來。
『智史，只有你一個人嗎？』
『對啊，只有我一個人，我也搞不清發生了什麼事。』
於是，我把剛才發生的事一股腦地告訴了她。
『哇噢，怎麼回事？好像很有趣嘛。』她說。
『我以前就覺得夏目君很神秘。』
『我想，他是用和我不一樣的材料、不一樣的設計圖製造出來的，感覺是那種量身訂做的感覺。』
『他會回來嗎？』
『不知道。看他剛才的速度，應該已經跑到鄰町了吧。』
那麼，她說。
『我們先吃好不好？我肚子都餓扁了。』
『嗯，好啊。』
於是，我們開始吃晚午餐。使用了大量香料和橄欖油的每一道料理都美味可口。她像往常一樣食慾大開，津津有味地把盤子都吃空了。

『佑司的情況怎麼樣？』過了一下子，我問她。

花梨緩緩地搖頭。

『還是老樣子，沒有改變。對了，我遇到了桃香。我拜託她，日後多照顧佑司。』

喔，是喔。我的心情有點沉重，但並沒有多說什麼。我還沒有放棄。到明天之前還有時間。我必須問清楚真相，才能考慮以後的事。雖然我的計畫還很粗糙，但也因此更富有靈活性。

『美咲小姐說，希望看到我們三人組重出江湖。』我假裝若無其事地說，『我也有同感。』

『是啊，我也一樣。』花梨說：『別擔心，佑司一定會醒過來。』

『嗯，我也這麼希望。我每天晚上都向我媽祈禱，希望她救救他。』

『對，你媽媽一定可以聽到你的祈禱。』

『等佑司醒來，妳會不會回來？我們三個人再重出江湖。』

花梨露出無力的笑容，輕輕點了好幾次頭。曖昧的動作，曖昧的約定。

『我會和佑司一起等妳。』

喔。她回答了一聲，將視線移向遠方。

『菖蒲好漂亮。』

她看著池畔說。雖然她很露骨地岔開了話題，但我並沒有緊追不放。

『不是，那是燕子花。』

我糾正了她，她有氣無力地『喔』了一聲。

這時，父親回來了。他的頭髮亂了，上氣不接下氣。

『爸！』我忍不住站起來叫了一聲。父親用手制止了我，一屁股坐在空椅子上。
『事情大條了。』
說著，他笑了起來。
『到底發生了什麼事？』
『先別管這麼多，你有事瞞著我。你是不是和那個叫柴田的小姐在交往？』
『啊？不，對啦。』
我情不自禁地看了花梨一眼。她挑了挑左眉，意思是和她無關。
『好吧，算了。』
父親拿起桌上我的杯子，把裡面的水一飲而盡。
『爸，你呢？』我問：『你為什麼去追他們？』
『沒什麼，我只是看熱鬧。』
是喔。
聽父親說，夏目君一出餐廳，就追上了美咲小姐。經過小小的爭執後，兩人走進了附近的公園。躲在樹後觀察他們的父親，也跟著他們進了公園，趁他們不注意，偷聽了他們的談話。
『這——』
『沒什麼大不了。我自己都不在意了，你更不用在意。』
雖然這個理由很莫名其妙，但我還是順從地讓他說下去。
他們坐在長椅上，父親就躲在他們身後的大象滑梯後方。很難想像年近八十的老人會做這種事，但他自以為永遠都是十七歲，誰都拿他沒辦法。

『聽了他們的談話，把我嚇了一大跳。』

我和花梨忍不住探出身體。

『他們說什麼？』

父親以那個年紀難以想像（也難以想像是我的父親）的超強記憶力，記下了他們的談話。『原音重現』後，差不多是這樣的感覺。

夏（代表夏目君）：『我嚇了一跳。沒想到我們會以這種方式再見面。』

美（代表美咲小姐）：『對，是啊。』

夏：『妳為什麼要逃？』

美：『因為——』

夏：『我知道會很尷尬。』

美：『對。』

夏：『但是妳甩了我。而且還甩了我三次。』

『啊？這是什麼意思？』

『不會吧，美咲小姐甩了夏目君？』

『而且還甩了三次！』

『你們先別吵，後面還有呢。』

美：『對不起。』

夏：『妳不用道歉，妳只是忠於自己的想法。但我想問妳一件事。』

美：『好啊……』

夏：『柴田，妳當年討厭我嗎？』

美：『……』

夏：『已經九年了，事到如今，妳應該可以說實話了吧。』

美：『……』

夏：『如果妳真的討厭我，不說也沒關係。只是——』

美：『我喜歡你，我怎麼可能討厭你……』

花梨（應該是下意識地）用力抓著我放在桌上的手。父親又繼續說了下去。

夏：『太好了，我還一直以為是我誤讀了妳的動作和視線，是我自作多情。』

美：『很明顯嗎？』

夏：『不，沒這回事。只是一些很不經意的動作。但任何人都不會錯過自己喜歡的女人發出的訊息。』

美：『但是，你為什麼對我——』

夏：『當時，妳也這麼問。為什麼妳會有這種想法？』

美：『因為，我很不起眼，又沒什麼優點，個子又小，根本配不上你……』

夏：『戀愛感情和這種尊重事實式（factuslism）思考無關，該怎麼說？基本上，戀愛這種感情沒有道理可言。』

『什麼是尊重事實式思考？』

父親問，花梨回答說：

『就是只重視事實的思考方式。』

喔，原來是這樣。

美：『而且，有許多臉蛋漂亮、身材好的女生都說喜歡你。』

夏：『但我喜歡的是妳。我當時就告訴過妳了。』

美：『對，我記得。』

夏：『既然——』

美：『我以為，那只是你突然昏了頭，一時興起，才會說喜歡我。改天，有一個更有魅力的女生向你告白，你就會離我而去。』

夏：『但妳心裡對我的感覺呢？』

美：『我——習慣壓抑自己。這種事，我最拿手了。所以，與其日後受傷，還不如一開始——』

夏：『真是被妳打敗了……』

『然後，夏目沉默了很久。很久很久。喔，謝謝你。』

父親再度一口氣喝完萊納斯拿來的水。

『差不多三分鐘後，他才又開口。』

夏：『上個星期，我有看到妳，但只是背影而已。聽到店長說「美咲」的名字時，我還覺得有點奇怪，心想，應該只是巧合而已。雖然妳的背影讓我覺得很懷念，但還是覺得不太可能。』

美：『喔。』

夏：『你們是通過婚友社認識的，妳會和店長結婚嗎？』

美：『應該不會。』

花梨小聲地『啊？』了一聲，然後關心地看了我一眼。她以為我也是現在才知道美咲小姐的心意。我看著花梨的眼睛點點頭，意思是『她說得沒錯，我已經知道了』。父親沒有理會我，繼續說下去。

夏：『是因為花梨小姐嗎？聽說，那天你們見了面。』

美：『不是這樣的。我要去法國。』

夏：『法國？』

美：『我和姑姑要一起去學花草方面的知識。我姑姑之前就找我去，我一直下不了決心。』

夏：『店長知道嗎？』

美：『我已經告訴他了。雖然我覺得自己很自私，很對不起他。』

夏：『是嗎……』

美：『夏目，你呢？』

夏：『什麼？』

美：『夏目，你為什麼會在遠山先生的店裡？我聽朋友說，你在外商公司工作，經常去世界各地。』

夏：『我是聽我姊的話。她寫信告訴我的。』

美：『你姊姊？』

夏：『對，我十七歲時，她離開了家，在世界各地四海為家。之後，我們從來沒有見過面。』

美：『將近十年沒見面？』

夏：『對，差不多有那麼久了。但每年我生日的時候，她都會寫信給我。每次都來自不同的國家。一下子埃及，一下子汶萊，一下子又是海地。』

美：『你姊姊對你真好。』

夏：『對。而且，她的建議每次都很精準。無論大學聯考，還是找工作，每次遵從她的指示，事情都很順利。』

美：『像是預言之類的嗎？』

夏：『我也不知道。至少，之前信中的建議都超有效的。』

美：『這次呢？』

夏：『有點不可思議。她在信上這樣寫：「如果你心中仍然有難以忘懷的人，不妨換個工作。有流水的地方，將會把你心愛的人帶到你身旁。」』

美：『這——』
夏：『當時，我桌上剛好有一本水族雜誌，這也是我的興趣。我翻開的那一頁上，剛好介紹的是「特拉雪」。所以，我才會在那裡。』
美：『心愛的人……』

『到此結束。雖然正是精彩的時候，但那時候，幾個小孩子圍在我身旁，露出納悶的表情看著我。我當然不好意思再聽下去。那些小孩子的媽媽也用狐疑的眼光看著我。雖然我相信，他們認為我是個無害的老人——』
嗯？父親看著我。
『你有什麼感想？我的心情很複雜。還沒有正式介紹，我兒子就失戀了。那麼漂亮的小姐，真是太可惜了。』
『嗯，對啊，她真的很漂亮。』
『而且，花梨也說今天就要離開了。看來，我這輩子永遠都追不上Sakuji了。』
他擔心的是這件事。真不愧是我父親。我忍不住苦笑起來。或許，這是父親安慰我的玩笑話。
『好了，我要開始吃東西了。我一路跑回來，想趕快告訴你，肚子都餓了。』
父親說著，拿起刀叉，大快朵頤地吃著眼前的料理。
『美咲小姐甩了你？』
花梨把身體靠了過來，壓低嗓門問。
『嗯，好像是這麼回事。』

『她真的要去法國嗎？』

『好像是這樣。』

『理由就這麼簡單嗎？』

啊？我轉頭看她，我們的視線交會，她一下子就看穿了我的心思。她的表情陰沉下來。然而，我無法解讀她的表情。對我來說，這比登天還難。

『夏目君的話好奇怪。』

花梨說。這次，她是發表公開的意見。

『夏目君是根據他姊姊信裡的指示，得以和一直愛在心頭的美咲小姐重逢。』

『如果是榮格⑱會稱之為共時性。』

『宗教家會說是上帝的旨意。』

『我認為是天大的巧合。世界上有太多無巧不成書的事。』

父親說著，把炸魷魚放進嘴裡。他到這個年紀了，一口牙齒全都是真牙，吃東西生冷不忌。

『但我終於了解他為什麼在時薪只有九百八十圓的「特拉雪」工作的原因了。』

聽我這麼說，花梨重重地嘆了一口氣。

『他真浪漫。哪像有人連我的長相也忘得一乾二淨。』

『不是忘記，而是記憶發生了差錯。』

『隨便你怎麼說。』

『可不可以允許我為愚兒辯護一下？』

父親說。我吃驚地看著他。他打算說什麼？

『你們之前不是曾經坐我的車去湖裡游泳嗎?』

花梨默默地點點頭。

『那時候,我幫你們拍了很多照片。』

『對,我至今仍然保存得很好。』

『其中有一張,是妳和智史在水邊潑水的照片。妳還記得嗎?』

『我當然記得。』

我坐立不安起來,感覺渾身不自在。原來如此,他要把這件事公諸於世。

『智史一直把這張照片貼在書桌前,還去護貝。雖然也有你們和佑司三個人拍的照片,但他最常看的就是這一張。』

花梨看著我。我沒有抬頭,下巴用力地僵在那裡。我想,我的臉已經紅得像熟透的柿子,但我假裝沒有發現。

的確,我很珍惜那張照片。老實說,至今仍然貼在我在公寓的房間內。在森林中一個小湖的湖畔,我們歡快地嬉戲著。花梨當然已經脫下了那件長外套,穿著深藍色的連身泳衣。她的胸部還沒有很豐滿,纖細的手腳更引人注目。濕濕的頭髮貼在額頭上。照片上的她正張大了嘴巴,不知道在叫什麼,可以清楚地看到她的齒列矯正器。我露出肋骨易見的白色胸膛和緊實的肚子,下面穿的也是學校規定的泳褲。照片上的我,看起來好快樂。事實上,也真的很快樂。那時候,人生才剛起步,覺得未來還有永無止境的時間。當時的我,想要早日長大成人,那是因為我真心認為,長大以後,會有許多

⑱Carl Gustav Jung,瑞士精神科醫生,共時性原理Synchronicity是他的重要創見之一。

比現在更快樂的事。看到自己那麼天真，那麼開懷的笑容，忍不住想要『喂，喂』地提醒照片中的自己：『別笑得這麼高興，在那個春天之後，你們將各奔東西。』

但這或許只是長大後的我在鬧彆扭。如今的我已經可以預見遙遠的將來，也因此變得不幸，因而對不顧未來的他們充滿嫉妒。

『智史整天都在看那張照片，所以無法想像現實中的妳，已經逐漸長大為成熟的女人。在我兒子心目中，妳仍然是在湖畔笑著潑水的小女孩。』

是嗎？花梨露出懷疑的表情看著我。應該吧。我對她頷首。我太害羞了，內心小鹿亂撞。父親怎麼可以如此毫無顧忌地打擊自己的孩子？雖然成功地為我辯護了，但我因此受到更大的打擊。

終於，父親也吃完午餐，我們離開了『FOREST』。離開前，花梨以擁抱和親吻臉頰，向萊納斯告別。

『這很正常啊，況且，這已經是最後一次了。』

走出餐廳時，花梨說。

『你也想要嗎？』

『才沒有咧。』

『哼，打腫臉充胖子。』

『隨便妳怎麼說。』

父親在一旁樂得哈哈大笑。

回到店裡，答錄機裡有留言。原來是夏目君的留言。

『呃，我是夏目。剛才很不好意思，花梨小姐，對不起，很遺憾沒能和妳一起共進歡送會的午餐。我想，你們大家已經猜到了，我和柴田小姐以前就認識，我們是高中同學——』

嗶的一聲，留言結束了。

『會不會太快了?你設定的時間太短了。』

我『噓』地制止了花梨，告訴她『接下來還有』。

『呃，我是夏目。至於她逃走的理由，其實，我向她告白了三次，她也拒絕了三次。她覺得很不好意思。所以，我就去追她——』

嗶的一聲，又進入了下一通留言。

『呃，我是夏目。於是，我們花了一點時間交談。啊，我也聽她說了和店長的事。所以，包括這一點在內，我們會再多聊一下，請允許我早退。花梨小姐，也請妳多——』

最後一通留言也結束了。我們三個人面面相覷。

『夏目君卯足了全力。』

花梨說。

『他是個正直的青年。』父親表達了他的感想。

『不知道他們兩個人會有什麼結果。』

『夏目的心意已定，接下來就要看那個女孩子了。反正她和我兒子已經沒關係了，他們之間應該沒有特別的阻礙。』

『好像很有希望的樣子。』

他們兩個人用徵詢同意的眼神看著我，我沒有答腔，假裝沒有發現他們的目光。但我在心中想，我和美咲小姐曾經是一對情侶，但彼此都是對方第二順位。原本以為這樣也無妨，但因緣際會，讓我們雙方相繼遇到了自己的最愛。既然如此，接下來就應該傾聽心靈的指示。加油，美咲小姐。我也會加油的。

『好了。』父親說，『我也差不多該走了。其實，我最近在車站大樓的文化中心學古典吉他。』

父親用右手做出彈吉他的動作。

『等我學會了，改天要不要聽我彈？』

父親彎著身子，探頭望著花梨的臉。

花梨一言不發地點點頭，用力吸了一下鼻子，然後，淚水像斷了線的珍珠般滑落。

『喂，喂，太誇張了，又不是從此不見面了。』

父親就像以前那樣，用他的大手撫摸著花梨的頭。花梨便撲倒在父親的懷裡，放聲大哭起來。

『怎麼了？怎麼了？妳看，妳這麼一哭，破壞了妳的形象。』

父親伸手抱著花梨的背，輕輕地拍著哄她。我好像是第一次看到花梨這麼毫無防備。她用力地抽泣著，吸了好幾次鼻子，不斷地呼喚著『爸爸，爸爸』。父親也安慰她說：『乖孩子，來，慢慢呼吸。』終於，花梨的抽泣聲漸漸小聲，間隔也越來越長。

『好，』父親說，『來，把頭抬起來。』

花梨順從地抬起頭，滿是淚痕的臉上擠出一個僵硬的笑容。

『好了，這樣才乖。來，擦一擦臉。』

花梨用父親遞過來的手帕，擦了擦被眼淚弄濕的臉頰和眼眶。

『我們約好改天再見囉？』

『好……』

花梨忍著淚水，連連點頭。

『我兒子也很孤單，偶爾來看看他。』

『好。』

『佑司應該也快醒來了。我們四個人可以像以前一樣，一起去吃水果百匯。怎麼樣？』

聽到這句話，花梨再度熱淚盈眶。

『好了，好了，不要哭了，分手要開心點。』

『好……』

『妳又不是去多遠的地方，反正改天還是會見面的。我雖然不了解具體情況，但妳趕快去那裡辦完該辦的事，再回來吧。我們在這裡等妳，這裡也是妳的家。』

好了。這次，父親從口袋裡掏出一包面紙。

『擤擤鼻涕。』

她順從地擤了鼻涕。

對嘛。父親豎起食指。

『我告訴妳一件事，』

花梨正用第二張面紙擦著鼻子，抬頭看著父親。

『這個世界上，有一種物理教科書上也不曾提到的強大力量。』

了解嗎？父親用眼神詢問花梨。她點點頭。

『這是比磁力、重力更強大的力量。無論相隔多麼遙遠，也不會減弱這種力量。無論去地球的另一端，還是去冥王星的另一端，或是在小熊星座的尾巴上，都可以感受到這種力量。這種力量是不是很強大？』

父親停頓了一下，似乎在等花梨完全接受這個概念。

『妳聽得懂嗎？』

父親問。

『我們就是因為這股強大的力量才會聚在一起。所以，即使過了十五年，我們仍然能夠重逢，對嗎？』

『對。沒錯。』

『既然這樣，我們日後一定可以再相見。』

『對。』

『所以，不要哭。』

『好。』

花梨最後又用力地擤了一下鼻涕，把面紙還給了父親。

『這種強大的力量叫什麼名字？』

花梨問。

『嗯，叫什麼好呢？』

父親說。

『每個人都不一樣，可以用自己認為最適合的名字來命名。』

父親再度把手放在花梨的頭上，瞇起眼睛微笑。

『好了，我快來不及了。花梨，妳快去快回，要多保重。改天，要記得回來這裡。』

花梨聽了，再度濕了眼眶。她『呼』地重重吐了一口氣，克制了湧上心頭的感情。她揚起嘴唇，無言地點點頭。

『好，真是個乖孩子。』

父親直視著花梨的眼睛，然後，轉身走去店外。花梨追了上去，我又追上花梨。父親仰頭看著灑滿春霞的天空，走在通往車站的下坡道上。他沒有回頭，但或許知道我們在看他，他對著天空，大聲地自言自語：

『很強大的力量。』

然後，用手指了指水藍色的天空。

『只要有這種力量，我們也可以和天空那一端的人心手相連。』

要記住這句話。

父親輕輕搖了搖豎起的手指，緩緩地走下坡道，終於，消失在路樹的那一頭。

那一刻，我感到身為別人的孩子是多麼幸福的事。當然，這也要視父母而定，但至少我對身為父親的兒子感到無比幸福。

花梨和我回到店裡，她說『我還有一點沒處理完』，便埋頭於電腦。我又像往常一樣，開始包裝要送出去的水草。如此這般，這一天的下午也在一眨眼中過去了，夜幕終於降臨。

12

我們隔著櫃檯相對而坐，吃著巧克力酥皮麵包。雖然這樣的晚餐有點寒酸，但她說『這樣就好』。我們喝的是212，聽說又推出了新品種。

『所以咧？』我問她：『妳幾點要走？』

她輕輕搖了搖撕下的一小塊酥皮麵包。

『等吃完這個。』

『那不是差不多了？』

『對，所以我才慢慢吃。』

她說。

『因為，有點捨不得。』

『妳非要今天走嗎？』

要在保持威嚴的情況下說這句話並不容易。當然，我也無法做到。那種語氣，就像是被獨自留在家裡的小孩子在問母親。

『對。』她說：『我昨天晚上已經說了。』

我們的談話停頓了好一會兒，兩人都默默撕著酥皮麵包，送進嘴裡。

『什麼時候回來？』

我把嘴裡的麵包吞下後，問花梨。

『妳不是和我爸約好了嗎？』

『但我沒有說是什麼時候，總有一天吧。』

『總有一天是哪一天？』

『正因為不知道是「哪一天」，所以才說「總有一天」嘛。』

是喔。

『你都快三十歲了，怎麼還在說這種孩子氣的話。』

『是喔，我也不太清楚。』

哇噢。她用誇張的動作看著我的臉。

『你彆扭的樣子很可愛喲。離開我有這麼難過嗎？』

我猶豫了一下，決定誠實回答。所剩的時間不多了，我打出手上最大的那張牌。雖然我知道比不上黑桃Ａ，但我已經竭盡所能。

『那當然。』我說。說完之後，覺得自己的心突然熱了起來。

『當然難過囉。』

花梨被我的坦率嚇到了，她似乎後悔自己半開玩笑地問出這個問題。

『花梨，妳呢？』

她顯得很困惑，幾乎用哀怨的眼神看著我。她在問：要我回答這個問題嗎？沒錯，我改變方法了，不再用緩敘法和委婉的表達方法。這只是避免自己受傷害的便宜行事，但如今的我，已經不再懼怕受傷害。我更害怕自己毫無作為地就這樣失去她，往後的日子，都會陷入極度的後悔和自我憐憫。

『當然。』她說：『我當然很痛苦。這一點，我昨晚已經告訴你了。』

她說話的感覺，就像一邊思考，一邊輕輕移動棋盤上的棋子。深思熟慮的對白，和真相有一定的距離。

結果，我只能說那句話了。光是在腦海中思考這句話，就讓我直冒冷汗。然而，如果現在不說，我一定會後悔。很少有這麼難以啟齒的真心話。不，這和由誰說出口也有很大的關係，我記得尼克．宏比⑲好像曾經在自己的小說中，說這種行為簡單得如同生理現象。這個世界上，有很多像他一樣的人。但我相信，也絕對有做不到的人。我很確定這一點，因為，我自己就是最好的例子。

『我希望妳不要誤會，』我先說了這句開場白。

『什麼？』

『我想，妳可能還沒有發現。』

『到底是什麼事嘛？』

『我喜歡妳。』

此話一出口，我的脈搏迅速加快，心臟幫浦輸出的血液快速衝向全身。我失控了，變成只會說出真相的自動人偶，我變成了告發自己的告密者。

『這不光是友情，而是我身為一個男人，喜歡身為女人的妳。對，我愛妳。』

不知道是否視力減退還是怎樣，我看不到她的表情，開始不安地繼續喋喋不休。

『從十三歲第一次看到妳，我就一直喜歡妳。即使在這十五年中，我也始終牽掛著妳。所以，我很高興能夠和妳重逢。』

我拚命眨眼睛，卻仍然看不到她的表情。花梨始終不發一語。

『但因為有美咲小姐的關係，我無法把自己的心意說出口。一方面是因為道義上不允許我這麼做，另一方面，這也很不負責任。所以，我打算和美咲小姐說清楚。雖然暫時還不可能說，但我會找機會告訴她，我們還是無法交往下去。這才是所謂的正常程序吧？但沒想到，事情突然變成這個樣子——』

『即使我已經告訴你，我要離開，你仍然要這麼做？』

聽到她的聲音，我鬆了一口氣。她的聲音中沒有焦躁和困惑，只是急切想了解我的心意。

『嗯，對啊。妳要離開了，我和美咲小姐也分手了。也就是說，我又回到了兩個月前的狀態。孤單一人地思念著妳，等待妳的歸來。』

『不行。』她說。我以為自己聽錯了，轉頭看著花梨，她的眼神證實了這句話。心臟的幫浦開始倒轉，這次，腦子的血液好像完全被抽走了。然而，我不能臨陣退縮。

『要不要等，是我的自由，我會自己決定。』

我的語尾發抖，但視線卻沒有移開。

『拜託你……』

花梨說。這句話好像一把揪住了我的心，令我心痛不已。她是真的在懇求我。

『妳討厭我嗎？』

我下意識地這麼問。既然說出『我愛妳』，當然不想說出這句對白。

『我怎麼可能討厭你。』

她的聲音中帶著憤慨。花梨神經質地撥起頭髮。

『你也稍微學學人家夏目君嘛，即使不用說，也應該可以察覺。你至少也要說，怎麼可能看錯自

⓳Nick Hornby，英國作家，著有《非關男孩》、《失戀排行榜》等暢銷著作。

己喜歡的女人發出的訊息。』

『不，當然是這樣沒錯啦。但是——』

吼！花梨發出焦躁的聲音。

『我喜歡。智史，我喜歡你！這樣總可以了吧？』

可以。我回答說。我被花梨的氣勢震懾了，一臉呆然地愣在那裡。但我的心裡卻很冷靜。我終於找到了說服她的理由。在此之前，我努力使激動的心平靜下來。

『否則，我怎麼可能特地來找你。』

花梨說：

『我的心意和你一樣。我也在戀愛，從十三歲開始就在戀愛。只是，我把這份心隱藏在長外套下。』

『是我嗎？』

『對，沒錯，我不可自拔地愛上了這個還在問「是我嗎？」的木頭。我之前只說欣賞你，但其實根本不是這麼一回事。光是看你一眼，我就心跳不已，好像快心臟病發作了。應該說，這也是一種病，無藥可救的病。』

『我沒有發現。』

呼。她大大地吐了一口氣。她拚命撥著頭髮，彷彿在平靜自己的心情。

我說：

『我沒有發現——我沒有發現妳已經到了這個地步。』

『那我還真要感謝你。』

她變得很有攻擊性，試圖掩飾其他的感情。

『我拚命掩飾，但當你沒有發現時，我又覺得很火大。』

『好複雜。』

『那倒也不是。我只是因為害怕，才不敢說出來。如果你先說的話，我會像小狗一樣搖著尾巴撲過去。』

『妳的演技太完美了。姑且不管別人，但我完全沒看出來。』

『我不是和你接了吻嗎？』

『我上次也說了，我以為是妳察覺了我的心意，所以才基於同情和我接吻。』

『我足足煩惱了三天吔。』

『但我不知道妳有這種想法。』

『對啊，我們還真是不幸，足足花了十五年的時間，才有足夠的勇氣告白。』

就是嘛。繞遠路也該有個限度。我們失去了太多的歲月。但我不打算繼續繞遠路。

『啊，我覺得好暢快。』

花梨說：

『把藏在心裡的話說出來，心情太暢快了。』

『我也是。』

『我原本不打算說的。』

說著，花梨咬著嘴唇。

『即使沒有美咲小姐的事，我也打算在維持友情的情況下離開。』

『為什麼？』

『我都要離開了，這樣不是很不負責任嗎？』

花梨打斷了我的話，繼續說：

『我一直很珍惜這份初戀。我一直掛念著他，所以才來見他——這不符合我的個性。』

『但我很慶幸知道妳的心意。這也讓我明確決定了日後的做法。』

她用不安的眼神看著我。

『你的意思是……』

『我不是說了嗎？我會等妳。既然已經知道了妳的心意，我沒什麼好猶豫了。』

花梨痛苦地搖著頭，然而，我並不是沒有心理準備就說出這些話。至今為止，我們一直在原地打轉。今天，我要向前邁進一步。我必須說這些話。

『無論妳有什麼問題，我都會等妳。妳可以慢慢治療。妳父母是不是在那個城市？妳打算去那裡療養嗎？』

我假裝問得很不經意，內心卻很明白，或許事情比我想像得更嚴重。或許我需要等待很久。我已經做好心理準備了。

花梨用雙手捂著臉，一次又一次地深深嘆息。我沒有催促她。我聽到水族箱冒出氣泡的聲音，聞著水的味道，凝視著她的長髮。好漂亮的頭髮，我想伸手觸摸。還想摸摸她光滑的臉龐，還有那漂亮的嘴唇。

她的嘴唇慢慢張開。

『我把實話告訴你。』

花梨抬頭看著我。

『聽了之後，你就知道等我也是白費力氣。』

13

花梨拿起已經喝空的杯子，走進櫃檯裡，拿起茶壺，倒了212後，再度走了回來。謝謝。我道謝後，接過杯子，喝了一口。柑橘的芳香在口中散開。花梨在晚餐前告訴我，這是檸檬香茅加薄荷的配方。雖然213已經出來了，但因為加了肉桂，她不喜歡。我又喝了一口212，等待花梨的下文。

她低頭看著櫃檯，靜靜地娓娓道來。

『智史，我不是告訴你，我有一個姊姊嗎？』

『對，妳說過，在妳九歲的時候過世了。』

『沒錯，我是這麼說過。』

花梨停頓了一下，繼續說：

『但其實她還活著。』

我有一種預感，似乎即將聽到離奇的故事。我一言不發地等待她說下去。

『她比我大一歲，今年三十歲。』

『她在做什麼？』

聽到我的問題，她露出意味深長的笑容。我說了什麼稀奇古怪的話嗎？她不禁放鬆了臉部肌肉，好像我說了什麼天大的笑話。

『你還記得小時候的事嗎？』

花梨問。

『小時候的什麼事？』

『我三不五時地離開你們，擅自行動。』

『喔，對啊。我問過妳，妳說是「女人有很多事要忙」，沒有正面回答我。』

對，沒錯。她說。

『其實，我是去看我姊姊。』

『妳姊姊？她沒有和妳住在一起嗎？』

她搖搖頭。

『沒有。我姊住在鄰町的醫院。』

我們姊妹的感情很好。花梨說。

『雖然我們差了一歲，但長得很像，好像雙胞胎。』

『她叫鈴音，對不對？』

『對，鈴音。我們總是玩在一起，想法都一樣，好像是一種精神雙胞胎，我想，我們的心一定在某個地方連在一起。』

她用手托著臉頰，表情很放鬆。她已經拋開了掩飾的演技，暢所欲言。

『我們經常做夢。』

『做夢？』

『對，做夢。在沉睡時造訪的世界。』

『喔，原來是這個夢。』

『不久，姊姊和我發現了一件奇妙的事。那時候，我只有七歲。』

她瞇著眼睛，看著我的背後。

『我們經常做相同的夢——應該說，我們一起造訪了相同的夢境世界。我們總是出現在相同的夢境中。』

喔。

她的故事逐漸遠離了日常。我沒想到花梨會告訴我這些事。我原本以為，她會說『檢查發現，我腦子裡有一個腫瘤，這是導致我嗜睡症的原因。不過沒關係，醫生說可以治好』之類的話，所以一直屏氣凝神地傾聽。但現在，我有點茫然不知所措。

『那是怎樣的地方？』

她輕輕搖了搖頭。

『我說不清楚，就好像要我說明這個世界上不存在的顏色。我只能說，那個地方很令人懷念，令人感到溫馨。』

『就像那個城市般令人懷念嗎？』

對。她頷首同意。

『就像那個城市般令人懷念，有熟悉的人等待著我們。』

『這不是妳的主觀？』

『當然不是。因為，我姊姊也看到了相同的夢境。醒來之後，我們會相互確認彼此在夢境中說過的話。』

喔。

『你好像不太相信。』

怎麼說呢？榮格或許會稱之為共時性，我父親會說是天下無巧不成書吧。

沒關係。花梨說。

『我知道你不可能完全相信，因為，這畢竟太奇妙了。就連我自己，有時候也難以相信，以為只是接連做了幾個可以延續的夢。』

『嗯。』

『總之，我知道做這種夢很不尋常。我相信，我們姊妹的心理構造和其他人不一樣。不尋常的心才會做出不尋常的夢。』

『但我們有時候也會有這種感覺。』

『什麼樣的感覺？』

『就是舊地重遊的那種懷念感覺，我們也會做這樣的夢。』

我想起了和母親共度的那個夢境的房間。

是啊。她點點頭。

『也對，這並不是我們特有的專利。夢境是屬於大家的。』

總之，是這樣的夢境。她說。

『嗯，是這樣的夢。妳繼續說下去。』

我催促著她。

『——於是，我漸漸害怕起來。』

『害怕做夢？』

花梨慢慢點頭。

『因為，我快被夢境囚禁了。』

『囚禁？』

『對。因為，睡眠的時間逐漸變長。這令我有一種恐懼，似乎總有一天無法擺脫夢境。』

花梨停了下來，看著我的眼睛。

『你剛才不是問我，我姊姊鈴音現在在做什麼嗎？』

我發現她又露出了意味深長的笑容。

『原來，妳姊姊至今仍然——』

『對。從十歲的時候開始，她已經整整沉睡了二十年。』

十歲的某一天，她就進入了長眠。從那之後，就一直躺在醫院的病床上。

『那一天，只有我回來了，把她留在夢境裡。因為，我好害怕。我不想離開爸爸、媽媽，也覺得那個世界不屬於我。』

她瞇著眼睛，看著燈光已經調暗的水族箱，彷彿在探尋過去。

『我苦苦央求，說我要回去。在夢裡，我四處徘徊，一直在尋找回家的路。好像夢境本身也有意志，不想讓我離開。』

『但妳還是回來了。』

『對。但當我醒來時，已經整整睡了一星期。我不知道什麼時候和姊姊失散了，她沒有回來。我姊姊很喜歡那裡，喜歡那個令人懷念、感到溫馨的奇妙地方。』

花梨靜靜地繼續說。

『從此之後，姊姊就一直沉睡不醒。雖然年齡逐漸增長，但她沉睡的臉龐看起來依然是少女。醫生嘗試了各種治療，卻無法讓她醒來。我們也曾經幫她換了很多家醫院，結果都一樣，她仍然留在那裡。』

『花梨，妳怎麼樣？妳還會去那裡嗎？』

花梨用力看著我的眼睛。我沒有避開，迎接她的視線，發現她的眼眶濕潤。

『今天晚上，』她說：

『我就要去那裡了。』

我一直躲得遠遠的。她說。

『這和普通的夢不一樣，入口位在深層的睡眠底層。只要維持淺眠的狀態，就可以和那個世界保持距離。所以，我一直都在吃藥。』

『這麼說，那種藥——』

『對，是避免熟睡的藥。我只能在黎明時分小睡一下，這種生活，已經持續了二十年。』

我啞口無言，她微笑以對，似乎在說『沒什麼大不了的』。

『習慣就好，而且，對我來說，睡眠的意義應該和其他人不同。總之，我害怕被那個夢境囚禁，儘可能避免自己熟睡。我自己很清楚，一旦被夢境囚禁，我就會像姊姊一樣。所以，我一直硬撐著。』

她露出傷感的微笑。

『我想要告訴自己，我和姊姊不一樣，所以，才把頭髮剪得像男生一樣短，穿褲子取代裙子，說話也像男孩子，假設自己和姊姊完全不一樣。』

『所以，才會——』

『對，所以，我才會那樣打扮。』

『妳為什麼不早告訴我？』

聽到我的話，花梨拚命搖頭。

『我做不到，那時候，我覺得自己生了很丟臉的病，況且，我最不想讓你知道。』

『我最不想讓你知道』這句話，令我心如刀割。正因為這樣，我才應該主動去發現的。不是別人，正是我。

她喝完紅茶，輕輕嘆了口氣，又繼續說了下去。

『藥吃久了，都會產生依賴性。』花梨說。

『當身體習慣某一種藥時，就要換另一種藥。藥性也會越來越強，但身體還是會適應這種藥。況且，藥物的副作用也是另一個問題。所以，我已經到了極限。』

『極限？』

『已經沒有更強的藥，而我現在吃的藥已經漸漸失效，我的睡眠越來越深。雖然我每天小睡一小時左右，但已經離那個世界越來越近了。』

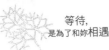

『越來越近是怎麼回事？』

『我不知道該怎麼解釋，我覺得自己越來越稀薄，飄在半空中，看著那個地方。』

『好像幽靈一樣。』

『對，沒錯，真的是那種感覺。而且，我可以感受到自己的密度逐漸增加。漸漸有了重量，將會擁有不被風吹走的肉體，在那裡拋錨、生根。』

『從什麼時候開始有這種感覺的？』

『我參加電影節得獎的時候開始的，剛開始，只是很微弱的徵兆。』

她微微偏著頭。

『而且，我也累了，想要好好睡一覺。我知道，自己既不適合當模特兒，也不適合當明星。』

『但那時候，妳的星路不是很順遂嗎？』

『當我發現自己所剩的時間不多時，就改變了優先順序。想要追求幸福，就要和你，和佑司在一起，而不是繼續工作。』

我也有過相當的戀愛經驗。她說。

『但對我來說，十四歲時的那場戀愛最刻骨銘心。』

我們的視線交會，靜靜地相互凝望著。我有一種不可思議的感覺。我沉浸在悲傷中，同時又激發出悲壯的決心。曾幾何時，每天晚上，在芒草原陪伴她的那份充滿熱情的氣概甦醒了。

『我很高興妳來找我。』

我說。

『對，我也覺得見到你真好。雖然我不知道那一天什麼時候會出現，但我仍然想要和你在一起。

即使你和美咲小姐結婚，我也沒關係。我只想在你身旁看著你。是不是勇氣可嘉？』

『真的，一點都不像妳。』

『但這才是真正的我，不要被我的外表迷惑了。』

『是啊。』

我們相視而笑。

『現在，我們了解了彼此的心意，真的不能有多一點時間體會這份喜悅嗎？』

我又問了她一次。她還沒有告訴我，必須今晚啟程的理由。

『很遺憾，真的不行。』

『因為佑司嗎？』

她停下手，看著我的眼睛。

『你為什麼會這麼覺得？』

『我只是亂猜的。』

『我給你太多提示了。』

『也許吧。』

對，沒錯。她點頭。

『我要去把他叫回來。』

『他也被夢境囚禁了嗎？』

『對，他在徘徊，在迷惘。繼續這樣下去，不用多久，他就回不來了。佑司再也回不來了。』

14

我隱約可以體會，那是個怎樣的地方。不同的人，用不同的詞彙，用不同的表達方式描述過『那個地方』。

『那個地方——』

聽到我的囁嚅，花梨抬頭看著我。

『我覺得是像《青鳥》中回憶的國度。』

對，也可以這麼說。

『總之，是一個不可思議的地方。』

『對。』

『但知道有這麼一個地方，給了我很大的安慰。』

『對啊，我也有同感。』

不知道是否有了睡意，她輕輕打了個呵欠。她發現了我的視線，落寞地笑了笑。

『我早上開始就沒再吃藥。所以，這次睡著以後——』

『鬧鐘也叫不醒妳……』

『你別這麼沮喪，這是最理想的方法。我早晚會去那裡，既然這樣，稍微提早一點又何妨。況且，現在還來得及把佑司叫回來。我有這樣的感覺。』

她的這句話就像天啟般，喚醒了我的記憶。

『難道——』

我為這個事實感到興奮。

『小時候，佑司掉進葫蘆池時，夢中遇見的少女——』

可能吧。花梨說。

『我沒有明確的記憶。當時，我還很小。但佑司一直堅持說是我。』

『果然是……』

『這代表我們姊妹不尋常。我或許有能力做到。』

花梨握著我放在櫃檯上的手。她的手依然冰冷。

『你想想看，』她說：

『這一定是誰為我們準備的劇本，有著完美結局的劇本。你不覺得嗎？我們三個人能夠以這種方式重逢，應該不是偶然。我千辛萬苦地找到你，是為了拯救佑司。你不覺得嗎？你這個人，或許有催化劑的性質。』

『催化劑？』

『對，你可以成為一種契機，讓周圍的人產生化學反應。就像夏目君和美咲小姐，等於是你重新撮合了他們。』

『那倒也是——』

『我們的重逢意義深遠。這就是你父親所說的，無巧不成書吧。』

即使如此，大團圓才算是完美結局。我想了一下，對花梨說：

『我知道了。』

我努力擠出一個笑容。

『花梨，妳說得對，妳們姊妹或許真的會被吸入夢境深處的另一個世界，也可以像這樣，具有把別人喚回來的能力。』

我握緊花梨的手。

『我也拜託妳，請妳把佑司喚回來。他在這個世界，還沒有享受到屬於他的幸福。上帝虧欠他太多了，他必須活到一百歲，領取足夠的幸福年金。』

花梨點點頭，我立刻接著說：

『而且——花梨，妳也要記得回來。妳和妳姊姊不一樣，不需要長眠。』

她張了張嘴，欲言又止，我打斷了她。

『我決定等妳。當妳知道有人在等妳，就會記得回來，不是嗎？』

她緊咬著嘴唇，拚命搖頭。

『不行。』

她痛苦地呢喃。

『不要等我，我不想破壞你的人生。沒有人能夠保證我會醒來，光憑我的意志，根本無能為力。』

『但這種賭盤並不算太差。如果佑司可以回來，妳也一定可以——』

『我們不一樣。我剛才不是說了，我們的心理構造和別人不一樣。我們在降臨這個世界之前，就已經有一條無形的線，把我們和那個世界連在一起了，所以，才會像幽靈一樣。』

『不過，妳的氣色倒是很好。』

花梨用含淚的雙眼瞪著我。

『不要開玩笑。所以，我才不想告訴你，如果我不告訴你真相就離開，你就無從判斷，日子一久，就會厭倦繼續等待。這麼一來，我也就能夠毫無牽掛地沉睡……』

她突然閉口不語，低下了頭。遮住臉龐的長髮反射著柔和的光線，她的手在我的手中微微顫抖著。低頭一看，她的手背上的靜脈呈現鴨跖草的花朵般的顏色，形成英文字母的K的圖案。

『好吧，我和妳約定。』

我用溫柔而充滿自信的聲音說：

『我會尋找自己的幸福。』

她抬起頭，濕潤的眼睛充滿睡意。

『什麼意思？』

『就是字面的意思。我會努力讓自己幸福。』

她用懷疑的眼神看著我。

『定義一下你的幸福。』

原來如此，她用這種方式考我。我稍微思考後回答：

『和我所愛的人結合，走完這一生。』

『尋找一個我以外的人嗎？』

花梨問。

『嗯，在這個天空下的某個地方，我生命中的白雪公主。』

我真的會努力。我向她發誓。

『真的嗎？』

『真的。』

我會努力。這是我的肺腑之言。但我知道，從今往後，我不會再愛花梨以外的女人。所以，到頭來，我仍將是孤單一人，在這個店裡等待花梨。我並沒有騙她。到時候我會說：我雖然努力了，但沒有成功。

十五年來，我日夜思念著她，也曾經試著和第二順位的女人交往。但我也從中學習到，不要勉強自己。我不適合複雜的戀愛。應該說，我沒這個能耐。十五年，一轉眼就過去了。當我四十五歲時，回想起今天的事，一定會有這種感想。當我六十歲時，也會如此回顧四十五歲的自己。既然如此，何不讓自己簡簡單單過日子。這是容量的問題，我的抽屜都被她填滿了，根本沒時間拈花惹草。事情就這麼簡單。

『怎麼了？』

她看著我的臉問。

『什麼怎麼了？』

『你好像很高興的樣子，是不是有什麼企圖？』

沒有。我搖頭否定。

『我發誓，我會努力。』

聽到我一再重申，她仔細端詳我的臉，考慮了很久，終於做出了裁決。

『我相信你。應該說，我只能相信。我不希望因為我這樣來找你，就改變了你的人生。沒問題嗎？你要幸福喲。』

嗯，我點頭，隱藏起內心的竊笑。

『對了，』我問她：『妳說說看，妳對幸福的定義。』

她聳了聳肩，很乾脆地說：

『和你一樣，相愛。永遠相愛。』

妳看吧。我在心裡攤開雙手。所以，我已經很幸福了，以後，將會更加幸福。即使天各一方，即使無法交談，即使在同一個天空下，我所愛的女人在故鄉的夢境中沉睡。而且我知道，她有多麼愛我。如果這不是幸福，那又是什麼？雖然等待沉睡的人醒來，是很奇妙的遠距離戀愛，但這也是一種樂趣。從某種意義上來說，這不是很簡單、很適合我的戀愛嗎？如果這是上天的安排，那我決定遵從天上的那位某某對我的安排。隨波逐流，聽憑命運的擺佈。

『要不要去我房間？』

我略微緊張地問她。

『我有東西要拿給妳看。』

花梨好像第一次受邀約會的少女，露出期待和不安的表情。

『是什麼？』

『妳看了就知道了。』

她點點頭，從高腳椅上站了起來。我走在她前面，走上樓梯，打開『我家』的大門。

『歡迎。』我說。

『這就是我的房間。』

15

『好小。』

這是她走進我房間後的感想。

『但比我想像中乾淨。』

我把腳下的水族雜誌踢到床底下，對她說：

『如果太亂，會沒地方睡覺。』

『你的床好可愛。』

『我這麼大的個子，睡這張單人床有點擠。』

她坐在床上，重新打量著房間。

『但好好玩，感覺真的是男生的房間。』

『都是些垃圾。』

『裡面是廚房嗎？』

『對，還有浴室和廁所。』

『像公寓的套房。』

『以後會再擴建，還有空間。』

『好棒。等存夠了錢嗎？』

『嗯，應該說，等結婚的時候——』

『喔，是喔。對嘛。』

她不經意地拍了拍床上的灰塵。

『對了，』我指了指床腳的牆壁。

『妳看那個。』

『那是什麼？』

她從床上爬了過去，跪在床腳的地方。她看清楚後，滿臉驚訝地看著我。

『這是——』

『對啊。』我說。

『是佑司畫的畫。那天分手的時候，他給我的，畫的是那個城市的風景。』

她用認真的眼神盯著那幅畫。

『是從我房間看到的風景。』

『對，我記得。我去你房間時，曾經看到過。』

她輕輕撫摸著裝著畫的畫框。

『好懷念……』

『像這樣掛在牆上，感覺那裡有一扇窗戶，從那扇窗戶，可以看到那個城市的風景。』

『對。雖然時間和地點都改變了，但卻是那時候的風景。』

『窗外，有一望無際的農田，冬天很冷。』

『所以，我們三個人和那隻狗總是蜷縮在水泥管裡。』

『我們每天都聊些什麼？』

『都是些無關緊要的事，卻讓人感到很高興。』

『夏天的時候，大家都去採集水草。』
『卵葉水丁香……』
『答對了，還有綠葉眼子菜和水韭。』
『我們還曾經去抓螢火蟲。黑暗中，三個人手拉著手——』
真想回到那個時候。花梨說：
『真想穿過這個窗戶，回到那個時候的那個城市。』
『我也常這麼想。雖然我不知道，為什麼年紀輕輕的，就變得這麼懷舊。』
『但普魯斯特⑳也是在三十幾歲時就開始寫《追憶逝水年華》，這是人與生俱來的本能。』
『追憶逝去的時光嗎？好像鮭魚的歸巢本能。』
『距離越遙遠，時間所產生的向心力越強大。這種力量和距離成反比。』
『這麼說，這種懷念的感覺會越來越強烈。』
『對，像是幼時母親的懷抱，或是小時候聽過的歌，都會特別吸引人。』
『就像我們回到了初戀。』
『對，就像我們一樣。』
她下床後問我：
『浴室可不可以借我沖個澡？』
她問得很唐突，我一時來不及回答。
『好啊。』
『你不要有非分的期待。我只是想在沉睡前，把身體洗乾淨。』

『那當然。』

『當然？』

『我當然也是這麼想。』

她嫣然一笑，然後，用力推了我胸口一把，從我身旁走了過去。我有一種奇怪的無力感，一屁股跌坐在床上。浴室裡傳來她的聲音。

『這裡也好乾淨。』

聽到她的聲音，朝廚房後方望去，正好看到花梨脫下牛仔褲。我的目光忍不住被她豐滿的下圍所吸引。花梨發現了我的視線，露出愉悅的神情。

『沒關係，』她說。

『敬請觀賞，反正下次也沒有機會了。』

沒有啦。我說。

『什麼「沒有啦」？』

她用腳勾起牛仔褲，拋向空中。牛仔褲畫出弧度，消失在我的視野外。

『沒有啦──我只是覺得妳的下圍很豐滿。』

九十五。她說。她把手指伸進白色內褲，面對著我站著。

『九十五？』

『下圍的尺寸。比珍妮佛．羅培茲少三公分。還想知道什麼？』

⑳Marcel Proust，一八七一年到一九二二年，出生於法國奧特伊。

『沒有，好了，已經足夠了。』

『你還真不貪心。』

花梨把手指從內褲中拿出來，直接抓著T恤的下襬，脫下T恤，露出細長的肚臍和款式簡單的內衣。豐滿的胸部和她的臉頰一樣，綻放出繪圖紙般的光澤。我突然想起十四歲的夏天，第一次在森林的湖水中看到她穿泳裝的樣子。在這十五年期間，她長大了。不，這樣的表達方式太含蓄了，應該說，原本像芭比娃娃般的纖細身體，變成了在泡泡中誕生的愛神。

『最近胖了。』

花梨說。她把手伸向背後，想要脫下內衣，我趕緊低頭看著地面。雖然她剛才說『敬請觀賞』，我並不需要刻意迴避。但這是我個人的原則。她並沒有理會我，繼續說了下去。

『去吃了四次蛋糕吃到飽。太好吃了。和吃蛋糕的幸福比起來，腰圍粗個兩公分太划算了。』

『增加了兩公分嗎？』

『對啊，已經超過六十公分了，還好現在已經沒有人在意這種事。』

『不，我很在意。關於妳的一切，我都很在意。』

『是嗎？』

我抬起頭，看著她和我之間的曖昧空間。剛好看到她彎下身體，把腳從內褲中抽出來。

『沒錯。』我說。

『沒錯？』

『沒錯，增加了兩公分。』

她『吼，吼』地發出威嚇的聲音，但立刻吃吃笑了起來。

『拜託你一件事。』花梨說。

『什麼事？』

『可不可以去下面幫我拿替換的內衣？我剛忘了拿。』

『嗯，好啊。』

『我特地為今天準備的，放在行李袋的側袋。』

這句話，突然把我拉回了現實。她的語氣，好像在說參加舞會的晚禮服，但其實這件內衣的意義更加沉重。

我起身走向通往樓下的那道門。我握著把手，正準備推開門，不經意地回過頭，剛好和全裸的花梨四目相接。她交叉的雙腿，倚靠在盡頭的牆上，一隻手遮著胸部。她臉上露出從容的笑容，另一隻手輕輕揮著，彷彿早就知道我會回頭。我慌忙回過頭，幾乎是連滾帶爬地走下樓梯。

走進櫃檯，尋找她的行李袋，發現塞在長腳椅下。她剛才說在側袋裡，我打開側袋的拉鍊。第一個側袋裡放了一把萬用刀。顯然不是。我又打開旁邊的拉鍊，伸手一摸。從手摸到的感覺，知道那是一本書。拿出來一看，是新出版的《Peanuts》。我立刻想起來，那正是她以前在垃圾山的『客廳』裡經常看的漫畫。她說，她有好幾十本這一系列的漫畫，這應該是其中的一本吧。雖然很舊了，但很顯然，她呵護得很仔細。我覺得很懷念，隨便翻了翻，一張小卡片掉在了地上，可能是她夾的書籤。我撿了起來，翻過來一看，有那麼一小段的時間，我遲鈍的腦袋費力思考著。

我放在公寓房間的照片，為什麼會跑到這本《Peanuts》裡？

沒錯，就是那張我和花梨在森林的湖中戲水的照片。

仔細想一下就知道，這個世界上，並非只有一張那樣的照片。但我花了好幾秒的時間，才領悟到這個事實。她把加洗的這張照片夾在書裡，隨時帶在身上。原來是這樣。這也是無巧不成書。十五年來，我們在思念初戀情人時所看的照片，竟然也完全一樣。當花梨聽到父親提起這張照片時，對自己皮包中偷藏著雙胞胎的另一半，不知道有何種感想？從她當時沒有說話來看，她應該也覺得很不好意思吧。她一定會說『這不符合我的個性』。正因為我也這麼認為，所以，此刻才會感到如此意外。我突然害羞地紅了臉。比起她當面向我告白，從這種偷窺行為中了解到她的心意，更令我感到心跳不已。一絲不掛的她，無論肉體和靈魂都那麼惹人憐愛，又充滿刺激。

當我意識到時間已經過了好久，趕緊把照片和書放了回去，打開最後一個側袋。我把手伸了進去，摸到柔軟的觸感。拿出來一看，是一個蕾絲的袋子，用繩子把袋口綁緊了。打開一看，裡面是一套純白的內衣，樣式很簡單，沒有任何裝飾。當然是全新的，否則，她不可能叫我拿。她將穿著這套睡衣走入沉睡的世界。想到這裡，就覺得這塊潔白柔軟的布，是神聖儀式的衣裳——走入天界時所穿的禮服。我想像著她穿著這套內衣沉睡，展示給我看的樣子。雖然美得令人窒息，卻也令我想起了『死亡』，不禁悲從中來。我看到的似乎不是她，而是『永遠的離別』這幾個字，心情格外沉重起來。我用力閉起眼睛，把這個影子趕到黑色背景的盡頭。取而代之的，是她在浴室微笑的影子。在細長的肚臍下，她的恥毛像山泉底的水草般，柔軟地擺動著。

回到二樓，我直接走去裡面的浴室。她正在毛玻璃門後淋浴。

『怎麼這麼久？找不到嗎？』

肌膚色的輪廓搖晃著，我知道她正面對著我。

『不，沒事。我放在這裡囉。』
『謝謝。不好意思。』
『不，沒事啦。』
『我還在後悔，給了你太多的資訊。』
『別小看我。』
我的話音剛落，就聽到她爽朗的笑聲。對，保持這樣的氣氛到最後一刻。我心裡這麼想著，回到了房間。
坐在床上，思考著所剩不多的時間，又想著未來漫長的路，以及花梨所說的，那個不可思議的夢境世界。雖然令人難以置信，但我發現，自己正努力相信。如果那個地方『客觀』存在，的確是一個莫大的安慰，似乎可以比現在更輕鬆地呼吸。
抬頭一看，突然發現花梨已經近在眼前。她在內衣外，套了一件特拉雪的T恤。特拉雪正在她的雙峰之間，露出困惑的表情。
『借我穿。』
花梨說。
『我看到你晾了四件相同的T恤。』
『嗯，這是我的居家服兼睡衣。一共有七件，我一個星期洗兩次。』
『我發現特拉雪下面印了編號，這件印著二十八號。』
『開幕時，我總共做了三十件送給客人留作紀念，剩下七件，剛好留下自用。』
『這麼說，只有二十三名客人？』

『好像是。』

花梨仰頭看著天花板，像魔術師般把雙手在胸前攤開。

『這麼說，想要增建房子，還有得打拚囉？』

『就是這麼回事。』

她在距離我五十公分旁邊坐下，以屁股為軸旋轉後，躺在床上。她『呼』地吐了口氣，說『好舒服』。回頭一看，發現T恤翻了起來，露出內褲和柔軟的下腹。

『這樣會增加你的困擾嗎？』花梨問。『我是想要回饋你一下。』

『不，我深有感慨。那個花梨竟然長這麼大了，讓我有了新奇的發現。』

『想做愛嗎？』

花梨問。她的表情很認真。我還沒回答，她搶先開了口。

『我想。我想要被你抱在懷裡。』

『我絕對不能懷孕。不然，我在熟睡的時候，肚子變大了，可就傷腦筋了。』

但是，花梨說：

『嗯，對喔。』

你知道玫瑰公主的故事嗎？花梨問。

『我沒聽過。』

『《格林童話》中的故事。公主惹惱了女巫師，遭到毒咒，被紡錘刺到手指，沉睡了一百年。』

『喔，原來是《睡美人》。』

『對，那是法國版的。但義大利版的就更可怕了。』

『是怎樣的故事？』

『公主陷入沉睡之前的故事大致相同，不同的是，當公主沉睡後，有一個國王出現了。』

『喔。』

『這個國王很高招，他竟然讓沉睡的公主懷孕了。而且，當他離開公主時，完全忘了這件事。』

原來如此。我知道她說這個故事的理由了。

雖然明知道是人們想像出來的故事，但那個國王的放蕩行為，和我的行為規範相去甚遠，令我實在難以想像。

竟然讓沉睡的公主懷孕？

『而且，不久之後，公主在沉睡中，生下了一對雙胞胎。嬰兒吸著她的母乳，慢慢成長。』

『這對雙胞胎更厲害。』

『對，真是很獨立的孩子。』

『好像蜘蛛的孩子。』

聽到我的話，她露出掃興的表情，但立刻恢復正色，繼續說了下去。

『嬰兒想要吸母乳時，不小心吸到了公主的手指，結果，就把公主手指上的刺還是線之類的吸走了，公主就醒了。之後，又遇到了很多事，最後，終於和那個國王有了美滿的結局。』

『美滿的結局？』

『故事是這麼說的。』

哼。我用鼻子出氣。因為，我覺得結局一點都不美滿。這個故事根本是在說一個自私男人。難道，這個男人的字典裡，沒有克制心這個詞嗎？而且，唯唯諾諾地接受這種用下半身思考的男人行為的公主也有問題。

『如果我懷孕的話，不知道寶寶會不會把我叫醒？』

花梨看著天花板說。

『應該不可能。我認為，這個故事是自私的男人為了把自己的行為正當化，故意編出來的。』

『只是民間故事嘛。』

『我知道。』

看到我憤慨的樣子，她吃吃笑了起來。

『智史，你家裡應該沒有準備保險套吧？』

花梨問。

『當然沒有。』

我說：

『這就像住在沙漠的人不需要帶傘一樣。』

她仍然凝視著天花板，點了點頭。

『既然這樣，就要避免冒險。』

『我也這麼覺得。』

她挪了挪身體，用手拍了拍騰出來的空間。我點頭表示『了解』，躺在她的身旁。

『好窄。』

『對，因為我從來沒想過，會有人睡在我旁邊。』

『你的性生活怎麼樣？』

『和十四歲時沒有太大的差別。當然，偶爾也會心血來潮，有成人之間的交往。』
『就像沙漠偶爾會下雨嗎？』
『沒錯，就像沙漠偶爾會下雨。』
『早知道這樣，我應該更早來找你的。』
『嗯。』
『即使每天下雨也無妨。』
『太激情了吧。』
『因為，我很拚啊。』
花梨把雙手伸向天花板，把手心對著照明。
『我努力不回頭。否則，我怕自己會被吞噬。』
『被那個夢境嗎？』
『嗯，也許吧。』
我學她的樣子，用雙手擋著光線。我的右手小拇指碰到了她左手大拇指，我們很自然地牽著手。
然而，之後就無法自然地進行下去。
『有點冷。』
說著，她鬆開手，抱著自己的胸口。我想，她一定是化解尷尬，讓我有機會進入下一步。我轉過身體對著她，把手伸進她的頭下，輕輕抱了過來。另一隻手摟著她的腰，稍稍用力。花梨滾了過來，和我緊貼在一起。好舒服。我和她的臉距離不到五公分。
『真的行嗎？』

花梨看著我的眼睛問。

『沒關係，我不是那個克制力和老鼠差不多的國王，這樣就夠了。』

而且，我又繼續說：

『我很喜歡這樣，很喜歡這種前菜。』

『即使沒有主菜也沒有關係？』

『對啊。』

『我以前就覺得，』花梨說。

『你這個人真是個怪胎。』

『妳以前就說過。』

『好像是瀕臨絕種危機的動物的末裔。』

『我一直覺得佑司才是這樣。』

『啊，對啊。』

花梨感傷地微笑著。

『他也有這種感覺。』

她挪了一下身體，把腰和胸部更貼近我。但花梨似乎仍然覺得意猶未盡，她把腳纏著我，雙手環抱著我的背，把整個人埋進我身體。花梨的嘴巴就在我的喉嚨附近，我聽到她的聲音從那裡傳來。

『我是在國小五年級時認識佑司的。』

『對，我有聽佑司說過。』

我很自然地移動著放在她背後的手，滑進她的內褲。那裡很滑，很冷。她似乎並不在意，繼續說了下去。

『當時，他也是被別人欺侮。』

『聽說，妳動手動腳，幫他解決了？』

『對啊。讓佑司痛苦的人，我都不原諒。』

『妳和佑司一開始就很合得來嗎？』

『嗯，他太純真，讓人看了於心不忍，無法棄之不顧。』

『我之前就想問妳一件事，』我說：

『妳對佑司有什麼看法？』

『什麼意思？』

『就是把他當成一個男人。』

喔。她點點頭，柔軟的頭髮在我的鼻子前搖動。

『的確，我們關係很好，但沒有這種腰部酥麻的感覺。可能是因為那時候太小了，我從來沒有那種視線無法離開他的嘴唇的感覺。』

『戀愛的衝動是這麼肉體的感覺嗎？』

『喜歡一個男人，就是這種原始的感覺。會覺得胸口發悶，毛孔分泌出莫名其妙的東西。』

『什麼東西？』

『戀愛的有機分子。奈米規格的情書。』

不愧是理工學系的她特有的表達方式。

『正因為這樣，即使不需要別人教，戀愛中的男生和女生也會接吻，然後上床。』

原來如此。

喂，花梨說。

『你和我之間還有一個小傢伙吔。』

我稍微移動了一下腰。

『不用管他，他在自得其樂。』

『是嗎？』

『對啊。』

『那我屁股上的那個也是嗎？』

『對，他好像對奈米規格的情書有了反應，就讓他在那兒吧。』

她竊竊地笑了起來，我喉嚨附近癢癢的。

『我一定會把佑司送回來。』

說著，她親吻了我的脖子。

『你放心交給我吧，我從以前開始，就一直在照顧他，反正已經習慣了。』

『嗯，我相信。請妳助我的朋友一臂之力。』

『了解。』

我們相擁接吻了好久。這十五年來，我們各自累積了一點經驗，嘴唇和舌頭靈巧多了。她的嘴裡已經沒有了碳酸飲料和不鏽鋼的味道，只剩下柔軟濕潤的感覺。我把手伸入她的長髮，確認她小巧的頭形。伸進她內褲的手似乎也很樂在其中，獨自在各地探索著。她的呼吸逐漸急促，動作也逐漸無法控制。她用雙腳夾住我的大腿，重複著緩慢的律動。我們的行為幾乎和做愛沒有差別。雖然不算是真正的性行為，但我們正享受著最純潔的、最精華部分。

不一會兒，我們變化了姿勢。我仰躺在床上，她坐在我身上。花梨一頭像瀑布般的頭髮圍繞在白皙的臉龐周圍。髮梢落在我的臉上，刺刺的，弄得我很癢。我的手伸進她的T恤，發現裡面穿著內衣。我突然意識到，這麼說，目前的劇情發展超乎了她的預想？然而，下一剎那，我已經打開了這件神聖內衣的鉤子。柔軟的乳房獲得了解放，我的雙手欣喜地上前迎接。她的呼吸更加急促。

終於，她再也無法支撐自己的體重，倒在我的胸膛。

『呼。』她重重地嘆了口氣。

『如果繼續，』花梨嬌喘著說：

『恐怕就無法停止了。我已經到了極限。』

OK。我點頭，

『前菜結束。』

我們做了該做的事。所謂該做的事，就是停止再有任何舉動。

但是，再來一次。說著，花梨又親吻著我的嘴唇。她把一隻手放在我的胸前，挺直背，將臉抬起，用另一隻手撥弄著頭髮。

『你能相信嗎？』

『相信什麼？』

『相信我們會有一天像現在這樣子。』

『嗯，的確有點不可思議。那個花梨，和這個智史竟然會在這裡。』

『沒錯，那個智史竟然一直摸著這個花梨的屁股。』

『真的好有感慨，十五年了。』

『從接吻到這一步，我們走了十五年。』

『嗯，接下來——』

她靜靜地搖著頭，從我身上下來，坐在一旁。她的手伸到背後，扣好內衣的釦子。然後，又躺了下來，緊貼著我的身體。她把頭靠在我的肩上，嘴唇親吻著我的脖子。

『我真想再看看你跑步的樣子。』

總有一天。我說：

『總有一天，妳會看到的。』

『到時候，我們說不定都已經老態龍鍾了。』

『我會拚命練習，撐到那一天，跑給妳看。』

嗯。她說。然後，閉上眼睛，打了一個大呵欠。

『讓我睡在你身旁。』

『好啊，妳安心地睡吧。』

『要讓我穿衣服喔。』

『沒問題，交給我吧。』

『在我睡著的時候，不要盯著我看，我會不好意思。』

『嗯。』

『把我送去我媽那裡，我已經和她聯絡好了。』

『好。』

『我爸在照顧鈴音。他好像被我姊附身了。他一心等待睡美人醒來，迷失了我媽和我。』

希望你不會這樣。花梨說。

『我們已經約定了，你不會這樣，對不對？』

『別擔心。』

她點點頭，我的脖子可以感受到她的動作。

『我愛你。』

花梨戰戰兢兢地說。

『能夠像現在這樣，我真的很高興。因為，我從來沒想過，可以以這種方式走入沉睡。把「喜歡」說出口，原來這麼幸福。』

『嗯，是啊。』

『我原本打算什麼都不告訴你，單獨啟程的。我告訴自己，你和美咲小姐結合後，會得到幸福，這樣就好了。』

『如果是這樣，我將一輩子後悔沒有把自己的心意告訴妳。我想，我會一無所知地去妳家，看到沉睡的妳感到愕然。』

『嗯，這麼說，我這樣做是對的。』

『沒錯，這是最理想的方式。』

花梨放心地輕輕嘆了口氣。她聳起肩膀，伸了個懶腰。

『佑司醒來之後，就麻煩你照顧了。』

她用更輕的聲音說。

『妳放心，我會接手照顧的。』

『我們是最佳拍檔。』

『對啊。』

『我們必須幫助他。』

『嗯。』

『他找不到回家的路。』

『嗯。』

『啊，我還不想走……我想留在你身邊。』

『別擔心，我會一直抱著妳。』

『我們，日後再相見……』

我幾乎聽不到她的聲音。

『在我結束漫長、漫長的旅程後……總有一天，我們……』

『對，我會充滿期待地等待妳醒來。』

『對……為了和你見面……我……』

『嗯。』

『一定……』

『嗯。』

這時，她突然恢復清晰的聲音說：

『那，我走了。』

這是她最後的一句話。她的嘴唇微微張開，但聽到她靜靜的呼吸。臉頰上，有一道不知道什麼時候流下的淚痕。漂亮的睫毛上也留著好幾滴透明的水珠。我用手指幫她擦去。

『晚安。』

說著，我在花梨的臉上親了一下。她什麼話都沒說，露出像小孩子般安詳的熟睡臉龐。二十年了，她終於得以靜靜地沉睡。她的表情很安詳，好像終於獲得了解放。我按照約定，擁著沉睡的她入懷，靜靜守護著她。

特拉雪一臉納悶地在花梨胸前看著我。

16

我把店裡的工作交給夏目君，每天一大早，就去佑司的病房等待他清醒。他已經換了新的病房，新的病房也是單人房。花梨陷入沉睡已經三天了，但佑司身上仍然插滿了管子和電線。

看到他依然幼稚的臉龐，總會情不自禁地想起少年時代。初次邂逅時，一直盯著非法丟棄的垃圾山的佑司，穿著牛仔褲和縐巴巴的套頭襯衫，一頭蓬鬆的亂髮，戴著一副像卡斯提洛般的黑框眼鏡。我們兩個人躲在垃圾山後，目送絞肉他們遠去。在那裡，我們第一次交談，成為朋友。當時，他對我說：

『好了，我要走了。』於是，我就問他：『走？你要去哪裡？』我始終很納悶，當初為什麼會問他這個問題。我不擅長和別人交際，為什麼會在意剛認識的人要去哪裡？

事到如今，我終於了解了。我當初之所以會問佑司，是因為我今天要來『這裡』。佑司讓我認識了花梨，這一次，是我讓花梨和佑司重逢。所有的事都有意義，每個人並不是各自為政，而是彼此緊緊相連。每個人都可以成為別人的催化劑，這個世界中，充滿了各式各樣的化學反應。這就是人生。

我送花梨離開時，從她的行李中，借了那本《Peamut》。當時，我正翻閱著漫畫，心裡拚命聲援著在挫敗道路上不屈不撓的投手查理．布朗，所以，才沒有及時發現。

『智史？』聽到聲音，我才抬起頭。

我正坐在他枕邊的椅子上，但視力不好的佑司可能看不清吧。他瞇著大眼睛，拚命盯著我的臉。

『是我。』我回答。

『你終於醒了。』

花梨在哪裡？佑司問我。他的目光在病房中搜尋著。

『是花梨告訴我回家的路。她明明說，我們一起回家……』

『嗯，她好像還暫時留在那裡。』

『是啊……』

『我去叫醫生。』

『醫生？』

『對，好了，你現在什麼都不用煩惱，交給我處理就好。』

我從椅子上站了起來，離開佑司的病床，走向房間的門。

『智史？』佑司不安地叫我。

我回過頭，雙手手背朝上地伸了出去，意思叫他不要動。他小聲地回答說：我知道了。佑司用納悶的眼神看著自己身上的電線和塑膠管。我走出病房，穿過空無一人的走廊，走向護士站。
花梨。我在心裡呼喚她。
妳成功了。佑司回來了。妳盡了力。妳好厲害。之後的事，就交給我吧，我會照顧佑司。或許我派不上大用場，但我會努力盡我的職責。因為，我是妳的最愛。我們是最佳拍檔，對吧？

17

『店長，這個水車前（Ottelia alismoides）要怎麼處理？』
『喔，每三根綁在一起，還有，去後面把百葉草（Eusteralis stellata）拿過來，我要五根。』
『好，我知道了。』
真是忙得暈頭轉向。
這一陣子忙著張羅葬禮和入殮，經常不在店裡，為了消化積壓的訂單，這幾天幾乎是不眠不休地工作。花梨幫忙架構的系統增加了不少客源。之後，我又改良了幾次，再加上網路的普及，如今，經由這套系統的網路訂購佔這家店營業額的七成以上。
『店長，是這個嗎？』
從後門回來的奧田君問我。
他已經在這家店工作三年了。我以為他打算在三年落榜後，會下決心考第四年，但他似乎已經發現了自己的極限。他和我一樣，記憶和認識的系統應該出了小小的狀況。
『這是Eusteralis yatabeana。我說的是百葉草。』

咦？他抓了抓頭。他的呼吸散發出花生醬的味道。他一定在後門偷吃了花生醬口味的減肥餅乾。他每天吃五塊這種餅乾，體重每年增加百分之十。

『你不是說Eusteralis yatabeana嗎？』

『我才沒說呢。趕快去換。』

『知道了。』

他再度搖晃著龐大身軀消失在後門。這種時候，我就會想起夏目君。他不會犯這種錯，絕對不可能。但無論我怎麼惦記他，他都不會再回來了。真希望他姊姊再寫信給他，告訴他，回來這家店工作，對他的人生有著很大的意義。然而，夏目君已經找到了人生的重大意義。所以——即使聽到他姊姊的這種建議，恐怕也不會回來了。

如今，他人在法國。在那次命運的重逢後，他追隨美咲小姐去了巴黎。他應該很想緊追而去，但發現我情緒低落，再加上店裡的工作也很忙，默默地推延了去法國的行程。

如今，他充分發揮了自己的才華，在進口芳香精油的貿易方面大展身手。最近，即使在附近的花草店，也可以看到他進口的、以『S』這個英文字為名的品牌商品。

我經常在想，他也發現了美咲小姐脖頸後方的三顆痣嗎？結婚後，美咲小姐的姓氏已經改成『N』開頭了，這個可能性應該相當大。

他們的小孩已經三歲了，是個兒子。去年，他們帶孩子來店裡時，大家都搶著抱他。孩子和美咲小姐很像。雖然我父親有點落寞，但這種事，誰都無能為力，我只能在心中對父親說：對不起。

事實上，在這五年期間，我曾經和兩個女人交往。因為，我對花梨承諾『我會努力』，所以，我必須付諸行動。但果然是白費力氣。我最愛的女人在遙遠的世界沉睡，第二順位的女人和我店裡以前的店員結了婚，在遙遠的歐洲大陸下生活。我這個人太念舊，無法把所有的事扯平，一切從頭開始。也就是說，新結識的女人最多只能是第三順位。在這種情況下，當然不可能成功。女人對這種事很敏感，交往不久，對方就意態闌珊地向我說拜拜。

對，我忘了提佑司的事。他的精神很好，雖然花了很長的時間，如今，體力已經恢復了原狀。他奇蹟般地沒有留下任何後遺症。至今，他仍然住在原來的公寓，隔壁的鄰居搬進了他的家，但還沒有入籍。我知道，他們會相互扶持下去。

『你媽什麼時候要還錢？』桃香經常問他。

『總有一天。』佑司回答說。

『總有一天』可能近在眼前。或許有一天，佑司的母親突然現身，把錢遞到他面前，說：『這是向你借的錢。』然後，老淚縱橫地說：『對不起，讓你等這麼久。』乞求佑司的原諒。這種事或許真的會發生。

他的運氣越來越好。當他重拾畫筆後，我父親帶了幾張他的畫出門。回來時告訴我『那些畫說不定可以賣出去』。事後父親告訴我，他去拜訪他的戰友，對方認識一個畫廊的老闆，所以把佑司的畫放在那裡寄賣。

從此之後，佑司零零星星地賣出了他的畫。如今，甚至已經有了固定的畫迷，佑司也會根據畫迷的要求作畫。當然，他還是堅持畫垃圾。

一年前，我開始養狗。其實，那是佑司的狗，因為他住的公寓不能養狗，所以才帶來我這裡。

聽說是流浪狗之家的人送給他的，這隻狗也和特拉雪一樣，動過聲帶的手術。奇妙的是，牠會發出『呼哇噗！』的叫聲。其實，與其說是叫聲，更像是風的聲音。佑司說聽起來像『唏—克？』，但這實在是大大地扭曲了事實。桃香說，牠是在叫『哆哇噗』，這也有點太誇張了，我覺得，還是『呼哇噗！』最正確。

『這隻狗也是長毛狗，』佑司說：

『所以，我想，就叫牠特拉雪好了。』

但這樣似乎沒有區隔，於是，就取名為特拉雪二世。這第二代特拉雪也已經年屆高齡。

『牠死的時候，我整整哭了三天。』佑司說。他說的是特拉雪一世。如果以人的年齡來計算，牠差不多活了一百歲，稱得上是『狗瑞』了。

『我爸死的時候，我都沒有哭得這麼傷心。特拉雪在臨死前，看著我的眼睛，「唏—？」地叫著。好像在問：可以了嗎？我可以走了嗎？牠可能不放心把我一個人留在這個世界。』

『既然你那麼傷心，就不要再養狗了。』我說。

『嗯，但我覺得，悲傷也是人生的一部分。有了這個部分，才能拼出人生完整的拼圖。』

你想想看。佑司說。

『如果是不必要的，就不應該存在這種感情。這對創造我們的某某來說，簡直是輕而易舉的小動作。在失去所愛的人後，悲傷得難以活下去，對動物來說，是生存過程中的包袱，不是嗎？甚至有人傷心欲絕，追隨故人的腳步而去。』

『嗯。的確是這樣。』

『所以，既然人有這種感情，一定存在著某種意義。』

『是嗎？』
『我是這麼認為的。』
於是，特拉雪二世如今就鎮守在我的店門口。這等於是悲傷的預告。但佑司說，他不介意。
父親葬禮的時候，我也一直思考這件事——這份悲傷，到底有什麼意義？

父親八十歲後，身體仍然十分硬朗，從不生病。我以為，他一定可以活到一百歲。但他卻在距離八十五歲生日還有一段日子時，靜靜停止了呼吸。地點位在他公寓附近的操場。父親倒在四百公尺跑道的終點附近。太陽下山後，才被一個遛狗路過的男子發現。那時候，父親已經用他那雙矯健的腿，奔向『那個世界』了。男子所發現的，只是父親的軀殼。
奇怪的是，父親的手錶設定在馬錶模式上。數位馬錶的數字顯示出64:50。如果父親用這個速度跑完了四百公尺的全程，那真是不得了，已經遠遠超過了那個年齡組的世界紀錄。可以說，已經達到了神的領域。或者，父親在臨終之前，看到了這個奇蹟的背影？他為了抓住這個奇蹟，以令人難以相信的速度跑完了四百公尺，遞上了自己的靈魂，作為奇蹟的代價。
總之，這種臨終方式很有父親的風格。他以自己的方式，為自己的人生畫上了句點。我為此感到驕傲。
葬禮上來了好多人。很難想像，我討厭與人交際，父親的交友如此廣闊。除了弟弟、妹妹和外甥、侄子、工作上認識的朋友、吉他教室的同學，還有住在同一幢公寓的鄰居。學生時代的老同學也來了。當然少不了久聞大名的Sakuji。Sakuji的名字既不是『作二』，也不是『策治』，而是正治。他叫佐久間正治，前後各取一字，稱為『Sakuji（佐治）』。原來如此。

他來的時候，已經喝醉了。他面對父親的遺像，用嘶啞的聲音哭叫著。爬滿皺紋的臉上滿是淚水。

『混蛋。我們的比賽還沒結束。笨蛋，趕快給我回到起跑點。我最近的狀況很好，你竟然害怕得逃跑了。混蛋！』

然後，Sakuji突然沒了聲音，用手上的手帕抹著眼淚，還用力擤了鼻涕，最後，把手帕放進了長褲口袋。他安靜地上了香，拖著萎縮的身體離開了。他雖然失去了一個競爭對手，但看他的背影，彷彿失去了最愛的人。

佑司始終在一旁陪伴我。

『別擔心。』他說：

『我不會讓你孤單一人的。』

時間比較充裕後，去父親安睡的墓園，就成為我每天的功課。這個市立的墓園很大，母親也安葬在這裡。但父親生前很少來這裡。一方面是因為坐電車要一個小時，況且，父親總是覺得『你媽根本不在那裡』。

『這裡就像是電源插座，可以讓身在別處的她和我們連結在一起。但只要掌握訣竅，不需要來這裡，即使在鬧區，我們也可以彼此相通。』

我還無法像父親那麼能幹，只能搭一小時的電車，來這裡祭拜。然而，我仍然不能感受到彼此的交流，總覺得是單向的溝通。

這裡的空間很寬敞，應該比羅馬教宗住的那個都市國家更大。四周都是綠意盎然的山丘，墓園位於中間的盆地。平坦的土地區劃成格子狀，東、西各有一條大道。東區大道上種著櫸樹，西區大道上種著櫻花樹。和東、西區大道垂直的方向也有好幾條路，每走過一條路，區域就會改變。分別有『西十六區』之類很簡潔的名字。我父親和母親位在『南十三區』。將近一萬座墳墓的墓碑都是相同的形狀，因此，只能根據區名尋找。但我每次仍然會小小地迷路一下。這種徹底抹殺個性的埋葬方式，有一種平等主義的感覺，這些故人彷彿在說『在這個世界上，雖然每個人的經歷不同，但在那個世界，不需要在意頭銜，大家都是一家人。』每個人都安靜地躺八十公分的墓碑下，對此感到滿足。

18

這天，即將進入秋天的尾聲，墓園四周山丘上的短柄枹櫟和栓皮櫟（Quercus variabilis blume），都已經染成了磚瓦般的暗紅色。櫸樹和櫻花樹都已經落葉飄盡，空無一人的大道顯得特別冷清淒涼，似乎很難再找到相似的地方。非假日的中午，很少有人造訪這裡。放眼望去，只看到幾個老人的身影。我像往常一樣，稍微迷了點路，終於來到父親的墓前。

有人捷足先登了。

她坐在輪椅上。

我感到一陣激動，然後，激情緩緩地流入胃中。

白色羊毛外套，黑色的長靴，蜂蜜色的頭髮灑落在背後。

絕對錯不了。雖然時隔五年，但我的記憶絕對準確。

我走近她，試圖向她打招呼。這時，有一種奇怪的異樣感，但我還來不及確認，她就轉過頭，對我嫣然一笑。

她在白色外套下，穿了一件白色高領毛衣。胸前戴著那條項鍊。五稜鏡。她的寶貝——

『初次見面，』她用花梨的臉、花梨的聲音對我說。

『妳是——』

『我是鈴音。森川鈴音。』

仔細一看才發現，她沒有花梨那麼高大，感覺好像比花梨小了一號。臉蛋也比花梨幼稚。

『在我沉睡期間，無論成長還是老化，進展都很緩慢。』

她解釋道。的確，她不像是三十六歲的女人，反而像是二十歲的女大學生。

『你一點都沒變。我看過放在家裡的照片。』

『但我已經三十五歲了，如果再不長大——』

『在那裡，』她說。她所說的『那裡』，應該是指『夢境的世界』。然而，她的口氣，好像是指歐洲的某個小鎮。

『總覺得年齡似乎沒什麼意義。』

『是嗎？』

『是啊。』

我把帶來的龍膽花供奉在父親的墳上，雙手合十，向他報告發生在眼前的奇妙邂逅。結束後，我們走向位在墓園北側的大型水泥構築物。

推著她的輪椅，我問：

『什麼時候回來的？』

『三個月前。』

她用我所熟悉的花梨的聲音回答。雖然明知道她是鈴音，但心臟還是情不自禁地怦怦亂跳。

你的父親，她說：

『是你的父親把我叫回來的。』

『我父親？』

鈴音靜靜地點頭。她的長髮在晚秋柔和的陽光下綻放著光芒。鈴音的臉頰也像是優質的繪畫紙般富有光澤。

『妳在夢中見到他嗎？』

『對，在夢中。』

花梨呢？我問她。雖然我已經知道了答案，但還是無法不問這個問題。

『我妹妹，』她說：

『還在沉睡。』

她小心翼翼地看著我，我點點頭，告訴她：我沒事。

『她可能在其他的地方。我也是在醒來以後才知道，妹妹和我一樣在沉睡。』

鈴音露出愧疚的僵硬笑容，這時，我才注意到她的虎牙。如果花梨沒有矯正牙齒，或許也會有相同的虎牙。

我們終於來到構築物橋腳的位置。五個橋腳支撐著巨大的水泥造型。外形像方舟的構築物，差不多有我就讀的國小校舍那麼大。

我們決定坐在陰涼處的長椅上。鈴音抓著我的手，緩緩地站了起來，把身體移到長椅的白色座板上。我也在她身旁坐下。

『身體還不太習慣。』她說。

『可能睡過頭了。』

『的確是。』我說。

『真的是睡太久了。』

她仰頭看著頭頂上的水泥塊，說道。

『這是什麼？好像是駛向星星的船。』

『對啊，看起來有點像。』

她注視著我的臉，似乎在透視我的表情，然後又說：

『你的父親來到我身邊，說「差不多該回家了」。』

『好像是傍晚時，對在公園裡玩的孩子說的話。』

『是啊，但實際也差不多。因為，我就是忘了回家的十歲小女孩。』

鈴音遙望著天空，似乎很懷念離開的那個世界。

『那裡是個好地方。我在那裡遇到了很多人，看到了很多故事。我從傾聽他們的談話中，學會了說話，也了解了這個世界。』

『這個世界嗎？』

『對。』

我等待她的下文，但鈴音沒有繼續說下去。她怕冷地縮起脖子，把手放在臉頰上。

『妳等我一下。』

說完，我站了起來，走向附近的自動販賣機。我買了熱咖啡和玉米濃湯，把熱咖啡遞給鈴音，在她身旁坐了下來。

『玉米濃湯？』她問。

『對，我很喜歡喝這個，所以，我很喜歡寒冷的季節。因為，夏天的時候沒有賣。』

『你好像小孩子。』鈴音說。她的語氣和花梨一模一樣，我不禁有點高興，但也因此有點感傷。

她用雙手捧著咖啡罐，放在自己的肚子上。她說：『好溫暖。』富有光澤的臉龐像少女般輕輕鼓起。她身上所散發的多重性，令我感到困惑。

她到底幾歲？

以她出生至今來計算，她已經三十六歲了，然而，出現在我眼前的她，看起來像是剛邁入二十歲的女孩。她在十歲時陷入沉睡，在夢境的世界徘徊了二十六年。所以，對她來說，或許根本不存在所謂的『正確』年齡。

鈴音將雙手捧著的咖啡壓在腹部，上半身微微搖晃著。她胸前的五稜鏡也以相同的節奏搖擺著。鈴音發現了我的視線，偏著頭，似乎在問我『怎麼了？』。如果是花梨，一定會問我『是裡面？還是外面？』。雖然她們長得像雙胞胎，但兩個人的確不一樣。

『這個五稜鏡。』

聽到我的話，她『喔』了一聲，看著自己的胸前。

『聽說花梨隨時都戴在身上。我想，只要我也戴著，當你看到我時，就會立刻認出我。』

『即使妳不用戴，我也認得出來。』

鈴音沒有發現自己和花梨像一個模子裡刻出來嗎？我覺得很有趣，忍不住笑了起來。

『什麼事這麼好笑？』鈴音問。

『不，沒什麼。』我一邊說著，一邊拉開了玉米濃湯的易開罐拉環。聲音在水泥牆上產生了巨大的迴響。我把嘴巴湊著易開罐，喝著已經變溫的玉米濃湯。她的視線從我身上移開，看著彷彿透視法的習作般的光景。

『那個爺爺，』鈴音終於開了口。

『在對墳墓說話。』

我順著她的視線望去，看到了一個老人。

『喔，他常常來這裡。』

那是個瘦小的老人，每次都騎腳踏車來，把自己帶來的草蓆鋪在墳墓前，一坐就是好幾個小時。

『是不是他太太的墳墓？』

『應該吧。』

鈴音用柔和的眼神看著老人。

『那太太一定也在那裡。』

我看著鈴音的臉龐。

『那裡？妳是指夢境的世界嗎？』

『對，』鈴音說：

『那是回憶的國度。』

其實，那裡是收藏回憶的地方。

鈴音說著，凝視著我的眼睛。

我眨了眨眼睛，無法充分理解她的話。於是，她換了一種方式解釋。

『我們不是常說，「那個人活在我的心裡」嗎？』

『對，的確會這麼說。』

『我想，這是因為人們已經隱約發現那個世界的存在。』

鈴音說著，撥起滑落在臉頰上的頭髮。

『回憶、記憶，人們不是有很多這一類的東西嗎？』

『對。』

我突然想起一幕熟悉的光景——父親彎著腰，吃著烏龍麵的身影。

『那個地方，就是這些記憶形成的。』

太不可思議了。然而，又具備了奇妙的說服力，令人可以輕易相信。不想忘記所愛的人的心情；珍藏著和逝去的人之間的回憶的心；就像眼前這位老人一樣，拚命向已經不存在於眼前的某人訴說的行為——我似乎頓悟了其中的道理。

『為什麼有這樣的世界存在？』

『這個嘛，』她偏著頭。

『我也不知道。但那個地方和夢境很像，所以，應該是所有人的心形成的吧？』

鈴音張開雙手，仰頭望著天空，說：

『「多麼美好的夢」。』

她心滿意足地笑了起來。

『你不覺得這是很美好的夢嗎？所有的人，都在那裡緊密相連。我們，還有以前在這個城市生活的所有人，都緊密相連。』

我們不是孤單的，而是彼此緊密相連。這個世界充滿各式各樣的化學反應，每個人都是別人的催化劑。

是不是這麼一回事？

當我們愛一個人，卻失去這個人時，在悲傷的同時，也難以忘懷他的面容。悲傷越深，他的記憶就更深刻而鮮明地刻在心裡。

因此，我們不能忘記他們。他們曾經活在這個世上；彼此相愛，彼此微笑，都具有深遠的意義。

『你會不會覺得，這樣可以讓你了解回憶之所以美好的理由？』

我點頭同意她的話。

我們為什麼會緬懷過去——

曾幾何時，花梨也曾說過。這是人類與生俱來的本能。人是一種無法不回顧以往的動物。人在感到『懷念』時，其實正是代表在追求這種『時間』。珍愛每一個瞬間，疼惜人生，這些感情創造了『那個夢境』；創造了我們所愛的人生活的那個世界——

『許多人告訴了我這種觀念。當然，也包括你的父親。』

鈴音閉上了嘴，咬著下唇。她潔白的虎牙很可愛。當她發現我的視線時，立刻將虎牙藏進嘴唇。然後，把頭湊了過來，囁嚅般地說：

『你父親叫我帶口信給你。』

『口信？』

『對，你父親強烈希望我把這句話帶給你，所以，我才會出現在這裡。因為你父親的願望太強烈了，才把我從沉睡中喚醒。』

鈴音正視我的眼睛，似乎藉由眼神傳達無法用言語表達的感情。她說：

『你父親說，他愛你。』

突然覺得鼻頭酸酸的。我下巴用力，拚命將溢出來的東西擠回去。

『如今，我兒子孤單一人，我很擔心。他沒有兄弟，母親也很早就過世了。我努力了，真的已經盡力了。』

我緊咬著牙根，輕輕點頭。

『我老年得子，一直太寵他了。即使長大了，還是這麼令人牽腸掛肚的。我這樣突然離開，他完全沒有心理準備，所以，我放不下心。』

『……真是過度保護孩子的父親。』

我好不容易擠出這句話。

『有佑司，還有桃香陪我，我完全沒問題……』

『父母不都是這樣的嗎？』

『是啊。』

鈴音的臉雖然很幼稚，卻有充滿母愛的眼神看著我。

『你父親說，或許是我自誇，但他真的是個乖孩子。』

『他常這麼說。』

無論我考試的成績再怎麼慘不忍睹，父親都認為那是象徵我的天分的符號。

『他總是對我有過高的評價。』

『身邊有這樣一個人，不是很幸福嗎？』

對，沒錯。的確如此。所以，我是個幸福的孩子。即使是別人口中的怪胎，即使不擅長交際，即使沒有值得一提的優點，但我卻很幸福。因為，在我的身邊，有人全盤接納我。

我想起和父親共度的最後一晚。那是父親奔向『那個世界』的三天前。

那天晚上，我在父親的公寓吃烏龍麵。

我忘了為什麼會提起這個話題，但現在回想起來，或許是父親已經預感到命運之神對他的安排。

對不起。當時，父親突然這麼說。

為什麼？我好像這麼問他。

因為你的現狀啊。父親說。

已經三十好幾的男人，和已經八十多歲的父親兩個人在週末的夜晚，像這樣面對面吃著烏龍麵的現狀。

這有什麼關係。我說。我很看得開，烏龍麵很好吃，這樣就心滿意足了。

老實說，我並不認為這是我理想中的生活。我是父親和母親的獨生子，卻無法實現他們的夢想。

雖然我從來沒問過他們的夢想是什麼，但絕對不是我現在的樣子。

父親說：

你實在太可愛了，真是讓我覺得捧在手上怕飛了，含在嘴裡怕化了。我從來沒有想到，生兒育女這麼令人激動。因為太幸福了，所以，我忘了所謂的正確步驟。我從來沒對你大聲過，更沒有對你動過手。這種事，我真的做不到。

父親靜靜地搖著頭。

現在回想起你包著尿布，扭著小屁股在房間裡走來走去的樣子，仍然覺得心痛，彷彿是昨天才發生的事。我很擔心自己會因為過度幸福而暴斃，害怕自己得到了不該屬於自己的幸福。

這樣的男人，怎麼可能教育孩子。父親說。

你的所做所為，在我眼中都覺得可圈可點。你是世界上最完美的孩子。世界上最聰明，心地最善良的孩子。

但是，我說。

但是，正因為這樣，我才能這麼幸福。我很感激你。如果你也像其他父母一樣整天數落我，我一定覺得日子很難過。

但是，我可能剝奪了你的可能性。

什麼意思？

那時候，我對你說的話並不多。

嗯，至今我仍然記得。

父親所說的，是很簡單的教導。

不需要整天吃山珍海味。不需要穿綾羅綢緞。要隨時保持整潔。要做給人帶來快樂的工作。要保持親切溫柔。

以前的大人都對兒女有這樣的教誨。我貫徹了父親的訓示，如果我有孩子，我也會同樣教導他。

但在當今的時代，父親說。

要在這個充滿私慾的世界生存，這些教導或許並不正確。我經常為此感到煩惱，煩惱自己有沒有教導錯誤。

這些教導完全正確。我說。

正因為我遵守了父親的教誨，我才能活得如此心安理得。這種感覺很好。至少，這種生活方式很適合我。雖然和其他男人相比，我的生活顯得平淡無奇，但這是我的生活方式。雖然和豪華的週末旅行，或是令人眼睛為之一亮的戀愛經驗無緣，但這並不是我想要的。所以，爸爸，我很感謝你。

我很慶幸，我是你的孩子。你不是永遠都肯定我嗎？雖然我從來沒有做過任何一件值得你引以為傲的事，但你總是對我說『你很努力，好厲害』；雖然我是一無是處的孩子，但你還是很有耐心地陪伴我。我已經心滿意足，沒有更多的奢求。

所以，我說。

你不必煩惱。這樣很好。我覺得這樣真的很好。

看到我說得慷慨激昂，父親露出悲哀的笑容，默然無語地看著我。

的確，我說。

『因為是父親的孩子，所以，我才能這麼幸福。』

鈴音溫柔地微笑著，輕輕點點頭。
『你父親還說。』
『說什麼？』
『他一定會讓玫瑰公主回家。』
她探頭看著我的眼睛。她的眼睛，也有像鳥的羽毛般的顏色。
『他說會找到她，送到你的身邊。』
『這麼說，我父親——』
她用力點頭，問我：『你可以等嗎？』
『或許會有一段時間。』
我當然可以等。我回答。
『無論如何，我最擅長等待了。至今為止的五年期間，我並不覺得辛苦。』
『即使還要再等待五年，也無怨無悔嗎？』
『對。雖然我無法保證——但應該是。況且，我並不是無謂的等待。因為，有我父親為我掛保證。他是個遵守約定的人。』
對啊。說著，鈴音揚起嘴角。
『我相信，為兒女著想的父母心，可以完成任何不可能的任務。』
我們走在櫻花樹下。好安靜。好像月球上只有我們兩個人。
『你父親最後的口信是這樣的。』

鈴音說。

『我很幸福。我擁有深愛的妻子和兒子，得到了超乎想像的幸福。然後，他說，因為我口拙，所以，希望妳幫我把這句始終無法說出口的話告訴他——我愛他，發自內心地愛他。我愛他——你父親重複了三次。』

鈴音輕輕挽著我的手，假裝沒有看到我的熱淚。

『如果妳見到我的兒子，』她說。

『等到那一天——等到那一天，代我向他問好。這就是他最後說的話。』

是。我說。是，我收到了。爸爸，謝謝你。真的謝謝你。謝謝你。

故事並沒有結束。這是我的故事，也是把我當成催化劑，產生化學反應的人的故事。

即使有朝一日，我們離開了這個世界，故事仍將持續下去。一切都是化學反應和相互作用——相愛、憎恨、嫉妒，然後又是相愛——將永遠持續下去。

鈴音甦醒四個月後，她的父母再度生活在一起。但他們覺得不需要再婚，夫妻也分別擁有各自的姓。鈴音和父母共同生活了一年，然後，就像隨風飄舞的孢子一樣飄往他國。

在她啟程前，我們曾經約會了幾次，也曾經一起去吃蛋糕吃到飽。鈴音和花梨一樣，吃遍了十種不同的蛋糕。如果萊納斯還在那家餐廳，看到鈴音時，一定又會想起他的姊姊。但他在三年前離開了那家餐廳。由於事出突然，誰都不知道他去了哪裡。有人說他回老家了。果真如此的話，代表他仍然無法忘懷對他姊姊的那份情感。我回想起他曾經引用米拉波伯爵的話，『長期分離會毀滅愛情』。

但是，萊納斯，我的愛情似乎沒有毀滅的跡象。為什麼呢？

鈴音每到一個地方，都會寫信給我。時而來自緬甸，時而來自巴基斯坦，每次寄來的信，都會蓋上不同國家的郵戳。她隨著貿易風漸漸西進。最後收到的那封信來自愛爾蘭，她還飄得真遠。每次收到她的信，我都會想起夏目君的姊姊。我甚至想過，她們會不會在哪一天不期而遇。比方說，在南美的聖地牙哥之類的地方。

『親愛的智史』，她的信總是以這種方式開頭。雖然很難為情，但現在已經習慣了。『我妹妹回來了沒有？還是說，你仍然孤單一人？』她每次都會這麼問。在初冬的信上，也總會出現『玉米濃湯的季節又到了。今年喝了沒有？』的文句。

鈴音雲遊四海的兩年後，我增建了水草店的二樓。我動用了賣掉父親公寓的那筆錢，擴大了廚房，重新增建了浴室和廁所，還增加了一間房間，將那裡作為臥室。我搬了一張大床回來，為她預留了我身旁的位置，隨時準備迎接花梨的歸來。

我打算將以前的臥室作為兒童房，將壁紙換成了水藍色。一有時間，就去逛雜貨店，買一些她立刻可以派上用場的盤子和杯子。

增建的一年後，我買了一張古董餐桌放在廚房。之前，我都是在一張可以折疊的小圓桌上吃飯。我把從父親公寓拿回來的那張湖水中的照片裝在玻璃相框內，放在新的餐桌上。

十四歲的花梨和我在歷經歲月洗禮的橡木板上快樂地笑著。我每天都對著照片裡的她傾訴，通常都是一些日常發生的瑣碎事。

像是『今天，有客人一口氣買了一百支卵葉水丁香』，或是『黑鱂魚夫妻又生孩子了』之類的。我喝著313（錫蘭紅茶和玫瑰果、檸檬香茅的配方），或是421（洋甘菊、薰衣草和玫瑰的配方），（當然還搭配巧克力酥皮麵包），向露出齒列矯正器的十四歲少女報告。

雖然我也想去看看沉睡中的花梨，但最後還是決定放棄。因為，我擔心我一直克制在內心的某種東西會傾瀉而出，變得一發不可收拾。

水草店的經營一如往常。我做的生意沒有成為人們業餘生活的主流，但在相當一段時間內，喜歡水草的人暫時不會絕種。由於郵購的生意漸有起色，我的經濟狀況也比以前好轉了。我用賣掉父親公寓的一部分錢還了貸款，現在，即使到月底時，我也不會像以前那樣胃痛了。

夏目君辭職後進來的奧田君，在成為水草店店員的第六年，身體出了狀況，不得不辭職。他吃了太多花生醬口味的減肥餐，當時，他的體重已經達到一百二十公斤。他趁療養期間重拾課本，在第五次挑戰中，成功地擠入大學門檻。畢業時，他已經超過三十歲了，但體重也終於減到一百公斤以下。畢業典禮後，我和他一起吃飯時，他仍然歪著頭念念不忘地說：『那時候的女店員應該就是森川鈴音吧……』當時我就在想，等花梨回來，我一定要讓他們見面，讓他大吃一驚。但又過了好久好久，說出真相的機會始終沒有來臨。

不知不覺中，喜歡椒草的大學教授不再出現。隨著時間的流逝，熟悉的客人和店員都逐漸改變，只有我還佇立在原地，靜靜地目送走過身邊的人。我每天包裝水草，吃義大利麵或巧克力酥皮麵包當午餐，下午比較空閒的時間，去附近的操場跑四百公尺。日復一日，年復一年。

有一次，我聽說『Tarantella』出了DVD，立刻買了回家。

那是一部很奇特的電影，沒有明確的故事情節，只是淡淡地描述一對男女的戀愛故事。Tarantella是一種快節奏的舞曲，有一幕是男主角（他也是模特兒，和花梨匹配得令人討厭）對女主角說『被毒蜘蛛咬了之後，就要跳tarantella，這是唯一可以活命的方法』。墜入情網的兩個人廢寢忘食（這一點讓我覺得很諷刺），情話綿綿。就像用八分之六拍的節奏跳的舞一樣，戀人們用愉快的節奏交談。雖然有幾個限制級的場景，但都運用了委婉的手法，並沒有很直接的表現。只能從手指的動作，或是花梨腳趾的特寫鏡頭等片段的影像中加以想像。這一點，總算讓我鬆了一口氣。

花梨在電影中美得令人驚艷，光是看著她，就令我感到幸福。我在重複看了多次後，幾乎記住了電影裡的對白。所以，有時候我會扮演她的情人，對著畫面說出對白。

『你不覺得發誓永遠相愛很容易嗎？』她說。

『為什麼？』我對著畫面問。

『雖說是永遠，但其實不過是五十年而已。』

『喔，這倒是。』

『好廉價的永遠。』

『是嗎？』

『等到人可以活一千年時，真想再聽到這句話。』

『那我們該用什麼話為彼此的愛情發誓？』

『不需要說任何話。』花梨說。

『給我五十年份的親吻就好。』

然後，和她接吻的，當然是畫面中的男人。但我多少有一點感覺。因為，我是她第一個，也是最後一個接吻的對象。

夏目君的事業越做越大，貿易公司直營的芳香用品商店，在大城市的大型百貨公司中設有專櫃，而且，生意十分興隆。芳香用品商店的名字也是『S』。他在世界各地忙碌地奔波，偶爾也會來我的店裡露個臉。有一次，我隨口問他：

『夏目君，你公司為什麼取名叫「S」？』

『你是不是覺得這個名字很奇怪？』

『對啊。所以——』

『這個名字的靈感來自於美咲的身體特徵。』

『果然是。』

『果然是？』

『不，因為她很嬌小，所以取small的S，對吧？』

我不好意思說我也發現了她脖子上的痣。

『不是。她的脖子後面有三顆痣。』

『喔。』

果然不出所料。

『這讓我想起著名的獵戶星座的三顆星，所以，就取獵戶星座的英文名「sword of orion」的第一個字母「S」作為公司名字。』

我『啊』了一聲，隨即又說『原來是這樣』。原來如此。原來有這樣三顆星。既然他說是『著名的』，那代表真的很有名吧。

『你知道嗎？』我似乎聽到了佑司的聲音。

『這個世界上，我們不知道的事，是我們所知道的一百萬倍。』

顯然如此。

總之，日子就這麼一天一天過去。我既沒有特別不幸，但也沒有值得開懷大笑的幸福。上有我們三個人和一隻狗共度的少年時光，下有父親和母親離開這個世界的日子，我總是在這兩者之間徘徊。只有和花梨的第二次離別的日子有點複雜。那種悲喜交加感覺，使我至今回想起那天晚上，仍然感到一種莫名的心痛。

花梨陷入沉睡的四年後，佑司和桃香生了孩子。他們依舊住在那幢公寓的２０２號室，即使生了孩子，仍然不打算搬到別處。當他們得知懷孕後，立刻去註冊結婚，但覺得婚禮太浪費錢而沒有舉行。我店裡的店員和桃香店裡的同事，還有我們三個人，在『FOREST』舉辦了一個小型派對，代替了婚宴。桃香也沒有父母，這也成為她嚮往的『家庭』的起點。

他們的孩子是個可愛的女孩，佑司幫她取名叫『花梨』。桃香也說，這是最適合的名字。

『花梨救了我兩次命。我當然為誕生在這個世界的新生命取這個名字。』

而且，佑司朝我擠眉弄眼。

『如果我們的孩子可以像花梨一樣，變成身材高挑的女孩子，就再好不過了。』

的確，這樣的機率有二分之一。桃香屬於中等個子，但佑司在長大以後，仍然只需要穿青少年尺寸的衣服。我很能理解佑司對女兒的未來充滿期待的心情。佑司的父親個子很高，或許，他女兒也不會輸給這個名字，成為身材姣好的女人，成為雙腿修長、手指也很長的窈窕淑女。

我是小花梨的乾爹。為了彌補沒有太多的時間相處，凡是她想要的東西，我都買給她。我帶她去『FOREST』，請她吃特製的水果百匯。看到小花梨一臉面對人生最大課題的認真表情，把鮮奶油送進嘴裡的樣子，總會令我心潮澎湃。想當年，父親應該也是抱著這種心情看我們的吧。

有時候，她不經意的動作，會讓我將兩個花梨重疊在一起。當她吃完時，我總會問她：

『夢想的味道怎麼樣？』

這時，小花梨表現出奇妙的共時性，口齒不清地回答：

『好甜……』

然而，這些行為都引起她父母極大的不滿。

『我不想讓她學會奢侈。』佑司說。

『這哪算什麼奢侈。』我反駁說。

『只不過是水果百匯，以前我爸不也常帶我們去吃嗎？』

『不，那時候不一樣。』

『雖然時代的確不同了——』

『我不是這個意思，』佑司說：

『那時候的百匯才三百七十圓。但現在你請小花梨吃的百匯要一千二百圓。即使考慮到通貨膨脹的因素，也太奢侈了。』

當我覺得身為乾爹的樂趣被剝奪，而不安地露出沮喪的表情時，佑司才終於讓步。

『好了，我說不過你，』他說：

『但下次只能請她吃五百圓的普通水果百匯。』

然而，我當然無視這種約定。我是那種典型的寵小孩寵到沒原則的人。

佑司終於成為小有名氣的畫家，但他們的生活並沒有很快富足起來，桃香在生下小花梨後，依然去車站大樓的進口雜貨店工作。所以，經常把小花梨交給我照顧，我就帶她去遊樂園和公園玩。非假日時，遊樂園門可羅雀，坐摩天輪的時候，幾乎只有我們兩個人。小花梨很喜歡坐摩天輪，她的好奇心很旺盛，貪婪地想要知道這個世界的一切。

『為什麼？』是她的口頭禪。

『為什麼下面的人那麼小？』

小花梨坐在摩天輪上問。幾乎每次都會上演這樣的畫面。

『因為他們很遠，所以才變得很小。』

『為什麼？』

『因為，如果在很遠的地方，仍然很大的話，不是很傷腦筋嗎？』

『為什麼？』

『說拜拜的時候不是很不方便嗎？通常在揮揮手，離得越來越遠，就會變得越來越小，但如果一直都不變小，不就要拚命揮手嗎？』

為什麼？

她會這樣一直追問下去。我相信，小花梨一定會成為一個聰明的孩子。

特拉雪二世死的時候，小花梨還沒有學會說話。她只是抬頭看著我們，那雙大眼睛打著問號。為什麼？

佑司果然哭得唏哩嘩啦。他拿下眼鏡，用握著的小拳頭擦著眼睛，淚水不停地流。

『這種悲傷是有意義的，對不對？』

他似乎在向我確認。

『嗯，一定是的。悲傷越深，牠在我們記憶中的印象就越深刻。』

『我不會忘記牠。』佑司說。

『我也不會忘記。這是我們唯一能為牠做的事。』

我也出席了小花梨小學的入學式。我穿上西裝，坐在家長席，看著她抬頭挺胸地走進體育館。

那一年，佑司的母親因病去世了。佑司雖然沒有說什麼，也沒有露出悲傷的樣子，但他應該有他的想法。人和人之間的關係，並一定能夠圓滿順利。我們生活在各式各樣的化學反應和相互作用中，以此所誕生的，當然也是五花八門，從最好的到最差的都有。不可能所有的結局都是大團圓，很可能會出現無法接受，失之交臂或是期待落空的結果。但這就是現實。

有一次，我問佑司：

『老實告訴我，你對花梨有什麼看法？』

我們正在自然公園的池畔。桃香和小花梨正在餵鴕鳥吃麵包。

他拿下那副大大的黑框眼鏡，拚命揉著眼睛。

『我喜歡她。』

他說。

『嗯。』

『我愛上她了。你是不是想問這個？』

『啊，嗯，對啊。』

『我一直暗戀她。因為，那麼帥氣的女孩子很少見，不是嗎？』

『對啊。』

『我自己都嚇到了，這種心情到底是什麼？上了國中之後吧，好像世界突然變了。』

『嗯。』

『但這只是我的單相思。我想，花梨一定會覺得我很煩，所以，就沒有告訴她。』

『但是——』

『那時候，花梨還是個小女孩，我發育得比較早。這也是沒辦法的事，這種事，要講究時機。』

『嗯。』

『或者，從命運論的角度來看，我也不是她合適的人選。當她終於打開窗戶時，最先看到的是你。無論我想破頭，或是離她再近，都無能為力。』

我一直在等他這句話，才能夠找到機會向他道歉。如果我的腦筋更靈活，應該早就告訴他了。但我已經盡力了。

『佑司——』

他伸出手，用手掌對著我，好像在制止我。

『如果你覺得對我很抱歉，或是有類似的感情，我相信，那是毫無意義的。』

因為，佑司接著說。

『戀愛不就是這麼回事嗎？不像是跑四百公尺，只要每天訓練，就可以完成目標；或是只要每天澆水，就可以開花之類的事不一樣。戀愛是一種相互作用，光是單方面努力也沒有用。我相信，戀愛的過程應該很複雜。戀愛之所以讓人感覺很沒道理，就是因為背後有這種複雜的相互作用。』

看到我無言以對，佑司微笑著。佑司沒戴眼鏡時的笑容，和他的獨生女的笑容很像。

『我現在仍然很喜歡花梨，但我更喜歡桃香。這才是戀愛吧？當我回過神時，發現我們總是在一起，我們還生了孩子。厲害吧？』

『嗯，超厲害的。』

但是，佑司說著，把眼鏡的鏡片對著陽光。

『有時候，努力也不是一件壞事。』

『如果你是在說我，那就大錯特錯。我並沒有努力，只是對我來說，這種生活方式最適合我。』

嗯。佑司點點頭。

『我也想這麼說，這也是一種戀愛。』

『對，這也是戀愛。』

城市逐漸改變著面貌。

車站大樓大幅改裝，變成一幢漂亮的車站百貨公司。看到車站大樓熠熠發光的外表，難以想像以前曾經是那麼一個小車站。美咲小姐為了和我聊天而錯過三班電車的剪票口已經消失了。那時候，她穿了一件乳黃色的洋裝。雖然我想起這件事，卻已經忘了我們當時在聊什麼。

我只記得，美咲小姐的眼睛是鳶色還是榛子色，總之，是很明亮的顏色。當時，我還覺得和花梨的眼睛顏色很像。所有的回憶都很快樂。和她在一起，感覺很快樂，真希望那一夜永遠持續下去。當時，我只有二十九歲，世界和她的眼睛一樣閃閃發光。那時候的我，還有足夠的年輕可以揮霍。從各種意義上來說，我還是個小孩子。世界像搖籃般溫柔，我完全沒有看到它嚴肅和殘酷的一面。

那是一個像魔法般的夜晚。如今，回想起那一夜，內心仍然隱隱作痛。

對了，還忘了說一件很重要的事。

那就是花梨給我的留言，就隱藏在郵購程式中。

不知道這算不算是復活節彩蛋？雖然不像尋寶遊戲那麼大規模，但設計得十分巧妙。感覺像是一種時效程式，在我生日那天的正午，畫面突然出現了。

剛看到時，我真的嚇了一跳。對電腦不熟的我，還以為電腦出了問題。

首先，畫面突然變暗，同時響起音樂。我愣了一下，沒有立刻發現是怎麼回事，但仔細一聽，才知道是〈Funiculì-Funiculà〉的旋律。

然後，在黑色的背景中，從畫面右側出現了數十個用白點代表的人物。他們隨著音樂揮手、抬腿，漸漸進入畫面。後方還有其他的圓點人，等所有人都出場後，竟然變成了三個人和一隻狗。

原來是這麼回事。這時，我才終於發現，一定是花梨搞的鬼。

（看起來像我的）圓點人站在中間，左側是花梨（長頭髮，穿著外套），右側是佑司（個子特別矮小，戴了一副巨大的眼鏡），旁邊是特拉雪（看起來像是外星動物）。佑司好像吸了氦氣一樣，突然用奇妙的高音唱起生日快樂歌，而且還有和聲。圓點人佑司高舉雙手，抬頭挺胸，唱得慷慨激昂。圓點人花梨的手上不知道什麼時候變出了毛毛球，跳起來用力揮著。生日歌唱完後，聽到『智史，生日快樂！』的歡呼聲，畫面上的拉砲呼呼作響。圓點特拉雪也逮住機會，叫了一聲『唏—克！』。

花梨抱著智史說話。說話的內容出現在她頭上的對話框裡。

『智史，生日快樂。你終於三十歲了，我希望你永遠幸福。希望你和佑司實現自己的夢想，過著幸福快樂的生活，這就是我的夢想。這一年，你要幸福喲。送你一個充滿友情的吻。Muuuuchu！』

然後，圓點人花梨用力撲向圓點人智史，給了他一個熱吻，差點把他的背都折斷了。

對話框的內容捲頁後，出現了最後的文章。

『PS.要好好感謝你母親。今天是你母親把你生下的日子，還記得嗎？』

當然記得。我對著畫面囁嚅。

『謝謝妳，花梨。我第一次收到這麼精彩的生日禮物。妳熱吻的餘韻，就足夠我幸福整整一年了。』

之後，每年都可以收到這份禮物。電腦每次汰舊換新時，我都會把這個程式轉到新的電腦。程式中人物的動作和說話內容每次都略有不同，讓我每年都很期待自己的生日，不知道今年可以看到怎樣的卡通影片。到了這種年紀，還期待生日，很厲害吧。

今天，店裡打烊後，我又去桂緣的店裡吃晚餐（正確地說，已經是宵夜時間了）。晚上特別冷，坡道兩旁的行道樹都被風吹得左搖右晃，發出哀號，聽起來和特拉雪的叫聲很像。

我在桂緣餐廳的餐桌旁給鈴音寫信。

愛爾蘭的冬天怎麼樣？是不是很冷？有沒有感冒？

餐廳裡只有我一個客人，桂緣掛上了『休息』的牌子，拉下了鐵門，走回餐廳時，經過我的身旁。他探頭看著我的手，問：

『寫信給女朋友嗎？』

我抬起頭，又輕輕搖了搖。

『不是。』

他用圍裙擦著手，用眼神問：那這是什麼？

『是我女朋友的姊姊。她和我女朋友長得一模一樣，聲音也一樣，連笑起來也一模一樣。』

但她並不是她。我說。

是嗎？桂緣點著頭。

『我記得你以前說，你女朋友在很遙遠的地方。』

『對，沒錯，她在很遙遠的地方。但距離不是問題，我隨時都在想她。』

我能了解。他歡快地笑了。

『我的家人——年邁的父親和兄弟都住在遙遠的故鄉。但我常常想念他們。我相信，他們也在想我。所以，我們並沒有分開。』

他拍了拍我的肩膀，好像在鼓勵我。然後，緩慢地走進餐廳裡面。

我目送他的背影遠去後，再度開始寫信。

今年的冬天好像特別冷。或許我每年都這麼想，而且，說不定和年紀越來越大也有關係。小時候——和花梨、佑司在那個城市度過的冬天，似乎沒有現在這麼冷。我已經四十歲了，我想，這個年紀還維持單身，恐怕是最讓我感到寒冷的理由吧。

最近，我經常在想，人真的是脆弱的動物。半夜突然醒來時，即使明知道花梨不在，但還是忍不住對身旁的花梨說『我好想妳』。雖然我在人前表現得很堅強，但其實已經寂寞得不知如何是好了。人——至少我的堅強，不足以和我洞察未來的能力匹配。所以，會忍不住示弱。想到未來仍然將持續孤獨下去，好像看著黑夜中，沒有盡頭的荒野。星光太微弱，太無力了。

我之所以決定繼續等下去，或許是因為妳當時的那句話。

『多麼美好的夢。』

我們堅強地活在這個世界上，不斷思念著已經離開的人，才形成了那個『夢』的世界。這個事實激勵了我。如果花梨也在那裡，我就必須對她有所貢獻。所謂的貢獻，就是生存，要張大眼睛看所有的事，豎起耳朵聽所有的聲音。我相信，這可以使那個世界更具體，使那個地方更確實。

請妳多寫信給我。我很期待收到妳的信，我相信，總有一天，我們會再見面。即使『總有一天』代表不知道是『哪一天』，我們『總有一天』會見面的。

智史

走出餐廳，我豎起了夾克的領子。皮鞋的鞋跟在柏油路上發出咔答咔答的聲音，在夜深人靜的住宅區迴響。我仰望天空，發現了滿天的星星。夜空並非只有黑暗，還挺熱鬧的。我突然想起了即將到來的聖誕節，思考著到底該送什麼禮物給我的小公主。最近，她迷上了兒童首飾，一看到閃亮的東西，就想佔為己有。如果我和佑司送她五稜鏡，不知道她會說什麼？會不會樂得手舞足蹈？還是——

即將走到店門時，我才發現那裡有一個人影。我停了下來，注視著那個人影。

『你是店長嗎？』影子問。

這個聲音——我聽過。

『我就是。』

聽到我的回答，她甩著手上的Ａ４影印紙。路燈的照射下，可以看到上面手寫的文字。

『招募終生搭檔　年齡性別不拘　凡熱愛水生植物者　詳情請洽店長』

她還做得真周到——

在我懷疑自己還能不能發出聲音的同時，聽到自己問：

『妳來面試嗎？』

果然，我的聲音在發抖。

『對啊。』

『怎麼這麼晚？』

『我很早就來了，是你讓我等這麼久的。』

『是喔。』我說：

『但我也等了好久好久。』

『對不起。』她說：

『對不起，讓你等那麼久。』

不，沒關係。真的沒關係。

我慢慢走了過去，遲疑地張開雙手。然後，彷彿回到少年般地叫著她：

『花梨嗎？』

她欣喜地點點頭，步伐不穩地走向我，然後，倒進我懷裡。花梨散發著甜蜜的芳香，像唱歌般開心地說：

『我回來了！我終於回來了！』

國家圖書館出版品預行編目

等待,是為了和妳相遇 / 市川拓司 著;王蘊潔譯. --初版.--臺北市: 平裝本. 2006〔民95〕 面;公分
(平裝本叢書;第222)(@小說;013)
譯自:そのときは彼によろしく
ISBN 957-803--581-0(平裝)
861.57 95010062

平裝本叢書第222種
@小說013

等待,是爲了和妳相遇

作　　者—市川拓司
譯　　者—王蘊潔
發 行 人—平雲
出版發行—平裝本出版有限公司
台北市敦化北路120巷50號3樓
電話◎2716-8888
郵撥帳號◎18999606號
香港星馬總代理—皇冠出版社(香港)有限公司
香港灣仔告士打道88號19樓
電話◎2529-1778　傳真◎2527-0904
出版統籌—盧春旭
出版策劃—龔槵甄
責任編輯—潘怡中
版權負責—莊靜君
外文編輯—梁若瑜
美術設計—游萬國
印　　務—林莉莉
校　　對—鮑秀珍・邱薇靜・潘怡中
著作完成日期—2004年
初版一刷日期—2006年6月

法律顧問—王惠光律師

讀者服務傳真專線◎02-27150507
皇冠文化集團網址◎www.crown.com.tw
@小說網站◎www.crown.com.tw/atfiction
電腦編號◎435013　ISBN◎957-803- 581-0
Printed in Taiwan
本書定價◎新台幣280元/港幣69元